重為君婦 1

文創風 171

花樣年華 著

目錄

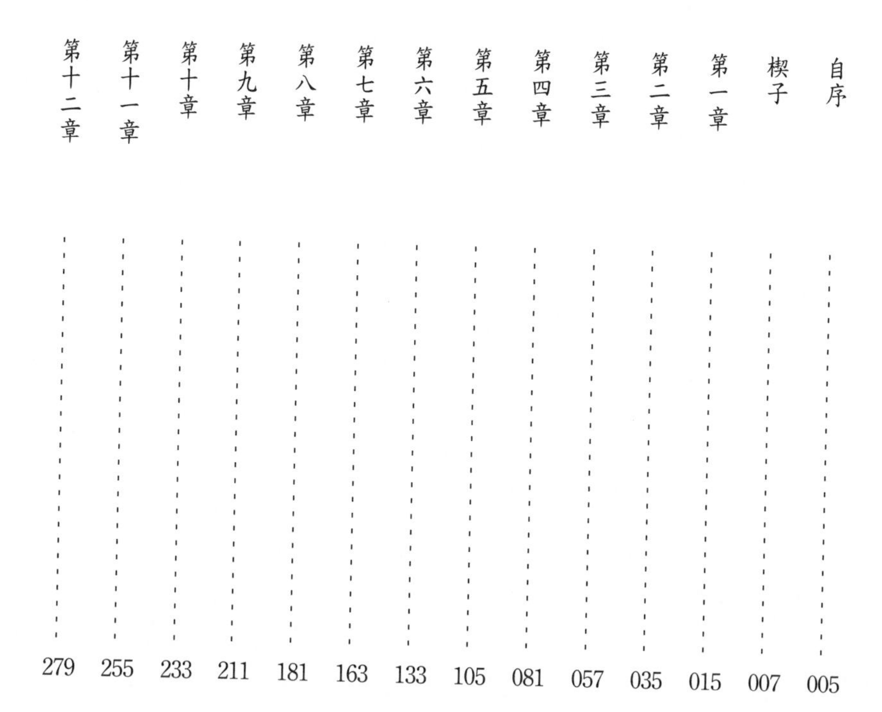

自序

花樣年華

開始寫《重為君婦》其實是一種衝動。當時的我正沈浸在重生復仇文中無法自拔，一味地希望前世懦弱的女人可以堅強起來，以美豔動人的形象再次出現在故人面前，展開瘋狂的報復計劃。

直到某一日，我家先生突然問我，妳不是常說可憐人必有可恨之處，那麼所謂倒楣的重生女不需要找找自身原因嗎？如果無法正確看待自己，又如何散發出與眾不同的光芒？執著於過去，無法輕易放下仇恨的人，當真會人生圓滿嗎？

我陷入沈思，重生之人之所以說是有大智慧者，是因為他們看破紅塵。既然看破，又何必侷限在曾經苦悶的故事裡，換一個角度，學會打開房間的另外一扇窗戶，難道看不到其他更美好的事物嗎？

書中主人公梁希宜的上一世就注定一生悲劇嗎？她的生活必然會有過光點，沒有如意的郎君，卻有一對深愛著她的父母。

生命的溫暖本就像是從樹蔭灑落的陽光，不經意地落在誰的頭上，不過是因始大多數人習慣低著頭走路，於是看得到的是腳下日益斑駁的地面，而不是仰起頭，便輕易可以捕捉到的日光。

所以，我決定創作一部表達這種情感的小說。梁希宜的前世死得悲慘，但是她並沒有憤世嫉俗，對愛情徹底絕望。當她發現慈悲的佛祖許給她重生一世的機會時，她首先想到的是過好當下，學會善待珍愛她的人們。

這一世，她主動去關心親人，即便再次面對出現在生命裡的故人時，她首先去想的也是對方的好處，然後心裡不會有恨。即便是前世傷她至深的夫君，她也不過是一笑了之，選擇擦身而過，不願意再有過多糾纏。

然而事與願違，前世的夫君竟是重生在權貴身上，霸道地接近她，奢望再次和女主人公重續前緣。

這一次，他願意用生命去捍衛這段感情，他對梁希宜的愛刻在骨髓裡，他的記憶裡全部是上一世家道中落後，梁希宜的不離不棄。他認為自已重生的意義就是找到女主，然後好好待她，護她一生。他不敢同梁希宜坦誠真相，怕徹底失去重新愛她的機會。

但是紙包不住火，真相終於不經意地被解開。

梁希宜再次面臨選擇——放下前世的恩怨勇敢地接納他？還是選擇訣別，利用他對她的感情，徹底地將他擊垮，以洩前世之恨？

她曾經怨恨過他，雖然現在已經變成漠視，但是恨和愛，往往不過是一線之隔。更何況，這一世的男人，變得這般忠心美好，深邃的目光黏著梁希宜，眼底永遠是她淡漠的身影。眷戀、深情，無法自拔地深愛著她。

這世上，到底有什麼是可以重來？錯了的人，值得被原諒嗎？如果是妳，會如何選擇呢？

楔子

傍晚時分，天空飄起了雪花，街道兩旁的小販們開始收攤打烊。

胡記糕點鋪的胡大叔叼著煙袋，叨叨道：「這都快六月了，居然還會下雪呀！什麼鬼天氣。」

門口賣字的書生擦著額頭的汗水，看向了天空，遠處蒼穹像是籠罩著一層灰色的網，慢慢地落下帷幕，他搖了搖頭，輕輕地說：「常言道六月飄雪，必有冤情。」

「哼，冤情？一朝天子一朝臣啊，怕是明日又要傷荷包去孝敬新主子金銀。」胡大叔繃著臉，哪一次新皇登基不是清洗官場，就連他們這片管事的衙門頭子都更換好幾撥了。

忽然，西邊一陣騷亂，震耳欲聾的馬蹄聲由遠及近地響徹而來，幾個小兵拿著長槍分開人群後站在兩旁等候後面的馬隊通過。不遠處走來一列訓練有素的禁衛軍，為首的男人不到三十歲的樣子，身穿金色盔甲，背脊挺拔如松，冷漠剛毅的臉龐映在暗紅色的晚霞裡宛若石雕，英俊肅穆。

「是禁衛軍統領，歐陽家的大少爺。」人群裡有人喊了出來，小兵的長槍啪的一聲指向了發聲人的喉嚨，整個街道一下子安靜下來，彷彿夜深人靜的小巷，唯獨有條不紊的馬蹄聲響徹天際。

不知道過了多久，禁衛軍的身影在馬蹄揚起的灰塵中變得模糊起來，眾人恢復常態。

胡大叔拉上門鎖，遞給了小兵兩包糕點，笑著打聽道：「怎麼歐陽統領居然出來了，是不是發生什麼大事情？」

小兵本是這地區徇門的侍衛，因為要給禁衛軍領頭開道才出現在街頭，如今任務完成了，倒也樂呵呵地和胡記老闆聊起天，說：「城東的禮部尚書陳宛大人自盡了。」

哐噹一聲，賣字書生手中的書畫掉到地上，他慌張地跑上前，說：「可是曾在魯山書院任教的陳宛先生嗎？」

小兵點了下頭，示意他不要聲張，用低不可聞的聲音說：「全家三十二口，無一活口。」

「怎麼會?!」賣字書生紅了眼眶，想當年他曾在魯山書院旁聽，有幸拜讀過陳宛先生的詩詞，不敢說其性情有多麼清高，至少是敢言的忠良之輩。

小兵撓了撓頭，欲言又止，倒是旁邊的胡大叔突然啟口，說：「陳大人和賢妃娘娘的侄兒——鎮國公府的世子李若安，這兩家聯姻之事你沒聽說過嗎？當時怕是皇后娘娘已經懷恨於心。如今五皇子奪嫡失敗，新皇自然厭棄曾經站在賢妃娘娘身後的陳宛大人。但礙於陳家是清流之首，底蘊頗深，皇帝表面上無法莫名降罪，自然有試探皇帝心意落井下石之人栽贓陷害陳大人。」

小兵連連點頭，低聲說：「罪名不少呢，從科舉舞弊、結黨營私，到貪污虧空都有。」

「胡說！陳大人怎麼可能是那樣的人！」書生極其憤怒，小兵按住了他的嘴巴，說：「所以他自請從家譜除名，脫離宗祠，以死表忠心，新皇也覺得他還算識相，估計不會追查其他陳家人的罪名了。」

「想當年皇后娘娘想和陳家聯姻，陳大人不想捲進奪嫡之爭，寧肯遠赴南方偏僻之地赴任，卻終究沒躲過賢妃娘娘的算計和鎮國公府做親，真是可憐他們家那個機靈的女娃娃，小時候還來我這鋪子買過糕點呢！」胡大叔嘆了口氣，拍了下書生的肩膀，說：「大叔先走了，你也趕緊回家，莫要生事，這本不是你我這種小人物可以左右的。」

書生點了下頭。陳家如今的悲劇源頭，就是陳宛將嫡長女陳諾曦嫁給了鎮國公府的李若安呀。

城東的鎮國公府，如今已然改換門庭。

原來的世子李若安帶著兩、三個家眷搬到了街角處一座三進的院子裡。陳諾曦躺在床上，捂著嘴巴不停咳嗽，臉頰煞白得沒有一絲血色。

「喲，姊姊今兒個沒吃藥？」一個穿著花枝招展的女子站在她的旁邊，端著盤子，盤子上面放著兩碗墨黑色的藥水。

陳諾曦冷漠地看著她，斷斷續續地說：「李姨娘，妳怎麼回來了？」

自從鎮國公府爵位被除，院子被新皇收回，他們便將奴僕遣散，買了個小院子留下了幾個不願意走的老人過活而已。

「我回來看看姊姊妳和夫君呀！」李姨娘笑得囂張，她如今攀上高枝，村裡曾經暗戀她的農戶二斌，在漠北參軍時侍候歐陽家大少爺，如今一人得道，雞犬升天，混了個守城士兵，官雖不大，但是仗著可以見到歐陽大人，所以無人敢得罪他。兩個人在京城重逢時正巧她離開鎮國公府，於是就做了二斌的侍妾，如今來往於落魄的李家自是無人敢阻擋。

陳諾曦深吸口氣，她抬起頭直直地看向她，說：「妳到底想幹什麼？」

「幹什麼？」李姨娘哈哈大笑了兩聲，道：「看看你們過得好不好，同時帶來一個好消息。」她扭著腰肢，眉眼裡閃過一道狠絕。

「我不想聽。」陳諾曦淡淡地說，對於如今的她來說已經不可能有任何好消息了。

「就算是關於妳父親的事情也不想聽嗎？」李姨娘坐在她的床邊，嘴角微微揚起。

陳諾曦目光一沈，盯著她，說：「我父親怎麼了？」

「陳大人……」李姨娘突然頓住，她屈身向前，額頭和陳諾曦的目光離得很近很近，一字一字說清楚。「死了。」

轟的一聲，陳諾曦大腦裡一片空白，彷彿有人將手放入了她的心窩，使勁地掏著什麼，於是她的胸口被什麼掰開似地生疼得渾身顫抖了起來。

「陳家三十二口，都死了。」

李姨娘生怕陳諾曦聽得不夠清楚，重複地說：「陳家三十二口，都死了！」

陳諾曦渾身僵住，目光木然地盯著前方，都死了……她雙胞胎弟弟阿錦死了，她最小的弟弟阿佑才十六歲，十六歲啊……都死了。她的喉嚨被什麼堵住，連哭都發不出聲音，不要啊……

「這一切都是因為妳，陳諾曦！」

李姨娘還嫌不足以打擊陳諾曦似地大聲說：「都是因為妳嫁給了李若安，助紂為虐，所以你們全家為妳一個人陪葬。妳父親懸梁自盡，以死明忠，陳家二房自絕其脈，以死明志，可是新皇怎麼想的呢？根本不信！哈哈，我現在的夫君早年便侍候歐陽大人，新皇對於妳們家人始終厭惡至極，怕是妳父親還以為如此忠烈至少可以換回些許聲望，但是新皇根本不在乎。陳諾曦，沒想到妳也有今日嘛！」

陳諾曦渾身顫抖，豆大的汗珠順著臉頰落下，她快窒息了。她捂著胸口望著李姨娘，艱難地說：「為什麼？為什麼？」

李姨娘冷哼一聲轉過頭，看向了日漸昏暗的天空，吼道：「為了我曾經十月懷胎的骨肉，兩個孩子、兩條人命啊，陳諾曦。」

陳諾曦一怔，搖了搖頭。「我從未主動害過妳。」

「但是妳的袖手旁觀更加可惡，妳以為其他那些人不怨嗎？李若安這個畜生強搶民女、肆無忌憚，什麼樣子的事情他沒幹過，妳管過他嗎？妳說過一句話嗎？妳認為我們不自重才淪落為妾，整日裡一副高高在上的樣子，但是妳自己又如何，還不是為他生了兩個孩子，還不是一樣在床上伺候李若安，妳比我們高貴多少嗎？名門貴女，名門貴女也有今天，我很高興！」

陳諾曦彎下頭，她心臟疼得難受，整個人快要承受不住，她艱難地搖了搖頭，伸出手，又艱難地放下手，攥住被邊不停地顫抖，無法控制地顫抖，終於忍不住哇地一下，噴出了一口血。

她暈暈乎乎地仰靠在枕頭上，目光渙散起來，周圍好像突然傳來了淩亂的聲音、吼叫，一切開始變得越來越遠、越來越遠……

她覺得自己可能是要死了，唇角不由得微微揚起。太好了，她終於不用再為了孩子委曲求全，她可以回到父母的懷抱裡，回到小時候，依偎在背脊總是挺得筆直的父親身上，聽娘親唱著古老的童謠，然後摟著一母同胞的阿錦，還有小阿佑格格地笑個不停。

「諾曦！」

踏入房內的李若安，失魂落魄地趴在不省人事的陳諾曦身邊，那張冠玉面容呆滯好久，不曾表現出任何神情，嘴裡不停地喚著──「諾曦，諾曦……」

他曾是不知民間疾苦的鎮國公府少爺，當年為了姑母與表哥──賢妃娘娘及五皇子奪嫡，必得尋個由頭拉攏朝堂裡聲望極高的陳家，於是他按照家族長輩的意思，遣人扮成強盜半途強擄她，並對她下了藥，不擇手段讓她失身於他，迫使她不得不嫁給自己。之後他卻不好好珍惜，依舊我行我素、玩世不恭，直到賢妃娘娘去世，五皇子自盡，李家倒臺，曾經圍著他轉的狐朋狗友一哄而散，美人小妾更是偷偷摸摸地捲了金銀逃離國公府後，方知人間冷暖。若不是陳諾曦當時為了大女兒桓姊兒的婚事留下來陪他支撐李家，他可能早就撐不下去。

這一輩子陳諾曦沒和他享過福氣，還連累陳氏一家以死明忠，他實在太對不起陳諾曦了。如果有來生，他定當早早尋到她，帶她遠離塵世，守著她、照顧她，不讓她再受一絲委屈，一輩子就守著她一個人過活。

思及此，李若安取下掛在角落處的一把長劍，這還是先皇賜給李家的御用之物，他一直沒捨得將它典當，如今倒是有了用處。

他冷冷地掃了一眼李姨娘，淡然說：「我已經負諾曦一生，妳何苦為了報復我而來刺激她。」他走到床前，望著陳諾曦安靜美好的容顏，將長劍刺入自身胸口，鮮紅的血跡染紅了陳諾曦的衣衫……

李姨娘瘋了似地撲向了李若安，大聲哭了起來，嘴裡喃喃地說：「你一直說最厭煩陳諾曦那股置身事外的勁兒，如今看來明明你就是只愛她啊……」

李姨娘是恨陳諾曦，除了她不管她兩個孩子的死活之外，還因為她對世子爺一點都不好，世子爺卻依然口是心非地喜歡著她，喜歡得不得了……

第一章

定國公府東華山別院，日光照進小院子裡，一群花兒似的姑娘們忙碌著整理箱籠。由身穿粉色綢緞小襖的夏墨發號施令，不停地提醒婆子們將箱籠按照她說的順序依次放入倉房內。

五年前，定國公府三老爺因鍾情於青樓女子犯下官司，導致定國公梁佐遭到糾舉，有人提出取消其世襲罔替的爵位。定國公梁佐得到消息後立刻稱病，帶上行囊和孫女兒直奔東華山別院養病。

夏墨是府上三小姐的貼身丫鬟，她盯著下人把倉房掛上鎖，一時不免感嘆歲月如梭，當年乾巴瘦兒的三小姐已經變成亭亭玉立的少女。

她仰頭看了一眼時辰，嘴裡叨叨著姑娘應該是要醒了，急忙走向主屋，躡手躡腳地吩咐丫鬟輕輕擺放午後的茶點盤子，忽地聽到背後傳來呢喃的聲音。

夏墨不由得一驚，跑到三小姐梁希宜的床邊，發現她滿頭大汗，閉著眼睛掙扎著什麼。

她急忙絞了手帕覆在了三小姐的額頭，小聲地說：「姑娘、姑娘，醒一醒……」

「啊」的一聲尖叫，梁希宜猛地坐直身子，蒼白的鵝蛋臉上沒有一絲血色，她大口喘著氣，兩隻手緊緊地攥著脖領子處。她作夢了，夢到上一世死去的情景……

她永遠也無法忘記那一天，心臟彷彿被李姨娘硬生生地掰開，渾身泛著顫慄的疼痛。她以為所有的煎熬都已經結束，卻沒想到睜開眼睛，入眼的世界既熟悉又陌生——她不再是陳諾曦，而是定國公府的三小姐，因為身體不好陪著祖父梁佐暫居東華山。

夏墨捏了捏她的被子，擔憂地說：「姑娘，沒事吧，可是又魘怔了？」因為四年前的一場雪崩，三小姐總是在半夜裡驚醒，然後發呆好久都不說話。

梁希宜睜著眼睛，恍惚地看著前方，思緒似乎還沈浸在剛才的夢裡，又夢到那雙熟悉的眼眸了，宛若夜幕裡的寒星般攝人心魂……她輕輕拍著胸口，還好只是在夢裡而已。

「墨憂，去把手帕用溫水浸濕。」

夏墨有條不紊地吩咐著，轉過身擦拭著梁希宜的額頭。

梁希宜垂下眼眸，摸了摸淺色襯衣上的繡花，正是她早上選的花樣。她還是定國公府的三小姐，而不是嫁給鎮國公府世子李若安的禮部尚書嫡女，陳諾曦。

「姑娘嘴裡可覺得乾澀？早就準備好您的苦茶了。」夏墨笑咪咪地端著盤子。

梁希宜接過杯子，她前世就好茶，尤其是苦茶。那種極致苦澀的感官刺激可以讓人瞬間清醒，不管她被李若安刺激到何等地步，都可以忍耐下去。如果沒有這份毅力，她也不會在新皇繼位後為了兩個孩子撐起整個李家。

夏墨立在床邊，等候發愣的梁希宜回神，起初大家多少會有些不適，現在卻是對三小姐的任何事情都變得習以為常。三小姐有些怪習慣，比如沈思，或有時候的胡言亂語。

府裡老嬤嬤說過，三小姐是雙胎兒，府裡四少爺是她的同胞兄弟，所以胎裡就弱，很多名醫相士都說她命薄，活不過十歲。唯獨西菩寺的大師讓二夫人在寺裡點了續命燈，直言三小姐這輩子的命重點在續這個字上，紫氣東來之地陽氣最盛，如果可以，最好往東走吧。所以定國公進駐東華山的時候才會帶上三小姐。

「姑娘想什麼呢，水杯都空了。」夏墨淺笑地移走梁希宜手中的茶杯。

「祖父可是在書房？」

「嗯，聽上房的梁三說，午膳是在書房用的。」

「許管事呢？」梁希宜皺著眉頭，祖父近來似乎過於忙碌。

夏墨讓小丫頭將茶點撤了，笑著說：「嬤嬤不讓人提，這次老太爺之所以同意老夫人回去過年是因為二夫人說……」她的聲音越來越小，忽地一頓，臉頰微紅。

「說吧，不外乎是我的婚事罷了。」梁希宜兩世為人，早就沒有年少女子的懵懂，什麼情情愛愛，她才不會當真。

「嗯，姑娘年方十三，正是議親的年齡，二夫人求老夫人派人接姑娘回家呢。」

梁希宜好笑地盯著她，道：「這麼一說我才想起來，夏墨姊姊，妳也十六了吧。這次如此盡心地幫我收拾箱籠，歸心似箭呢。」

夏墨一怔，紅著臉佯怒地說：「奴婢可當不起姑娘一句姊姊，只求姑娘大恩大德，幫……莫再提這種事情了。」

梁希宜點了點頭，倒是沒有再為難她，說：「我倒是覺得山裡的日子過得清閒，其實女孩家只要娘親幫我備好豐厚的嫁妝，別說十三，過了十八也有人要的。」

「哎喲，我的小祖宗，又在亂想什麼呢？」一名身穿綠長襖的婆子掀起厚重的門簾搓了下手，唸叨道：「夏墨，妳都跟姑娘胡說八道些什麼了，怎麼引得姑娘說話這麼輕浮張狂。」

梁希宜眉眼一挑。「嬤嬤來了都不做聲，在門外偷聽我們閒話家常。」

楊嬤嬤是二夫人的奶娘，平日裡把三小姐捧在手心裡寵著，梁希宜清醒後一直是楊嬤嬤和夏墨近身侍奉，四年下來，她完全把她們當成最親近的人，說話時不分主僕。

「我的姑娘，日後莫要當著別人面前提嫁妝、婚事，否則老奴沒臉見二夫人。」曾經文文靜靜的漂亮小姑娘現在都快成野丫頭了，不知道的還以為是她們教壞姑娘。

梁希宜眨了眨眼睛，笑著說：「嬤嬤放心，希宜自有分寸。」

楊嬤嬤滿臉笑意地看著眼前高䠷靚麗的女孩，三小姐真是長大了呢。

傍晚，梁希宜早早催促廚房準備晚膳，直奔祖父書房。卻聽到祖父訓斥人的聲音。

「你回去問問劉氏，她是想讓定國公的爵位在我身上丟了嗎？」定國公梁佐右手捂著胸口，左手成拳，吼得肩膀顫抖了起來。

劉氏，乃定國公的夫人，也是威武侯九房的嫡出小姐，嬌生慣養、性格跋扈，但是身體不錯，進門後連生三子。

大老爺現任太僕寺少卿，正四品閒差，下有兩嫡女，三名庶子。二老爺是京城著名紈袴子弟，無官無俸，過著坐吃山空的日子，但是妻子徐氏旺子，二十年來，有六子兩女。三老爺則讓國公爺又氣又愛，本是集大才者，卻迷上歌女，被人參奏失德失職，徹底絕了仕途之路。

也正是因為三兒子闖下禍事，梁佐才躲到深山老林居住。五年下來，倒是與二房所出的梁希宜結下深厚的祖孫情誼。

梁希宜撩起簾子進了書房，柔聲道：「祖父怎麼了？老遠就聽到您發火呢，別氣壞了身子。」

梁佐見孫女進屋，欲言又止，管事們低著頭，大氣不敢喘一聲。

梁希宜倒了杯茶，遞給他，道：「祖父，先歇歇火。」

他大口喘了幾口氣，幾度想開口，又覺得這種話和孩子說不太合適。

梁希宜考慮到他的顧慮，給兩位管事使了一個眼神，令他們退下，自己上前拿過祖父信函，沒有看什麼就直接放在桌上，說：「祖父，如果是因為三叔的事情，您在這裡發火有什麼用呢，您若是倒下了，就更沒人可以教訓三叔了。」

「哼，那個逆子。妳祖母年紀大了，腦子越發糊塗。」

梁佐欲言又止，孫女畢竟才十二、三歲，雖然平日裡一老一小無事不談，但是涉及兒子和青樓女子的齷齪事情，他一個大老爺們還是說不出口。

梁希宜不忍心祖父生氣，寬慰道：「祖父，既然如此，那我們不回京城了，讓小叔叔繼續反省吧。」

梁佐一聽，賭氣似地附和點頭，又急忙搖頭。

他目光複雜地看著孫女已到了議親的年齡，如果繼續留在山裡，肯定會被耽誤了！

「祖父……」梁希宜走上前，將凌亂的紙筆擺放整齊，聲音輕輕柔柔卻有一股讓人平靜的力量。她低聲說：「歸根究柢，祖父可是怕三叔的事情，導致咱家世襲的爵位丟了？」

梁佐微微一怔，嘆氣地說：「連妳都能想到的事情，妳祖母卻故意為難我。」

「祖父，您應該同祖母和三叔好好說，而不是一股氣上來就斷絕關係。」

「哼，那個不講理的老婦人！」梁佐搖了搖頭。「孩子，妳三叔已經鬼迷心竅了，實則怕是被人利用。我可以當作沒這個兒子，妳祖母卻偏和我對著幹。」

梁希宜皺眉，她倒是聽楊嬤嬤提起過祖母特別偏疼三叔叔。

「哎，娶妻當娶賢，我娶了個不知輕重的悍婦，生了三個傻兒子，還好妳娘雖然傻，卻也看得開，妳爹不成才，幾個兒子卻很好，兩個考上了舉人。」

梁希宜欣慰一笑，對於一個女人，再也沒有比嫡親兄弟有出息更讓人高興的事情。

「既然祖父也知道哥哥爭氣，幹麼還置氣呢？照我說，哥哥們有實力，即便日後沒有國公府的背景，也可以平步青雲。如果哥哥們不爭氣，您保住了國公府的爵位，難免日後被人糟蹋了。」

梁佐微微一怔，見孫女圓潤的臉笑得如明媚日光般柔亮，心底有一處柔軟被碰了一下，好像沒那麼悲憤了。

如果皇帝想收了他的爵位，他保得住一時，卻保不住一世，總會有人順應天子的意圖找到各式理由來針對定國公府。

他豁然開朗，連帶著看向梁希宜的目光越發溫和。這孩子說話就是貼心，每次不管遇到什麼事情都是雲淡風輕的樣子，讓人看了心裡也慢慢寧靜下來。

「祖父，爹和叔叔們都不是聰明人，您就當為了他們養好身體，省得讓這些不聰明的後輩把梁家毀了。只要您還在，皇帝做事多少會留有餘地。所以，您的身子珍貴著呢。」

「哎……妳這個嘴甜的臭丫頭。」

梁希宜佯裝臉紅，道：「祖父教導得好嘛。」

梁佐見她說得認真，忍不住笑了一聲。怎麼凡事讓三丫頭一勸，他就覺得自己占了便宜呢？

歲月如梭，轉眼到了啟程的日子。

梁希宜心裡是濃濃的不捨，她住在這個世外桃源，彷彿修行者般修養生息、沈澱自己，但是終有一天還是要面對現實生活。

楊嬤嬤把梁希宜打點得如同一尊瓷娃娃，墨黑色的髮絲梳成了可愛的月牙髮髻。

梁希宜站在鏡子前面，入眼的是一個靈動少女，身材修長，大大的眼睛配上圓潤的鵝蛋臉，雖然不如上輩子小巧的瓜子臉惹人憐愛，卻多了幾分可愛清爽。相較之下，梁希宜更喜歡現在的自己，充滿朝氣，而且有點「心寬體胖」。好在她很高……

「進城後我要吃胡記的荷葉南瓜餅，蔡家的皮蛋粥，還要買沈蘭香的胭脂。」梁希宜仔細地向夏墨囑咐著，她上輩子最愛的就是這兩家的南瓜餅和皮蛋粥了。

「這麼多年過去了，姑娘還記得胡記的南瓜餅呀。」楊嬤嬤笑嘻嘻地看著她。

梁希宜尷尬地點了下頭，沒想到原主也很愛吃胡記的糕點呀！不過上輩子原主的人生到底是怎麼樣她並不清楚，還是需要自己一點一點地去探索吧。

辰時，車隊準時出發。

梁希宜坐在馬車裡撩起簾子向後面望去，長長的車隊占滿彎曲的道路。

「姑娘，靠著休息會兒吧，路還長著呢。」夏墨貼心地擺放好茶水糕點。

梁希宜察覺出她的小心翼翼，安撫道：「妳怎麼現在說話拘謹起來，可是怕我娘說妳什麼？」

夏墨低下頭，輕輕回應道：「姑娘，夏墨一家世代都是定國公府的奴僕，人前我終歸要有個樣子，否則二夫人第一個饒不了我。」

梁希宜理解地點了下頭，問道：「我娘是個什麼樣子的人啊？我感覺妳還挺怕她的。」她未曾對親娘有一點印象，不管對方為她做過多少事情都有些親近不起來。

「二夫人嗎？」夏墨歪著腦袋想了一下。「落落大方的一個爽朗女子。還有姑娘的舅舅們，都是極其疼愛二夫人的，沒人敢在她面前說什麼，當初沒有子嗣的時候也沒人敢欺負二夫人。」

梁希宜看著她誠惶誠恐的模樣，笑著說：「我也覺得我娘應該是個極有本事的人，聽說我爹在外面雖然臭名昭彰，卻沒有納一個小妾吧？」

「是啊，二夫人調教有方。」夏墨尷尬地笑了一聲。

言訖，梁希宜躺著睡了一會兒，再次醒來時，發現車子停下，不由得問道：「怎麼了？」

夏墨捏了下她的被角，說：「下雪了。」

「下雪？」梁希宜驚訝地撩起簾子，雪花迎面而來，吸到鼻子裡打了個噴嚏。

「小姐，外面冷著呢。」夏墨急忙把她拉回來。「這應該是今年冬天第一場雪呢。」

「是啊。」梁希宜感嘆著，兩腿已併攏得發麻。「祖父還好吧？我想去看看他。」

「國公爺在前面的大車裡，那車子舒服得很，姑娘就放心吧。」

車隊停了好久依然沒有要啟程的意思，梁希宜看著夏墨，說：「妳去前面看一下是不是出了什麼問題。讓許管事伺候好老太爺，有什麼事立刻告訴我。」

「好的。」夏墨走下車，一路小跑到前面，發現在他們車隊遠處還停著一列長長的隊伍。

梁三見到夏墨，主動上前，說：「可是小姐醒了？」

「嗯，發現車子不走了覺得奇怪，特意讓我來問。」夏墨清亮的眸子落在梁三臉上，一眨一眨地泛著明亮的光芒。

梁三忽地感到不好意思，說：「聽說京城從寅時開始下雪，現在積雪太深封鎖了城區的官路。有城兵在郊外把守，怕是今天就算走到城區附近也進不了城，所以靖遠侯府的車隊就掉頭回來。目前眾人都打算落宿附近的陳家莊。哦，前面的車隊就是靖遠侯府的人馬，他們應該是侯府遠親，聽說國公爺在車上特意過來請安，國公爺也打算掉頭落宿在陳家莊了。」

夏墨點了下頭，跑著回來覆命。

梁希宜手中拿著書本，眉頭緊鎖，不停唸叨。「陳家莊……」

忽地，她的心臟彷彿快跳出來似地，她緊張兮兮地問：「可是東郊的陳家莊？」

夏墨微微一愣，搖頭道：「奴婢沒有調查過周邊狀況，不如叫許管事過來問話？」她一個內宅女子，哪裡知道東郊有幾個陳家莊。

梁希宜卻擺了擺手，目光不由得沈了下來。京城附近能有幾個陳家莊？能夠讓達官貴人投宿的地方唯有東郊陳家莊，她上輩子出生的地方。

梁希宜生出一種近鄉情怯的感覺，整個人慌亂得不知所措。

會不會遇到上一世的父母、親人……

「姑娘，妳還好吧？」夏墨發現她神情有異，忍不住關心地問。

梁希宜搖了搖頭，略顯急切地看著她，說：「我樣子還好吧？」

「好啊。」夏墨暗道太陽從西邊出來了嗎？一向不甚重視外在的三小姐竟然說這些。因為察覺到梁希宜對於這個陳家莊十分關注，夏墨還是偷偷詢問梁三，讓他方便的時候過來幫個忙。

夏墨開口，梁三自然極其重視，立刻讓人將陳家莊的狀況打聽得一清二楚。

陳家莊和東華山別院外的徐家村類似，都是屬於同姓家族世代繁衍的物業。莊子目前負責人是陳氏家族三房的人，他們聽說靖遠侯府和定國公府的家眷因為大雪沒法繼續趕路，立刻騰出兩個庭院給他們入住。

梁希宜懷著複雜的心情入住了陳家老宅旁邊的別院。

夜幕時分，夏墨整理好梁希宜的房間，偷偷說：「小姐，梁三來了。」

梁希宜滿意地看著夏墨，看來這丫頭已經完全說服了梁三。梁三恭敬地低著頭，等候梁希宜詢問。

梁希宜憋了半天最後決定直言。反正他們入住陳家莊為了安全，主動瞭解主人家的情況還算說得過去，於是直接道：「陳家莊負責接待的人是誰？有哪位陳家人在呢？」

梁三一愣，說：「陳家莊是陳家三房的長子打理，二房陳宛在京城做官，大房陳立在湖北……」

「停一下，二房陳宛大人目前不在莊子上，對吧？」

梁三點了下頭，如實道：「不過陳大人的嫡女和嫡子都在陳家莊呢。」

「什麼？」梁希宜眼睛瞪得老大，不由得追問道：「嫡女……是哪位？」

梁三看了一眼夏墨，覺得三小姐有些奇怪，不過夏墨對於梁希宜的各種古怪都習以為常，示意他直接說就好了。

「陳諾曦。」

梁希宜只覺得腦門轟地一聲，有什麼出現又有什麼立刻消失。

如果有機會以另外一種姿態面對自己，會是一種什麼感覺？梁希宜此時心情五味雜陳。前幾日還在想如何結交陳諾曦時，今天便有機會見到她。

梁希宜平復了下心情，看向梁三，說：「幫我確認陳姑娘的房屋位置，同時查一下陳家可有女眷長輩在陳家莊。」

定國公是男性，自然不可能主動求見女子，而她年約十三，和陳家姑娘沒有任何交情，只能期望陳家長輩在此，讓她藉由拜訪長輩的機會結識陳諾曦。可是梁三的回覆讓她斷了此念，因對方長輩都在京城，陳姑娘目前是養病狀態，陳家少爺是來探望姊姊病情才在陳家莊留宿的。

「生病？」梁希宜仔細回想上一世的自己，並沒有獨居於老宅養病的記憶，難道她重活一世，會影響到陳諾曦原本的人生軌跡嗎？

梁三望著主子糾結的模樣，欲言又止地說：「有件事情小的不知道該不該說。」

梁希宜微微一怔。「是關於哪方面的？」

梁三臉頰微紅，說：「是陳家姑娘的病情……」

梁希宜聽到陳家姑娘本能地聯想到自己，覺得奇怪極了，道：「說吧。」

「有人說陳家姑娘本沒有病，而是為了躲眾多向陳家提親的人。」

梁希宜點了下頭，陳宛早先在魯山學院做過幾年老師，再加上陳家本身底蘊頗豐，名下聚集了不少士子，後來考科舉一路升至禮部尚書。這種極有名望的清流，往往是奪嫡皇子們聯姻的最佳選擇，因為妻子品德高尚，從而提升自身品味。

「陳家姑娘四年前在賢妃娘娘舉辦的賞花會上落了水，聽說從此落下病根，時常在陳家莊靜養。」

「四年前？」梁希宜心頭一動，她也是四年前過來的呢！

當今皇帝已屆知天命之年，前皇后李氏和所出的大皇子已經病逝，只留下長公主。如今的皇后是西北靖遠侯的嫡親妹妹歐陽雪，育有二皇子黎孜啟，四皇子黎孜易（夭折）和六皇子黎孜念還有三公主黎孜玉。賢妃娘娘乃鎮國公府的嫡女，備受皇帝寵愛，育兩子，三皇子黎孜識（夭折）和五皇子黎孜莫。

「嗯，四年前那場賞花宴上陳姑娘落水，賢妃娘娘的侄子京城小霸王李若安也落水，且沒有救治過來，幾天時間就去世了。」

梁希宜大腦一片空白，忽地發現這些訊息對她來說太讓人震驚了，她還在想著如何讓陳諾曦躲開李若安，李若安便死了，四年前到底發生過什麼？她也是四年前醒過來的……梁希宜渾身發涼，木然地坐在椅子上。

那個折磨她半生的男人已經不在了，不知為何，她竟然覺得歲月蹉跎，世事無常，不由得感傷起來。

梁希宜遣走了梁三，看著窗外的夜色發愣，這一世很多情況都改變了，那麼結局會不會變呢？

夏墨為她披了一件衣服，輕聲說：「夜涼，明天還要趕路，小姐早些睡吧。」

梁希宜敷衍地點了下頭，整個人還沈浸在李若安已經死了的震撼裡。當一個人特別怨恨另一人的時候，突然發現那人去世了，所有的恨與痛似乎都變得不再重要，反而會莫名憐憫對方，畢竟是一起生活過很多年的人……

梁希宜躺在床上輾轉反側，無法入眠，心窩處被什麼揪住莫名地生疼。李若安居然死了，他……怎麼會死了呢？兩個人畢竟生活在一起十多年，還有兩個孩子，若說沒有一點親情是虛話，尤其在李若安落魄的那幾年，他其實也改變了不少。

梁希宜實在睡不著，披上了棉襖，點亮燭火打開窗戶看著夜色，月光周邊散發著陰冷的氣息蔓延到蒼穹末端，她的心裡湧上了難以抑制的疼痛。李若安，真的死了啊！

唰唰唰……安靜的小院子裡似乎有什麼聲音。

梁希宜瞇著眼睛看向了牆壁處的草叢，也不知道自己是不是幻覺了，居然感覺它在移動，於是緊張地叫醒了睡在外屋的夏墨，吩咐道：「去旁邊屋子尋李嬤嬤，讓她偷偷出去把廚房的婆子們叫醒聚集起來，我總覺得院子裡有動靜。」

夏墨眉頭皺起，姑娘的屋子是裡邊的院子，她想不通如果有壞人，幹麼跑來最裡面的屋子。除非……目標就是小姐？

夏墨心中一驚，謹慎問：「是不是讓李嬤嬤去通知許管事？」

梁希宜急忙按住她，說：「不要通知許管事，也無須喚楊嬤嬤，就讓李嬤嬤和梁三打個招呼，讓梁三帶些人在外院守著見機行事，暫時不要驚動祖父。」

夏墨點了下頭，因為在東華山的別院都是三小姐發號施令，大家也習慣由小姐主事，不會刻意去和國公爺請示，何況現在還不知道是什麼情形呢。

小院子有三間北房，分別住著梁希宜、夏墨、楊嬤嬤和李嬤嬤。梁希宜吹滅了燭火，李嬤嬤手裡拿著棍子走向西北角，眾人安靜地站了一會兒，果然發現有一坨草叢又開始移動。梁希宜藉著月光躡手躡腳地走了過去，李嬤嬤擔心三小姐出事，使勁用棍子拍向了那坨草叢，頓時傳來一陣殺豬般的叫聲，聽起來居然是兩個不大的人。

外面聚集起來的婆子們聽到動靜後立刻衝進院子，按照梁希宜的指示將歹人捆綁起來，被捆住的兩個人臉上塗了染料看不清楚表情，不過兩雙圓圓大大的眼睛不管從哪個角度看都特別漂亮。

梁希宜示意李嬤嬤將兩個人帶到了她的房間裡，然後遣走眾人只留下夏墨和李嬤嬤。

她蹲下身子，抹了下其中一個人的臉頰，手上立刻沾滿了綠色染料。她直直地對上那雙略顯倔強的目光，問道：「你們是誰，為什麼半夜出現在我的院子裡？」

兩個人緊閉著嘴巴，不肯出聲，其中一個人還踹了下腿，正好踢到梁希宜。李嬤嬤一看，立刻上前用棍子狠狠敲打他們，疼得兩個人滿地打滾。

梁希宜坐在椅子上，端著茶杯看著地上狼狽的兩人，淡淡說：「夏墨，把那個剛才踹我的人的衣服扒了，順便倒水將這兩人的臉擦乾淨。」

夏墨一愣，抬頭看向梁希宜，小聲問：「是脫掉夜行衣嗎？」

梁希宜瞇著眼睛，發現剛剛踹她的那人目光驚恐地看著自己，嘴角微微一揚，道：「脫光。」

「妳敢！」那人終於說話了，嗓音尖尖的貌似是正處於變聲期的男孩。

梁希宜想起剛才男孩毫不客氣踢她的事情就特別生氣，淡淡說：「你看我敢不敢，脫光。」

男孩嚇得兩腳亂踢到處滾動，李嬤嬤索性將他的兩條腿也捆住了，不一會兒夜行衣就被脫了下來，旁邊躺著的另外一人瞪著圓圓的眼睛，哇的一聲哭了起來，嚷嚷道：「我們對妳沒有惡意，不過就是想從妳這裡翻到陳家老宅那頭。」

梁希宜聽到此處微微一怔，視線落到了哭泣的女孩身上，此時，她的臉已經被擦乾淨了，露出白淨的臉龐，圓圓的眼睛一眨一眨地打量著自己。

好可愛的女娃娃！梁希宜也知曉原主年紀尚輕，卻忍不住總是用看孩子的眼神看待同齡人。

「妳是誰？」梁希宜心想總要知道他們是誰才好處置。

「我叫白若蘭。」

噗哧……梁希宜差點將嘴裡的茶水吐出來，她實在無法將眼前可愛的胖丫頭和白若蘭三個字聯繫在一起。她隨意掃了一眼旁邊只剩下單衣的男孩，說：「他又是誰？」

「我的小表哥，歐陽燦。」

「妳多大了？」

「十二，妳多大了？妳是定國公府的三小姐吧。」小姑娘似乎緩過神了，開始詢問梁希宜。

「嗯，我十三。」梁希宜忽然覺得怪怪的，她居然和眼前這丫頭差不多大。

「妳才十三？」白若蘭沮喪地看著自己豆丁似的身高，鬱悶地說：「我以為妳至少十五了，怎麼長得那麼高。」

梁希宜不知道該如何安慰她，命令李嬤嬤解開了她的繩索，說：「妳表哥多大？」

「和妳一般大啦。」白若蘭恢復自由身後第一件事情就是照鏡子，她很擔心剛才臉有沒有被打花，在看到臉上有發青的地方，頓時開始淚流滿面，哽咽地指責。「都怪你歐陽燦，出的什麼餿主意，你讓我到京城後怎麼見人啊！」

被喚作歐陽燦的男孩一臉倔強地看著梁希宜，目光都快噴火了，怒道：「妳解開她繩子了，為什麼還要捆著我？快點給我鬆綁！」

梁希宜不待見他的囂張勁，懶懶地說：「她態度好我就鬆綁了，你這個破態度我幹麼放開你？」

「妳……」歐陽燦狠狠盯著梁希宜，心裡已經把這個惡毒女孩罵了一百遍。

梁希宜對他的憤怒視而不見，命人拿過一盤糕點推給白若蘭，輕聲說：「我看你們在外面蹲很久了吧，吃點東西。」

「唔，謝謝妳，不過妳叫什麼還沒有說呢。」白若蘭不客氣地吃了起來。

「梁希宜，我爹是定國公府二老爺。妳呢？」梁希宜暫時忍下，沒有直接問他們想去陳家老宅的原因，而循序漸進地誘導白若蘭。

「我姑姑是靖遠侯府的世子夫人，嗯，也是歐陽燦的母親。」白若蘭眼睛帶光地吃著美食，躺在地上只穿著單衣的歐陽燦皮膚已經變成了紫茄子色。

梁希宜在心裡暗暗追憶祖父讓她背過的勛貴家譜，皇后歐陽雪是當今靖遠侯的親妹妹，侯爺府世子歐陽風娶南寧白氏為妻，育歐陽月和歐陽燦；二老爺歐陽晨有三子，分別是歐陽穆、歐陽岑和歐陽宇。那麼，現在躺在地上的男孩正是靖遠侯世子的嫡出小兒子。

梁希宜知道了他的背景後並不想惹麻煩，原本想立刻給他鬆綁，歐陽燦卻不識抬舉，始終態度不佳，著實讓人反感，索性梁希宜踹了他一腳算是兩清後不再搭理他，任由他一邊躺著一邊說狠話。

「希宜，妳這個糕點好好吃哦。」白若蘭完全無視歐陽燦的慘狀，她還埋怨這傢伙呢，如果不是歐陽燦出的破主意她怎麼會被打得那麼慘。

「京城胡記家的糕點更好吃，妳到時候可以買一些。」

「胡記嗎？」

「嗯。」梁希宜笑嘻嘻地說。「妳剛才說，出現在我的後院不是針對我，而是想翻牆去旁邊的陳家老宅，是嗎？」

白若蘭微微一愣，不由得轉頭去看歐陽燦，發現對方目光陰冷彷彿有警告的成分，沒有做聲。

梁希宜垂下眼眸，唇角微微一揚走向了歐陽燦身邊，說：「怎麼，若不是為了去陳家老宅，難道是想來看我嗎？」

「呸！」歐陽燦果然很不給面子吐了口吐沫，撇開頭說：「妳個冷血的醜八怪，別自作多情。」

「哦，那你又不說是來幹什麼。」梁希宜無奈地看著他。小屁孩，脾氣還不小。

白若蘭拉了拉梁希宜的手臂，道：「其實也不是什麼不能說的，不過是想看看名滿京城的陳諾曦到底是個什麼樣子嘛。」

白若蘭說話的時候嘴唇撇了撇，似乎滿是不屑。看來並不喜歡陳諾曦，可是她們似乎並沒有見過啊。

「名……滿京城？」梁希宜不確定地重複著。

「妳不會不知道她吧？」白若蘭鼓著臉頰，略帶嘲諷地說：「我就是好奇陳諾曦到底是如何美若天仙。我姑姑上次在京城作客，她身為陳府嫡長女都沒有出面，我大表哥卻還……」

「白若蘭！」歐陽燦一聲吼叫，白若蘭立刻捂住嘴巴，彷彿意識到說錯了什麼，不再敢出聲。

梁希宜不知道該如何接話才好，也理不清現在到底是什麼情況。

梁希宜算了一下，如今的陳諾曦和她一般大，十三歲的小姑娘能有多大的吸引力？

第二章

夜幕時分，梁希宜的小院子裡燈火通明。白若蘭盯著地上的歐陽燦覺得他也挺可憐的，不由得目光泛淚地看向了梁希宜，說：「希宜姊，妳放了表哥吧！天氣本來就涼，我怕他在地上凍壞了。」

梁希宜最受不了女孩的眼淚，上一世她有兩個如花似玉的女兒，想到前世，她的目光不由得深沈下來。

她故作鎮定地咳嗽一下，朝著歐陽燦淡淡說：「看在若蘭求情的分上我就放了你，不過你不要耍什麼花樣，整個院子都是我的人。」

歐陽燦滿臉通紅，憤怒地仰頭看向梁希宜，冷冷說：「誰讓妳假好心，梁希宜，有本事妳捆我一輩子，待明日天亮，我家管事尋我的時候我就去告妳的狀。」

「告狀？」梁希宜不耐煩地笑了起來，說：「歐陽公子，你三更半夜把自己整成這副模樣出現在我的院子裡，還有臉去告我的狀嗎？我還想質問貴府，為什麼你會出現在這裡呢！」

歐陽燦微微一愣，這件事不管到誰哪裡似乎都是他的錯處，一時間他好像洩了氣的皮球，他突然覺得渾身發涼，忍不住哆嗦地說：「至少給我件外衣吧。」

梁希宜見他服軟，立刻讓夏墨打了熱水將歐陽燦移到李嬤嬤房間伺候梳洗。她這裡沒有男裝，找了兩件沒穿過的薄襖送了過去，讓夏墨稍微改了給歐陽燦穿好。

白若蘭頓時覺得梁希宜蕙質蘭心，吩咐奴僕們辦事有條不紊，於是生出結交的心思，聲音軟軟地說：「我可以叫妳希宜姊姊嗎？妳這次上京是不是也要久居京城呀。」

梁希宜點了下頭，笑問：「妳不是嗎？」

「我也是呀。」白若蘭開心地抱住了她的胳臂，呆呆地說：「俗話說不打不相識，我們以後做好姊妹好不好？我在京城誰都不認識呢。」

「靖遠侯府沒有妳的姊妹嗎？南寧白氏在京城應該有府邸吧，妳是打算住在哪裡？」

「自然是白府了，不過姑姑年後就要進京，我可能會在靖遠侯府常住。靖遠侯府和定國公府都在城東區，到時候妳一定要給我發帖子，邀請我上妳家作客。」

梁希宜點了下頭，對於她來說，多一個朋友總不是壞事，而且白若蘭看起來就是大剌剌的人。

歐陽燦整理好衣裝後來到梁希宜的房間，發現他不過走了一會兒，白若蘭就和梁希宜成為姊妹，一時間氣不過地拉扯了下白若蘭，說：「妳忘記了剛才誰用木棍敲妳了？」

白若蘭怔了一下，立刻反駁道：「歐陽燦，你還好意思說呢！如果不是你出的破主意，頭上頂個草盆，別人怎麼會專門敲我的頭！」

歐陽燦看到梁希宜一臉笑意地瞧著他們倆，覺得很沒面子，嚷道：「妳到底有沒有為人妹妹的樣子，我好歹是妳的表哥，張嘴閉嘴地叫我名字，嗯？」

「你不過就比我大一歲而已，還總拿輩分說事情。」白若蘭不甘心地別開頭，冷哼了一聲。「我才不要什麼哥哥，我只要姊姊，姊姊，希宜姊——」白若蘭最後不忘記朝梁希宜甜甜一笑，她才不傻呢，現在在梁希宜的地盤上，自然要抱住梁希宜的大腿。

梁希宜捂著嘴忍住笑意，淡淡地說：「好了，如果你們想從我院子翻過去其實沒什麼事的，我也不會阻攔，偏偏你們還要在這裡吵。」

歐陽燦立刻停下繼續聲討白若蘭的話，轉過身驚訝地看著她，說：「妳這話是什麼意思？」

梁希宜垂下眼眸，撣了撣衣角的糕點屑，叫來李嬤嬤並在她耳邊低聲說：「讓梁三搬幾個木桶放在西北角牆下，不要再驚動其他人。」

李嬤嬤心領神會地出去辦事。夏墨皺著眉頭，輕聲說：「姑娘，天氣那麼冷妳可不要跟著他們胡鬧啊，否則楊嬤嬤知道了會罵死我的。」

「好啦，至少現在楊嬤嬤不是睡得挺安穩的？」梁希宜敷衍地阻止她勸阻自己，眨著眼睛看向了歐陽燦，小聲說：「妳知道陳諾曦在哪個房間吧？」

歐陽燦發現梁希宜的瞳孔特別深邃，冷漠的臉龐笑起來卻有孩子般的純真，他不由失神，望著她明亮的眼睛怔了片刻，方緩過神說：「知道，就妳這個院子的西院，再過去的院子。」

梁希宜點了下頭，說：「這樣看至少要翻過兩個牆頭呀？」

「我們翻過來妳這裡就已經兩個牆頭了。」白若蘭不忘在旁邊補充道。

「好吧！」梁希宜拍了下她的額頭，大大方方說：「看在你們白挨了一頓打的分上，我幫你們一把，而且我也很想知道陳諾曦到底是什麼樣子呢。」

歐陽燦不置信地盯著梁希宜，這女孩實在太奇怪了，剛剛還一副拒人千里之外、恨不得懲治他的模樣，現在卻笑呵呵地彷彿什麼都沒有發生過。太詭異了！

白若蘭聽了非常高興，她把這次可以見到陳諾曦一事當成了出遊，樂呵呵地一個勁兒同梁希宜點頭。

梁希宜拉著白若蘭。「歐陽燦，你到底想不想去，已經過亥時了。」

歐陽燦抿著嘴角，烏黑的髮髻攏到腦後露出了冠玉般的面容，生硬地說：「自然是要去的。」

之後，一行人來到牆腳下，梁希宜挽著白若蘭的手腕，示意歐陽燦先翻過去。

聽見咚一聲後，梁希宜站在堆疊很高的桶子上，趴在牆頭小聲地說：「落地了嗎？沒人吧？」

歐陽燦拍了拍屁股，沒好氣地嗯了一聲，梁希宜朝他跳下去，一下子砸在他身上。

「妳幹什麼！」歐陽燦紅著臉頰，渾身彷彿沾了什麼髒東西似地不停拍打著衣服。

梁希宜對於他的憤怒置若罔聞，她平日住在山裡，這點高度對她還不算費勁，但是白若蘭就比較慘了，爬上牆頭卻不敢往下跳，最後梁希宜讓梁三過來方給她接下來。

這裡是陳宅的外院，幾個人在梁三的幫助下成功又翻過西牆，進入了內宅的外院，再往北走應該可以抵達女眷的內宅。梁希宜搶過歐陽燦的地圖藉著月光查看，發現這條路雖然有門，但是應該都被婆子把守著呢，於是無奈地發現還要翻牆。

「你這地圖對嗎？」梁希宜可不想翻了半天還沒找對地方。

歐陽燦愣了一下。「好像是對的。」

梁希宜頓時大怒，有一種被騙的感覺，不過事已至此，四個人只好繼續前行。幸好陳家宅院的防護並不是很嚴謹，第一道院門無人看守，他們輕輕地掩上門後，就聽到旁邊西房裡傳來說話聲。

「妳家二丫頭到底怎麼了，居然挨了板子。」

「大少爺前天抵達莊裡看望大小姐發現房裡沒人，於是所有丫鬟都挨了罰。」

「大小姐又跑去山裡了？」

「嗯，都說大小姐是天降奇才，好像在山裡種了什麼番薯的食物，二丫頭曾和她入山看過一眼，說那東西甜甜軟軟的，還可以填飽肚子。」

「咱們大小姐不僅美若天仙還滿腹經綸，前些時日剛入秋的時候京城不少人專門來拜訪小姐呢，不過陳大人明言不許大小姐見任何人吧。」

「大小姐有時候怪怪的，老爺也怕惹來太多注意吧。」

「誰知道呢，反正咱們是普通奴才，就是因為二丫頭這次挨打覺得心疼。」

「哎，二丫頭挨打就挨了，我就怕大小姐又跟上次似的，因為少爺體罰奴僕而和少爺吵架。主子打奴才天經地義，更何況咱們都是家生子。」

「是啊，不過大小姐真是個好人，自己不體罰奴僕還不讓別人體罰……」

梁希宜在牆腳處越聽越覺得奇怪，她上輩子和嫡親弟弟陳諾錦關係好極了，怎麼會為了是否打罵丫鬟而吵架？而且聽她們話裡描述的女子，完全像是另一個人的樣子。

「連個看門婆子都對陳諾曦評價這麼高，難怪大表哥對她情有獨鍾。」白若蘭耷拉著腦袋，垂頭喪氣地喃喃自語。

梁希宜詫異地看向她，小聲說：「妳表哥也要求娶陳諾曦嗎？」

白若蘭悲傷起來完全無視了歐陽燦的眼神，鬱悶地說：「是啊，妳不知道我大表哥多麼癡情，四年前大表哥滿十六歲，姑姑原本想給他定下駱氏嫡長女，卻被大表哥拒絕。為了躲這門親事他跑到西山軍營投軍不肯歸家。兩年前，老侯爺舊事重提，大表哥直接說要娶禮部侍郎陳宛的嫡長女為妻，如果求娶不到就終身不娶。因為大表哥母親早逝，他的兩個舅舅格外寵他，都堅持婚事全依了大表哥的意思，所以至今都沒能議親。」

梁希宜渾身起了一陣雞皮疙瘩，算起來歐陽家大少爺已經二十歲了吧！二十歲的男人鍾情於十三歲的少女。她尷尬地摸了摸臉頰，天啊，難道上輩子歐陽家有這麼一個暗戀自己的男人，她怎麼完全不清楚呢？再說，這個人到底從什麼時候開始喜歡陳諾曦的？兩年前的陳諾曦不過十一歲……

「不過姑姑上次進京曾拜訪過陳府，可是連陳諾曦的影子都沒見著，可見陳家是不想和侯府聯姻的。」白若蘭不平地說道，對陳諾曦如此忽視癡情的大表哥極為不滿。

梁希宜垂下眼眸，她爹從未想過將自己嫁入勛貴之家吧，可是父親的位置已然爬到了那個高度，步步為營中早就沒了選擇權。

清冷的月光傾灑在歐陽燦英俊的小臉上，透著一絲淡淡的愁容。

白若蘭有些感傷，嘴角向下撇著，圓圓的臉龐快要皺在一起似地哽咽起來。

梁希宜嚇了一跳，回過神捂住她的嘴巴，小聲道：「妳怎麼了？」

「嗚嗚，其實我好喜歡大表哥，可是他卻只想娶陳諾曦，嗚嗚……」白若蘭啜泣地說。

梁希宜頓時恍然大悟，她還納悶為什麼白若蘭提起陳諾曦的名字總是帶著幾分不屑，十二歲的小姑娘就開始知道鍾情於他人了嗎？

「成了，如此看來陳諾曦根本不在別院，我們是不是回去比較好？」歐陽燦繃著臉一副小大人的模樣，他今天已經很疲倦了，莫名其妙被梁希宜揍了一頓還涼了他半天。

「啊，那豈不是都白辛苦了。」白若蘭不甘心地糾結著。

「誰的聲音？」一道陌生的訓斥聲從外面傳來，頓時有人打著燈籠照亮了四周的草叢。歐陽燦一驚，本能地拽起梁希宜和白若蘭想要跑出去，卻一把被梁希宜反握住了手。

「你現在衝出去豈不是正中人家下懷了？」

歐陽燦皺著眉頭，自嘲地看向她。「那在這裡不是肯定也會被抓住？」

不過一會兒，外面已經聚集了四、五個婆子。

梁希宜甩開他的手，淡淡說：「算上外面守著的梁三，我們只有四個人，若被發現、被抓是必然的結果。就好像你跑去我的院子翻牆，被我發現了你，莫非以為自己有什麼神通可以跑掉嗎？」

歐陽燦面容成豬肝色，這個醜丫頭不提還好，一說起剛才的事情他就覺得憋屈。

「動動腦子，既然明知道跑不掉幹麼還跑呢？半途中再受傷豈不是得不償失？待會兒你直接亮出你的身分，說是靖遠侯府的歐陽燦不就得了，他們一群奴僕就算不信也不會肆意妄為，至少要去和他們家現在最大的主子請示下吧，在這期間必然會善待我們。」

白若蘭深表認同，反正梁希宜提出任何提議她都附和，畢竟她也跑不動了。

歐陽燦冷哼一聲。「為什麼是我出去承認，妳們呢？」

梁希宜忍不住拍了下他的小腦袋瓜，說：「我和白若蘭都是姑娘家怎麼可能出面承認呢，到時候被人傳出去還要不要嫁人啊，所以暫且當一回你的丫鬟吧！」

「是啊、是啊，希宜姊姊說得沒錯，小表哥你就一個人承擔下來好了。反正陳家也沒有長輩，最大的少爺不過十二、三歲，你可以說晚上無事鬧著玩、過來看看嘛！」

「嗯，紈袴子弟半夜翻牆幹什麼都是可以解釋得通的。」

歐陽燦瞪著眼睛，看兩個人贊同且催促他出去的樣子，恨不得揍梁希宜和白若蘭一頓。

「以陳家大小姐的名聲，你就算直接說是仰慕她才半夜三更過來也是令人信服的。」梁希宜思索了片刻覺得不如直說。

歐陽燦臉色更差了幾分，他真是高估這三小姐的善良程度。

「對啊，事實本來就是為了看陳諾曦嘛。」白若蘭一臉贊同地點著頭。

歐陽燦胸口燃燒起熊熊烈火，冷靜想了一下，如今也只有這樣才能保全大家。而且陳家目前能夠作主的大少爺年方十三，沒準兒對這種偷窺自己長姊的行徑已經屢見不鮮。想到此，他回過頭狠狠地瞪了梁希宜一眼，他維護自己表妹的名聲就算了，幹麼要幫她呢？

他盯著她神采奕奕的面容，忍不住問道：「是不是一開始妳就這麼打算的？」

「什麼？」梁希宜詫異地望著他，目光波瀾不驚。

歐陽燦被她淡定的視線盯得不舒服，稚氣地說：「如果被人發現，就把我推出來承認。」

梁希宜猶豫地點了下頭，見歐陽燦臉色很差，想到待會兒還要指望著他回家，便從懷裡掏出小瓶子，遞給他。「這個是我改良的跌打藥，剛才本來想讓夏墨給你裝好的，但是你一直不太友好就沒給你。」

歐陽燦微微一愣，他看著梁希宜柔和的目光，圓潤的鵝蛋臉在月色下泛著淡淡的光澤，一時間好像不那麼氣惱了，反而覺得她給人的感覺好溫暖。

上輩子好歹應付了李若安一世，她還不會哄孩子嗎？梁希宜打開藥瓶抹一點在手上，目光變得柔和，輕輕地說：「你臉上還痛嗎？這個藥效可好了，我幫你抹一點，然後你再出去會好看些。」

歐陽燦尷尬地撇開頭，臉頰隨著梁希宜指尖的觸摸變得越來越紅。他心裡暗道，這三小姐也太大刺刺、不拘小節了，他娘可是常和他嘮叨男女八歲不同席呢。

「把頭抬一下，你下巴有點腫。」梁希宜彎曲身子，渾身上下自然的香草味盈滿歐陽燦的鼻尖。

歐陽燦心跳加速，不一會兒感覺到臉上變得冰冰涼涼，似乎不那麼難受了。

「躲在草堆後面的人是誰？再不出來我們就點燃草堆了！」

有人舉著火把，一下子照亮四周。

梁希宜急忙推了下歐陽燦，說：「趕緊出去。」

歐陽燦被梁希宜弄得心神不定，他聽話地走了出去後，彷彿變了個人似地挺直了腰板，略顯高傲地說：「我是靖遠侯府的歐陽燦。」

梁希宜望著一本正經的歐陽燦忍不住彎起了嘴角。臭小子還挺會裝呢！不過她和白若蘭的衣料質地比歐陽燦那身破棉襖要好上許多，幾個婆子不置信地盯著他。

歐陽燦繃著臉，怒道：「我不過是久聞府上大小姐之名想要過來看看罷了。」

噗哧！梁希宜捂著嘴巴，這人也真是的，偷窺還那麼趾高氣揚、理直氣壯。

奴僕原本質疑的目光黯淡下來，如果是為了大小姐倒是極有可能，因為曾經也發生過類似的事情，有人好奇大小姐的模樣，於是偷偷跑到莊子上翻牆。

一個貌似管事的人走上前來，恭敬地說：「歐陽公子，小的是老宅後院的管事，姓陳。煩勞歐陽公子委屈在偏廳喝口茶水，小的去請大少爺過來。」

陳管事一邊讓人去前院稟告大少爺，一邊偷偷派人去靖遠侯府尋個管事過來確認這個人的身分。

歐陽燦故作鎮定地點了下頭，回過頭發現梁希宜眼角帶笑地凝望著自己。奴僕們手中的火把照亮了整個後院，他發現梁希宜的模樣還算端正，身材高眺，薄唇微微揚起的笑容如曇花初現讓人眼前亮了起來。真是無法想像眼前親和溫柔的女子是剛才那個找人扒光他的惡人！罷了，歐陽燦心想，他大人不計小人過，鑒於她送給他親手改良的藥物，暫且原諒了她。

梁希宜很有丫鬟的樣子低頭跟在歐陽燦身後，兩手交握放在身前，顯得柔和順良。她和白若蘭站在一起，一個高高瘦瘦，一個圓圓胖胖，不由得引起陳府婆子們偷偷瞧看。

歐陽燦難得見她低眉善目，起了捉弄的心思，一會兒要茶水、一會兒又要糕點。梁希宜並不惱他，好像哄孩子似地伺候歐陽燦，不一會兒，倒是他覺得不好意思，直言道：「妳端著盤子累不累，要不然坐在椅子上歇會兒吧。」

梁希宜搖了搖頭，小聲說：「沒事。」

她越是顯得無所謂，歐陽燦越是有些不舒服。雖然這三小姐最初挺讓人討厭，現在卻覺得她非常順眼，於是不再奴役她，而是好說歹說讓所有陳家人先出去，關緊門說：「梁希宜，妳折騰了一晚上，坐著歇會兒吧。」

白若蘭不等歐陽燦說完立刻撲到桌子上開始吃糕點，邊吃還不忘記抱怨。「不好吃，還是希宜姊姊府上的糕點好吃呀。」

梁希宜寵溺她似地拍了下她的後腦勺，說：「妳若喜歡我就把做法寫給妳。」她前世喜研吃食，無奈身分擺在那裡，娘親根本不讓她進廚房。這輩子反而有時間鑽研糕點甜品。

白若蘭開心地盯著她，眼睛忽閃忽閃地眨著，大聲道：「希宜姊姊，妳真好。」

「靖遠侯公子在嗎？」門外傳來一道陌生的聲音，梁希宜垂下眼眸，不由得緊張起來。她和白若蘭分別站在歐陽燦的兩邊，小心翼翼注意門打開後走進來的冠玉男孩。

梁希宜張著嘴巴，喉嚨彷彿堵住了什麼呼吸不了。她的弟弟，她那在慶豐年間去世的嫡親弟弟陳諾錦，竟活生生地站在她的面前。墨色的髮絲綰在腦後露出稚氣的容顏，一襲白色長襖披在身上，淡粉色薄唇微微揚起了好看的弧度，軟軟的聲音裡帶著幾分奶氣，說：「這位就是靖遠侯府五少爺吧。家父陳宛。去年世子夫人上京的時候還曾提起過貴府五少爺今年會來京城呢。」

歐陽燦淡淡地嗯了一聲，發現陳諾錦的目光由他的身上轉向了身後，不由得回過頭，發現梁希宜目不轉睛地看著陳諾錦，明亮的眼眸似乎放著光，好像要把陳諾錦看得清楚、深深刻在腦海裡似的。

歐陽燦一下子有些不高興，這個梁希宜怎麼那麼花癡，難道說女孩子都喜歡這種看起來軟弱無力的白面書生嗎？

他大跨一步擋在了梁希宜面前，不悅地說：「不好意思，家裡的丫鬟沒見過世面。」

梁希宜感到眼前忽地一暗，很快從思緒裡回過神來，她發現空氣裡的塵埃模糊了視線，隨意抹了下眼角，不由得欣慰地低下了頭。活著的阿錦，真好啊。

陳諾錦曾派人去靖遠侯府確認，眼前的玉面男孩確實是他家的小少爺，據靖遠侯府的管家說，同行的還有南寧白氏的六小姐，而且並沒有聽他提及什麼隨身帶著丫鬟呢。謹慎起見的推測，眼前兩個丫鬟裡面怕是有一個是白家小姐，而另一個女孩的身分恐怕也不簡單。

陳諾錦越過歐陽燦的身子看向後面，目光忍不住留在了梁希宜的身上，她給他帶來一種說不出的感覺，高高的個子，略顯肅穆的神情，明明她什麼都沒有做，卻彷彿渾身懷揣著某種情感直直地凝視著他，兩道目光糾纏在一起無法分開。

歐陽燦發現這兩個傢伙太可惡了，居然無視於自己的存在，故意咳嗽了兩聲，淡淡說：

「陳公子。」

陳諾錦一怔，急忙垂下眼眸，尷尬地說：「歐陽公子的丫鬟有點面善。」

「面善？」歐陽燦冷哼一聲。肯定是覺得梁希宜好看吧！京城紈袴子弟不都是這個樣子，看見別人的侍女漂亮就討要回去，風流之氣盛行。

陳諾錦不過是十三歲的男孩，他見歐陽燦意有所指的嘲諷態度，心裡也有些不太高興，略帶挖苦地說：「敢問歐陽公子來此處有何事嗎？」他眨著眼睛，故作真摯地問，儼然一副看好戲的姿態。

歐陽燦緊抿著唇角，良久，悶悶地說：「夜來無事，隨便逛逛。」

「哦，那可有些奇怪，陳府前院大門緊閉，歐陽公子是如何直接來到內院的呢？」

歐陽燦眉頭蹙起，心裡卻想著這陳諾錦真是明知故問。梁希宜偷偷看著陳諾錦略顯得意的神情心裡忽地愉悅起來，現在的阿錦神采飛揚、少年得志，哪裡都帶著幾分可愛氣息。

歐陽燦臉憋得通紅，梁希宜怕他壞事索性站出來大大方方地說：「陳公子，我家少爺原本想著借宿在陳家總要上門道一聲謝方好，便派了管事前來貴莊，途中卻遇到了定國公家的管事。國公爺畢竟是大家的長輩，少爺便先去拜訪國公爺，然後離開國公爺小院的時候，走迷了路，繞著繞著走過了西邊一道拱橋就到了這裡。」

由於前世她經常陪雙親回陳家老宅，這些院子其實都是可以貫通的，不過有的門已經被封死，她真真假假胡說一堆。

陳諾錦挑眉地看了她一眼，心道——這丫鬟說起話來倒是有幾分泰然自若。雖已知曉他們的來意，卻也沒有當場戳破她的話、再追問的意思了。他不深究的原因，主要是梁希宜抬出定國公。按理說，定國公路居此處，他和陳諾曦身為晚輩也應該拜訪，但是此次陳諾曦又偷偷入山並且了無音信，怕他人發現，他一直推託家姊早早睡了，然後關門謝客。

陳諾錦沈默了一會兒，讓丫鬟重新沏茶倒水，備好了點心擺放在桌子上。靖遠侯算是勛貴之首，歐陽家又是當今皇后娘家，他身為陳家子弟總歸不好太過無視歐陽燦，於是客套說：「歐陽公子對這裡不熟，走錯了也是人之常情。此次歐陽公子進京，可是要進入國子監學習？」

歐陽燦點了下頭，他和陳諾錦不同，一個靠的是恩寵，一個走的是科舉。陳諾錦覺得時辰已晚了，也不便多聊，客氣地送歐陽燦離開。

梁希宜安靜地看著兩個稚氣未脫的男孩，明明十分討厭彼此卻硬著頭皮故作友好似地敷衍著，她忍住笑意，心裡湧上了幾分暖意。阿錦的聲音依然是那般動聽。

歐陽燦回頭瞄了一眼垂著頭不知道在想什麼的梁希宜，不悅地說：「喂。」

梁希宜抬起頭，眼角帶笑地看著他，歐陽燦氣沖沖地問道：「妳是不是看上那小子了？」

梁希宜一陣無語，白若蘭卻搶先說道：「小表哥你說話好粗俗。」

「妳懂什麼！京城那種小白臉特別多，到時候妳千萬別被他們騙了。」

「我不喜歡小白臉，我喜歡大表哥！」白若蘭一臉不開心地盯著他，彷彿剛才歐陽燦的言語對她來說是一種侮辱。

「妳呢？」歐陽燦停下腳步，梁希宜沒收住腳撞上了一堵牆似的。

梁希宜嚇了一跳揉了揉額頭，目光黯淡地望著莫名其妙的歐陽燦。月光將他的身影映射得越來越長，好像延長至了看不到的天邊。他雙手抱胸，一字一字地低聲道：「妳剛才總是偷偷地瞄著那個小子，妳是不是看上他了？」

梁希宜皺著眉頭，冷聲說：「歐陽公子，你說話莽撞了。」

「呵呵，妳盯著他看不莽撞嗎？還是妳們京城裡的小姐總是說一套然後做一套呢。」

梁希宜不明白他的敵意來自何處，簡直匪夷所思。她懶得搭理，欲逕自離開時卻一把被歐陽燦攥住手腕。

白若蘭一驚，急忙道：「小表哥，你莫要欺負希宜姊姊。」

梁希宜掙了兩下始終無法擺脫他的力道，歐陽燦人看起來不大，手勁倒是不小。

「你幹什麼？」

「問妳話呢。」歐陽燦目光灼灼地盯著她，態度趾高氣揚。歐陽家在西北就是土霸王，而他這個世子家最小的少爺更是霸王中的霸王。

「妳明明就是看上陳家那個小子了，對不對？」歐陽燦一副肯定如此又略顯不甘心的樣子，他高昂著頭，逼迫梁希宜回答。

梁希宜上輩子是大家閨秀，嫁入久居京城的鎮國公府，接觸到的少爺大多是謙謙公子或者文弱書生。即便是上輩子的紈褲子弟李若安，平日裡也是風流倜儻、憐愛女子的溫柔模樣，她何曾被這般對待？

梁希宜瞪著他，怒道：「是又如何、不是又如何？歐陽燦，你管得太多了吧。剛才就應該讓人把你脫光了掛在大門口晾著，自以為是、不知羞恥！」

「妳！」歐陽燦滿臉通紅，憤怒地望著一臉冷漠的梁希宜，嚷道：「妳這個惡毒的醜八怪。」

梁希宜乘勢抽出手，用另一手拍了拍身前的塵土，淡淡說：「既然嫌棄我惡毒就躲我遠點，別沒事翻牆過來惹人厭棄。」

歐陽家是皇后娘家，日後將是新帝舅家，按理說不應該得罪，但是眼前的男孩實在太不懂事，她怕再和他多說幾句就結下梁子，索性大家遠著點比較好。再加上李若安都已經死了，陳諾曦又變得不太一樣，誰知道最後坐到那個位置的人是誰呢？

歐陽燦有一種快被氣炸的感覺，這個三小姐到底怎麼回事？剛才還一副和善模樣親手幫他抹藥呢！轉臉就像個花癡似地盯著陳諾錦看，還不讓人說。他不過就是問一下罷了，居然翻臉不認人，張口閉口盡是厭棄，什麼意思嘛。

「妳怎麼這個樣子？」歐陽燦自認在梁希宜剛才那般對待他之後，他待她已經算是極好的了，氣急之下又上前抓住她手。

「梁三！」梁希宜叫來梁三，瞪著歐陽燦漠然地說：「放手。」

歐陽燦賭氣似地死死攥住她的手腕，說：「不放。」

「無恥之徒。」梁希宜的聲音幾乎是從牙縫裡流出，她突然低下頭狠狠地咬住歐陽燦的手腕，一聲慘叫響徹夜空，然後藉著梁三的身體橫在他們中間轉身跑開。

歐陽燦沒想到她會如此，心裡罵了梁希宜不下一百遍。不要給他機會再次見到她，否則絕對要讓這個惡毒的女人好看！

月色高高地掛在天空上，楊嬤嬤半夜醒來原本想看一下三小姐，發現大屋裡居然有亮光，就進了屋。

夏墨久久沒有梁希宜的消息整個人焦急地來回踱步，她聽到門口的動靜，急忙迎了過去正巧對上楊嬤嬤清明的目光，不由得一愣，整個人洩了氣似地蔫蔫道：「嬤嬤……」

楊嬤嬤冷冷掃了一眼夏墨及其身後小廚房的李嬤嬤，淡定自若地走到檀木桌子旁邊坐了下來。夏墨討好地倒了杯茶，楊嬤嬤示意她關緊門窗，啟口道：「姑娘人呢？」

夏墨抿著嘴唇，結巴地將所發生一切如實敘述一遍。

楊嬤嬤端著茶杯，眉頭緊皺，喃喃說：「靖遠侯家的少爺和望族白家的六小姐？」

夏墨點了下頭，想起剛才少年眉眼中器宇軒昂又有些不甘的氣勢，應該是高門子弟。

「真是胡鬧！」砰的一聲，楊嬤嬤手中的茶碗狠狠地落到了檀木桌上。

嘎吱一聲，梁希宜衝進了屋子，她雙手落在胸口處，不清楚是因為跑得太快心跳加速，還是見到久違的陳諾錦，此時心裡緊張興奮得不得了。

「姑娘。」一道沈悶的聲音從耳邊響起。

梁希宜嚇了一跳，在發現楊嬤嬤略顯憤怒的雙眸時，頓時垂下頭，尷尬地說：「嬤嬤怎麼起來了？」

「哼，若不是我起來了還不知道姑娘膽子倒是越來越大了！」

梁希宜垂下眼眸，猶豫了一會兒，說：「嬤嬤，妳別生氣，我不過是對陳諾曦有些好奇罷了。」

「好奇便和靖遠侯家的小子去翻牆嗎？」

「反正也不會有人知道的。」梁希宜悶悶地回應，聲音幾不可聞。

楊嬤嬤無語地搖了搖頭，嘆氣道：「夏墨，姑娘臉色蒼白怕是有些氣息短弱，妳先讓老李家的去小廚房熬補湯。」

「是。」夏墨知曉熬湯不過是個藉口，怕是有些事情要私下問三小姐。

李嬤嬤和夏墨恭敬地退下。梁希宜臉頰發紅，今晚的行為著實不妥，但是自己真的好想見見這一世的陳諾曦，看看她到底是什麼樣子。

夏墨安排大家各司其事後站在屋外把守，果然不過片刻，屋裡就傳來楊嬤嬤哽咽的哭聲。

梁希宜愧疚地拍著楊嬤嬤的背脊，小聲說：「嬤嬤別氣了，我一切安好的。」

楊嬤嬤搖了下頭，欲言又止地望著她，道：「還好沒出什麼大事，否則讓我如何見二夫人，靖遠侯家也好、陳家也罷，又豈是如今的定國公府可以招惹的？」

梁希宜低下了頭，心裡說不出來的五味雜陳，她算是賠了夫人又折兵，原本想蹭著靖遠侯府家公子的名頭，藉機見陳諾曦一眼，不承想人沒見到，還得罪了侯府的五少爺歐陽燦。

楊嬤嬤目光複雜地將梁希宜從頭到腳看了好幾眼，嘆氣地說：「姑娘，妳年近十三，是大姑娘了，怎麼可以如此不小心？妳可知道陳家小姐為什麼被送到陳家莊上養病呢？」

梁希宜一怔，抬起頭說：「好像是因為參加賢妃娘娘舉辦的宴會，她掉進水裡落了病根。」

「呵呵，看來妳讓人調查過陳家了吧。」

梁希宜尷尬地撇開頭，不知道該如何告訴楊嬤嬤自己對陳諾曦耿耿於懷的原因。

「好吧，這陳家小姐不管從品貌還是才氣方面，確實是京城頂尖的名門貴女，妳對她好奇是可以理解的，那麼妳也應該知道，當時賢妃娘娘的親侄子李若安也掉入水裡了吧？」

梁希宜點了下頭，隱隱覺得其中有幾分詭異。

「兩個人同時掉入水裡，姑娘覺得正常嗎？」楊嬤嬤眼底流過一絲質疑。

梁希宜搖了下頭，肯定道：「怕是另有內情。」

楊嬤嬤嗯了一聲，低聲道：「如果不是李若安死了，陳家小姐注定是李家媳婦，姑娘家的名聲就是如此珍貴，禁不起一點風吹浪打。妳今天和靖遠侯家小子一起爬牆，如果被陳家發現聲張出去，哪怕只是幾句風言風語，都可能毀妳一輩子。」

梁希宜咬住下唇，實在無法將歐陽燦那種孩子當成男人看待。

「姑娘，有些話我原本不想同妳嘮叨，妳看定國公府表面一片和睦，其實裡面骯髒事情也不少見，否則國公爺又為何躲在山裡靜養而不願意回到府裡呢？」

梁希宜眉頭緊皺，定國公府家大業大必然會有紛爭，她右手攥著左手手指，抬起頭盯著楊嬤嬤憂愁的目光，說：「煩請嬤嬤直言。」

楊嬤嬤拉著梁希宜的手走到床邊坐下，藉著昏黃的燭火仔細將她看得清清楚楚，欣慰道：「別怪嬤嬤話多，定國公府和山裡不一樣，妳可不能再如此隨興下去。」

梁希宜乖巧地點了點頭，楊嬤嬤伸出布滿皺紋的手指，輕輕撥開她額前碎髮，輕聲道：「姑娘模樣生得靚麗，眉眼柔和，只要行為端正定能說一門可心的人家。」

梁希宜望著那雙隱約帶著淚花的目光，心中一暖，不管是這輩子還是上一世，在親情方面她都屬於備受疼愛的姑娘。

楊嬤嬤捏了捏她的手心，聲音悠遠深長。「二夫人剛嫁進國公府的時候沒少吃苦，武將家的出身，嫁妝寒酸，不得夫君喜歡，就連大夫人房裡的丫鬟都敢對二夫人不客氣，好在後來一舉得男，生下定國公府嫡長孫。」

梁希宜點了點頭，安撫地拍了拍楊嬤嬤的肩膀，輕聲說：「日子會越來越好的。」

「是啊，轉過年來二夫人再次懷孕，又是個男孩，連挑剔的老夫人都開始對二夫人有笑臉，國公爺怕孫兒受委屈，撥來幾個丫鬟、婆子伺候我們，日子總算有些好轉，但是二老爺和二夫人的感情卻是越來越淡。」

梁希宜心裡小小挖苦了一下親爹，既然和母親感情那麼久了，還可以讓母親受孕，可見男人果然無控制力，毫無堅持可言。

「二夫人能生，國公爺自然是高興，但是有人眼熱，直至今日，作為定國公府世子的大老爺都沒有嫡子，長此以往，妳覺得家裡會變成什麼樣子。」

梁希宜琢磨了一會兒，說：「我記得大房有三個庶出的兒子，大夫人都不願意養嗎？」

「姑娘，妳可背好了我給妳的族譜？」

「嗯，希宜記得呢。大伯父最疼愛的兩個姨娘，一個是年輕貌美的藍姨娘，另一個是小秦氏。」

「這個小秦氏就是府裡三少爺和五少爺的親娘，她還有一個身分是大夫人的庶妹。大夫人的父親是國子監祭酒，按理說沒必要為了巴結定國公府送來兩個女兒，這個小秦氏當初是主動勾引妳大伯父，為此她的親娘都被秦老夫人找茬處置了。」

梁希宜微微一怔，庶妹嫁給嫡姊的夫君為妾，自己的親娘又被嫡母弄死，這仇結得不小。

「所以說大夫人打死也不會給小秦氏養兒子。」

梁希宜低頭想了片刻，疑惑道：「藍姨娘剛有了個哥兒，她不想讓兒子養在大伯母名下嗎？」

「呵呵，她倒是想呢，但大夫人沒有同意。」

梁希宜愣了一下，詫異地說：「大伯母不會把主意打到娘親身上了吧？」

楊嬤嬤點了點頭，道：「她看上妳的胞弟了！當年妳身體不好，二夫人難免沒空照顧四少爺，反倒是大小姐同四少爺玩耍，像是親姊弟。如果四少爺被過繼大房，對大夫人兩個嫡出的女兒肯定不會太差，所以大夫人想把四少爺過繼，二老爺有些動心，畢竟他也想讓自己的親生兒子繼承國公府的爵位。」

「大伯父不會坐視不管吧。」

「大老爺當然無法接受了！他有兒子憑什麼把爵位讓給二房的嫡子？全府上下怕是只有妳母親和大老爺不支持這個決定，就連老夫人都無所謂了。」

梁希宜聽到此處不由得對親娘好感劇增，至少她沒有在面對如此誘惑下就把兒子賣給大房。

「大老爺當了那麼多年世子，又是府上唯一有官職的人，要想在府裡弄死侄子還是不難的，所以二夫人拒絕了這件事兒。」

梁希宜嗯了一聲，他們二房一片欣欣向榮的景象，大哥和二哥可以考取功名，即便到時候分府出去也能養活得起母親，何必捲入爵位之爭？當然，更為重要的是她隱約記得罔替的爵位後來都被皇上收回，為了一個可能隨時丟掉的爵位讓胞弟落入險境，怎麼看都相當不划算吧。

第三章

梁希宜經過一晚上的折騰略顯疲倦，倒在床上便睡熟了，轉眼間就到了翌日清晨。

她迷迷糊糊地望著窗外白茫茫一片的雪景，有些擔心今日能否順利回京。

果然片刻後就從前院傳來消息，國公爺決定再留宿一晚。她命人準備好早膳，前去給祖父請安，不等他問，她就主動坦誠昨晚一切。

府裡大大小小的事情哪裡可能瞞過祖父的眼線？不提及不過是給她留面子而已。

梁佐望著臉頰紅撲撲的孫女，不由得搖起了頭，說：「陳家嫡長女在京城是有些名聲，妳若是好奇她的模樣倒是正常，只是方法笨拙了些。」

梁希宜靦覥地看了祖父一眼，撒嬌道：「祖父就不要笑話希宜了。」

梁佐笑呵呵地盯著窘迫的梁希宜，說：「俗話說經一事，長一智。妳可覺得此事疏漏在哪裡？」

梁希宜心道祖父這是要提點她什麼，故作沈思了一會兒，坦誠道：「希宜認為此事最大的疏漏就在於不該牽扯上靖遠侯家的子弟。」

梁佐點了點頭。「不怕深藏不露的敵人，就怕豬一樣的夥伴。」

梁希宜睜著一雙黑白分明的眼眸，無語地望著老頑童似的祖父，這種話居然出自定國公。

「陳氏一族在朝中最得勢的就是陳宛，他為人謙和，門下學生眾多，官居禮部右侍郎，是下一任禮部尚書的熱門人選，所以很多皇子都暗中在拉攏他。」

梁希宜望著說起朝堂脈絡而神采飛揚的祖父，不由得暗中嘆氣，如果不是父執輩沒有得力的男丁，明明很有能力的祖父又何苦過著隱居生活，生怕哪個兒子腦子一熱就中了其他人算計？

「所以說，陳諾曦名聲大噪，怕是背後有人推波助瀾，我希望妳不要和她產生任何交集。」

梁希宜微微一怔，隨後低下了頭，陳家如同大海裡一艘小船，隨時都有可能深陷海底。

「陳宛是個明白人才會把女兒送到莊子上，就是不知道女孩如何，不過她作為陳家的嫡長女，終歸是會被人盯上吧。」

梁希宜垂下眼眸，良久才艱難地點了下頭，想起上一世的父親陳宛的慘烈結局，她的眼底忍不住蓄滿淚水，哽咽地說：「孫女知道了。」

梁佐莫測高深地看了她一眼，淡淡說：「我又沒有苛責妳，怎麼就紅了眼圈？另外，我可是還聽說妳咬了靖遠侯家的少爺，這就更不應該了。男女之別可是大忌，這世上沒有不透風的牆，妳切莫在這方面犯錯。」

梁希宜吸了吸鼻子，輕輕地說：「我明白了。」

梁佐還想要說些什麼，門外響起了梁三的聲音。「國公爺，靖遠侯府的公子前來拜見。」

梁希宜主動起身，說：「祖父，我先退下了。」

他不太放心地看了一眼孫女，道：「好了、好了，妳若是當真嚮往陳家女兒，祖父找個機會讓妳娘帶妳去看看她，別弄得那麼委屈。」

一股暖流湧上梁希宜的胸膛，她乖巧地搖了搖頭，說：「祖父說得對，我不會和她深交的。」李若安已經死了，陳諾曦不會嫁給李若安，一切似乎都發生改變。

梁希宜離開外院，碰巧和歐陽燦走了個對臉，他的身後還跟著胖乎乎的白若蘭。因為剛剛想起了上一世的父母，沒忍住在祖父面前落了淚，此時她的眼眶紅紅腫腫的。

白若蘭見她這副樣子，關切地說：「希宜姊姊，妳怎麼了？」

梁希宜詫異地抬了下頭，急忙抹乾淨眼角的淚痕，搖了一下頭，道：「我沒事，你們進去吧，國公爺還在等著呢！」

歐陽燦皺著眉頭，他原本對梁希宜有一千個一萬個不滿意，不過當他發現梁希宜的眼睛彷彿紅兔子似的可憐模樣，又覺得沒那麼生氣，反而生出一些說不出的情緒，問道：「是不是因為昨晚的事情，挨妳祖父罵了？我可沒有給妳告狀哦。」

梁希宜撇開頭，懶得搭理他，轉身離開。這個歐陽燦一會兒好一會兒壞的，莫名其妙。

歐陽燦有些不明所以，反正他就是想知道梁希宜為什麼哭了，追上去就要拉住她。

「喂，我和妳說話呢，妳這人到底有沒有一點禮儀？」

梁三急忙護住梁希宜，恭敬地說：「歐陽公子。」

歐陽燦懊惱地撓了撓後腦，急切道：「好吧！雖然昨晚明明是妳有錯，不過我不和妳計較了，妳就別哭了，我不會再和國公爺說一句妳的不是。」

梁希宜眉頭微微蹙起，歐陽燦這種前言不搭後語的話讓別人聽了會怎麼想？她再次後悔昨晚的衝動，抬起頭冷冷地看著他，道：「歐陽公子，請你自重！」

歐陽燦一怔，隨後又有些煩躁，怎麼梁希宜似乎特別討厭他，他明明什麼都沒做過呀！

倒是白若蘭看出幾分梁希宜懊惱的情緒，偷偷拉了下歐陽燦的袖口，說：「小表哥，這裡是京城，京城人家的女子不像漠北女孩不拘小節，你這麼大庭廣眾下吵吵嚷嚷，難免招惹人反感。」

歐陽燦頓時了然，有些無奈地甩了下頭，淡淡地說：「真是麻煩。」不過他還是回頭，又看了一眼梁希宜離開的方向，心裡想著總要讓梁希宜知道他大度得不跟她計較才好。

定國公梁佐面見歐陽燦的時候沒有多說其他，只是簡單地問他讀過什麼書，家中長輩的身體如何，歐陽燦認真地一一回應頗得梁佐的好感。

歐陽燦莫名想要在定國公的面前表現好一點，白若蘭偷偷瞄了好幾眼小表哥，心存詫異。

國公爺見白若蘭生得白白胖胖，十分面善，想到南寧白氏一族家世清白，雖然和靖遠侯有親，但是皇帝生母亦是白氏當家老夫人的表親，不如讓梁希宜結交一下，便留下他們用午膳，讓丫鬟帶著白若蘭去後院尋梁希宜說話。

同時，小廝忽然來報，陳家大少爺陳諾錦也前來拜見，定國公爺微微一怔，同樣留了午膳。

歐陽燦盯著陳諾錦接受定國公學問考校的靦覥模樣，不由得冷哼一聲，一個大男人行為舉止像個姑娘家似地讓人作嘔，真是令人厭惡至極。他看見他就想到了昨晚梁希宜傻乎乎望著陳諾錦的花癡模樣，胸口悶得彷彿被什麼燃燒起來。

梁佐見陳諾錦謙虛有禮，忍不住誇獎他一二。歐陽燦皺著眉頭，有些坐不下去，隨便吃了一些，便找藉口離開。

梁佐不由得搖了搖頭，歐陽家身為皇后娘家，在西北如同土霸王，幾個年少子弟也略顯輕浮張狂，難怪當今聖上越來越疏遠皇后，而鎮國公府出身的賢妃娘娘，略有扶植五皇子登基的勢頭。

不過五皇子身分擺在那裡，既不是長又不是嫡，如此被寵愛下去也是社稷的禍根。而且靖遠侯府在軍中勢力太大，又鎮守漠北和南寧兩個大省，豈是無兵權的鎮國公府可以輕易抵抗的呢？

後院裡，梁希宜熱情地招待著白若蘭，讓小廚房的李嬤嬤做了許多甜品。

白若蘭吃得津津有味，親切道：「希宜姊姊，我聽表哥說雪已經停了，明天肯定要啟程呢，妳不如坐到我的馬車裡吧，否則一個人真的好無聊。」

梁希宜想了片刻，搖頭笑道：「因為大雪路面本就不太好走，安全起見，我就不過去了，妳若是想找我說話，到了京中給我家送來帖子便好，我肯定會過去的。」

「從北方一路過來我都快煩死了，還好再忍耐一日就可以抵達京城。我聽姑姑說過，京城的胭脂顏色最鮮豔，抹起來最自然，絹花樣式也是最好看的，我好怕到時候自己的樣子會丟臉呢。」

梁希宜瞇著眼睛，回想起前塵往事，輕輕地說：「沈蘭香的胭脂最好，皇商韓式鋪子的絹花樣式最多樣，妳到時候可以過去看看。」

「我感覺希宜姊姊服飾的花色雖然很素，樣子卻滿新穎的。」

梁希宜愣了一下，輕聲說：「我因為養病，是在山裡長大的，有些閒暇時間自己畫樣子。」

白若蘭睜大了眼睛。「那妳改日給我些樣子吧，我好喜歡的。」

梁希宜笑著應允著點頭，外面傳來奴才的聲音，是歐陽家的人前來接白小姐回去。

白若蘭不捨地拉著梁希宜的柔荑，承諾似地再三叮囑。「到了京城我就給妳發帖子，千萬要過來唷，我娘親都不在京城，我還是滿怕自己住不慣的。」

梁希宜安撫地拍著她的手。「白府上有妳眾多姊妹和嫡親祖父、祖母，妳著實不要擔心什麼。」

白若蘭吸了吸鼻子，道：「但願吧，實在不成我就去找小表哥，我跟他還熟悉些。」

梁希宜眼底帶笑地望著她，白若蘭的父母在南寧老宅，她跟姑姑親近，所以總是去漠北居住，此次是第一次進京常住，難怪會不適應一些。

翌日，原本在京城等候的定國公府人馬，直接來到陳家莊迎接定國公爺。長長的馬車隊正式啟程，直奔位於城東中路的定國公府邸。

定國公府邸占據這條胡同一整個街面，淺灰色的石獅子昂揚挺立，高大的紅漆大門在夕陽餘暉下泛著點點金黃，好像被灑了一層金粉般透著幾分高貴奢華。

衣著打扮整齊劃一的丫鬟奴僕們站在大門兩側，相較於京城陳府，定國公府的排場必然是要高出一個階級，更何況是迎接國公爺歸府。

梁希宜深吸一口氣，在夏墨和楊嬤嬤的攙扶下下了馬車，她戴著帽紗，垂下眼眸沒有刻意去看周邊的景致，換上小轎子後，從中門跟在祖父的轎子後面直接入府。

內院的德尚堂內，梁老夫人坐在檀木椅子上喝著茶水，右手邊依次站著大夫人秦氏，二夫人徐氏和三夫人李氏。三房的七少爺被摟在梁老夫人膝下，她雖然煩透了三夫人李氏，卻因為疼愛三老爺，愛屋及烏非常寵愛三房獨子——八歲的七少爺梁希佑。

二夫人徐氏所出的大少爺梁希嚴、二少爺梁希謹尚在進學，過些時日才會放假歸家所以並不在場。

藍姨娘所出不過一歲的十少爺梁希望最近身子骨不太好，也留在房中休息，沒有出面。除了他們三個以外，定國公府所有希字輩子孫全部在堂中等候。分別是大房的大小姐梁希靜、二小姐梁希榴，以及庶出的三少爺梁希弟、五少爺梁希鼎。二房嫡出的四少爺梁希義、六少爺梁希諾、八少爺梁希安、六小姐梁希然和九少爺梁希德，以及三房的四小姐梁希宛、五小姐梁希晴。

定國公是長輩，先去內院稍微收拾一下，梁希宜是小輩，第一時間來給祖母請安，她尚未分辨出哪位是自家娘親就被嬤嬤拉到中間，看著墊子跪了下去，恭敬道：「希宜給祖母請安。」

「可憐見的，快起來讓我看看三丫頭長成什麼樣子了。」一道帶著幾分迫切的聲音從耳邊響起，梁希宜乖巧地抬起頭，入眼的老太太看起來慈眉善目，眼底泛著淚光，昏黃的燭火光亮打在她的臉上，映襯著那道道凹進去的皺紋彷彿山脈的溝壑。

梁老夫人雖然偏疼三兒子多一些，但是畢竟歲數一大把了，怎麼會不疼自個兒的親孫女？

梁希宜感到眼眶有些發脹，她順勢走了過去，不等站穩就被祖母摟入懷裡。梁老夫人一邊拍著她的背脊，一邊擺正了她的臉頰，不停撫摸，開心地說：「老二媳婦，三丫頭長得可比妳好看多了，皮膚白皙得彷彿捏得出水來似的，倒是隨了我們家老二。」

梁希宜順著她的目光向身後看去，一個高大的女子眼底充滿希冀地盯著她，右手慌亂不停地抹著眼角，聲音發抖地說：「那敢情好，也像老祖宗。」

梁老夫人挑眉掃了她一眼，玩笑道：「難得妳說句奉承人的話。」

梁希宜有些不自在，但是考慮到老人家的心情總歸沒有掙脫，她小心翼翼地望著娘親，發現娘親的目光使勁地落在她身上，生怕一轉眼就看不到似的，不過片刻，豆大的淚珠流了下來，無法控制地哽咽出聲。她不由得有些動容，輕輕地喚了一聲：「娘親，讓您惦記了。」

「我的兒……」二夫人顧忌不了那麼多地撲了上來，摸了摸梁希宜的髮絲，又揉了揉她的臉，啜泣道：「妳不怪娘把妳送走就好，快讓我仔細看看。」

梁老夫人見二夫人高高的個子，手忙腳亂地佇立在眼前，忍不住嘮叨她。「妳再想三丫頭也別像個市井婦人般沒有禮數，她是小輩，還不曾給家裡長輩請安呢！」

二夫人微微一怔，雖然有些不太情願的模樣，還是拉著女兒一一同長輩問好。

因為待會兒國公爺會過來德尚堂，各房的姨娘小妾都不能出席。梁希宜倒是輕鬆，在場的長輩不過是大伯母和小嬸嬸，至於姊妹們就是單純敘舊。

四小姐梁希宛比她小一歲，據說幼時相處最好，再加上一直同她魚雁往返，倒是最先熟絡起來的。

梁希宜仔細打量她的模樣，尖尖的瓜子臉、大大的眼睛、明媚皓齒倒是傳統的美人胚子。

或許因為二夫人徐氏皮膚黝黑，二房之中除了梁希宜，其他的孩子都偏黑，難怪梁老夫人似乎對她更為滿意一些。

梁希宜給每位姊妹發了自己畫樣子的荷包，送給男孩的都是統一用紅繩編的鈴鐺，因為樣式新穎頗受眾人喜愛。

「國公爺到！」

定國公梁佐大步走入堂內，他來德尚堂不過是打個照面，大老爺、二老爺還有三老爺都在內院書房等候著他。

梁老夫人斂起笑容，淡淡地朝著梁佐道：「你倒是還知道回來過年。」

梁佐懶得和妻子爭吵，而且滿堂女眷他待著也不太舒服，問過幾個孫子學業後就要離開。稍微走了兩步後便頓住腳，吩咐道：「希宜，晚膳後妳來我的書房一趟。」

唰的一下子，所有的目光都聚集在梁希宜身上。梁希宜眉頭一皺，暗道祖父怕是習慣每天晚上和她說一會兒話了，忘了此地可不是山裡，又或者老人家就是如此任性？

家裡少爺、小姐們加起來十幾個人，獨獨待她特別，不知道其他人會作何感想。可是不管如何，她只能垂下頭恭敬地應聲，說：「孫女知道了。」

梁老夫人若有所思地望了一眼梁希宜，表情忽地變得冷淡起來。她命人傳膳，丫鬟婆子們頓時忙碌起來。

六位小姐被分在一個桌子上，梁希宜忍不住偷偷瞄著主桌的母親，發現她也不停回頭，生怕她一會兒不見了似的。一個不到桌子高的小女孩拽了拽她的衣袖，輕聲說：「三姊姊，我是希然，娘親說我是妳嫡親的妹子。」

梁希宜一怔，想起梁希然是府裡的六小姐，她今年不過五歲，兩個人不曾見過面。

梁希然小大人似地撫平衣服上的縐褶，主動靠近了梁希宜懷裡，蹭了蹭她胸前的刺繡，說：「三姊姊妳衣服的花樣子真好看，希然喜歡。」

梁希宜喜歡女孩，摸了摸她的頭，笑道：「等做衣服的時候我幫妳弄花樣。」

梁希然甜甜地嗯了一聲，又蹭了蹭梁希宜的大腿。「三姊姊身上好香，平時用哪裡的香，希然也想要。」

梁希宜皺著眉頭，想要告訴她「妳還小，不宜用香」，不過望著她眨巴眨巴的大眼睛，又不由自主地點頭。四小姐梁希宛一把將梁希然拽了出來，調侃道：「希宜妳莫要被小妹妹騙了，她呀，也不知道是怎麼回事特別財迷，我們每個人的房裡都有被她搜刮走東西。」

梁希宜詫異地盯著梁希然，發現她臉頰紅撲撲地似乎一點都不生氣，而是理直氣壯說：「我家男孩多，我要自己攢嫁妝的。」她的聲音不大不小，整個堂內都聽得極其清楚。梁老夫人無語地瞪了一眼二夫人，令她尷尬地低下了頭。

大夫人秦氏笑著朝二夫人說：「以後還是少讓妳家嫂子上門了，孩子們最是天真，容易聽錯話。」

二夫人低頭猛扒飯，她娘家是軍戶出身，錢財上非常窘迫，養兵花銷極大，兒媳婦都是小門小戶，經常來定國公府打秋風。

梁希宜看出母親的尷尬，笑著捏了捏梁希然手心，安撫道：「妳是女孩子，以後這種話切莫說了，家裡有祖父、祖母，總不會短了妳一分一毫。妳要記住，府裡雖然不是娘親管家，但是一切有祖母作主，缺了什麼就去纏著祖母要，祖母心底最善良寬厚，絕對不會讓妳受委屈的。」

梁希宜一邊捧著梁老夫人，一邊貶著管家的大夫人，五歲小孩子能說出這種話，可見平日裡丫鬟、婆子沒少發二房人多的牢騷。

梁希然目光清亮地望著梁希宜，轉身就撲向主桌，趴在老夫人的腿上，細聲細語說：「祖母，希然昨晚想吃桂花糕，可是廚房忙著給十少爺做藥膳，根本沒人搭理我的大丫鬟，然後希然就餓著肚子餓了好久，最後給端來一盤南瓜糕，軟軟的，怕是給其他人做剩下的。」

梁老夫人眉頭蹙起，目光深沈地望向了大夫人。梁希宜說得沒錯，二夫人的娘家再落魄不堪，她生的孩子可是國公府的孫女，豈能這麼小就開始為生計打算？

她沈著臉，剛要對大夫人發作，就聽到門口處傳來一陣慌亂的腳步聲音。大夫人的陪房王嬤嬤臉色蒼白地跑進屋子，太著急沒注意門檻絆了一下，摔了一跤。

梁老夫人啪的一聲拍了下桌子，淡淡地說：「慌張什麼，到底有沒有規矩！」

王嬤嬤唯唯諾諾地抬起頭，雙肩顫抖地跪在地上幾次欲言又止，嗓子沙啞地喃喃道：「十少爺……十少爺剛剛忽地口吐白沫，然後……然後就沒氣了。」

哐噹一聲，大夫人桌子上的碗筷掉到了地上，梁希宜望著目光驚愕的眾人不由得低下了頭。

她和祖父前腳進門不到一個時辰，府裡就出了人命案子。這事會是誰做的手腳，又是要針對誰呢？

德尚堂內一下子變得安靜下來，彷彿連根針掉在地上都可以聽得十分清楚。

梁老夫人瞟了一眼大夫人，尚未開口問話，就聽到外面傳來斷斷續續哭喊的聲音，一名身穿綠色長裙、披著紅色襖袍的女子在兩名丫鬟的攙扶下走入堂內，跪在地上。

她的臉上滿是淚水，眉眼間的胭脂抹花了眼角，蒼白的容顏上一塊紅一塊黃的，極其狼狽。

梁希宛捏了捏梁希宜的手心，小聲說：「這是藍姨娘，老十的親娘，大伯父可喜歡她呢。」

梁希宜偷偷打量著藍姨娘，她的頭上戴著淺粉色絹花，高高盤起的髮絲被風吹得凌亂，青絲落在鬢角處，襯托著她白淨的臉頰越發小巧可憐。

「老夫人定要為小十作主啊……」她艱難地吼出聲音，不停地朝著梁老夫人叩拜起來，額頭碰觸地面響亮的聲音，在寧靜的德尚堂內緊緊敲打著每個人的心，不過片刻地面上就有了紅色的痕跡。

梁希宜撇開頭，眼眶發紅，她曾經身為人母很能體會藍姨娘悲痛欲絕的心情。

梁老夫人始終沈默不語，她似乎有很多話想要吩咐下來，又有很多話猶疑不決。

大丫鬟夏雲趴在藍姨娘耳邊勸說了什麼，藍姨娘才顫顫巍巍地站了起來，神情恍惚地坐在桌子旁邊。

夏雲替藍姨娘回話，道：「陳大夫前幾日來說十少爺染了風寒，不是什麼大病，今日卻突然發抖，大夫來時十少爺已經面色發青，渾身蜷曲不停地抖動，大夫說脈象很亂，沒救了，像是吃壞東西的樣子，然後就一命嗚呼。國公爺剛剛有來看過了。」

梁希宜仔細辨認她的話，難怪剛才祖父過來時神色不好，原來還有這麼一檔子事情。

夏雲看向梁希宜一眼，欲言又止道：「國公爺說三小姐回府，全家人難得聚一起，不讓我們來煩擾梁老夫人。嗚……」

梁老夫人眼眶發紅，年紀大的人最聽不得生老病死。

「老祖宗，您一定要為我死去的兒作主，他走得有多麼可憐，渾身發青，小小的身子不停地發抖，哭不出聲，我的兒啊……」

藍姨娘再次跪倒在地，夏雲急忙拉扯住她，滿臉淚水對梁老夫人哽咽道：「我們原本不想過來說，但是小少爺去的那一刻不僅口吐白沫，還七竅流血，姨娘只覺得有刀片在心口不停地割著，這才闖了進來。」

梁希宜抬起頭，目光灼灼地盯向了藍姨娘的大丫鬟，怎麼說得好像因為她耽誤了小十似的。

二夫人不客氣地站出來，揚聲道：「十少爺的事情，我們看著都難過，但是就事論事，老太爺攔著不讓妳們前來告訴老夫人，是因為已經無救，同我們家三丫頭回家可沒關係。大房的齷齪事情少往我家姑娘身上靠！」

大夫人一怔，也開了口，說：「弟妹這是什麼話，大房死了個孩子怎麼就成了齷齪事？藍姨娘很可憐了，現在只是求老夫人調查清楚而已，妳何苦雪上加霜？」

「雪上加霜？我雪上加霜有什麼好處？你們房內死了個庶子誰受益，誰清楚！」二夫人本就是潑婦形象，事關女兒名聲她可不能讓碎嘴的婆子胡亂傳出去。三丫頭剛剛回家，就死了孩子，還是這麼蹊蹺的死法。

梁老夫人疲倦地看著她們爭吵，吼道：「別說了！」

藍姨娘趴跪在地上已經淚流滿面，兩個丫鬟扶著她的肩膀默默哽咽，幾位小姐聽到夏雲敘述弟弟死去的樣子時早就嚇呆了。

梁老夫人的神情恢復平靜，她緊抿著唇，吩咐道：「夏雲，妳先扶著藍姨娘回房裡休息。誰都不許給我去胡說，待調查清楚了自有定論！」

藍姨娘欲言又止幾次，最終咬住下唇點了下頭。

梁老夫人沈靜了一會兒，環顧四周冷漠地說：「都退下吧，秦氏和王嬷嬷留下。」

二夫人見沒自個兒事情，急忙轉身直奔梁希宜，走了過去，說：「三丫頭，快讓娘看看妳變成什麼樣子了，可真是想死我了，我的希宜。」

梁希宜靦覥地任由她抱住自己不停打量，直到身後面傳來梁老夫人的聲音：「老二家的，待會兒送三小姐去老爺書房。」

二夫人一怔，這才想起了剛才國公爺的交代，臉色不由得黯淡下來。

梁希宜見娘親喜怒哀樂都表現在臉上，不知道是該欣慰還是無奈，主動拉住了她的柔荑，笑著說：「母親，我先去祖父那裡陪他說一會兒話，然後就去看您。」

二夫人微微愣住，心情頓時好了起來，親生閨女就是不一樣。

梁希宜跟隨管事離開時天色已暗，她藉著燈籠的餘光環顧院子裡的景致，池塘的水面可以倒映出她站在假山旁邊的影子。

「三小姐，您進去吧。」書房裡有人傳話，梁希宜撩起簾子，入眼的是祖父一頭白髮。

書房只有梁佐一人，梁三在門外候著。

「祖父！」梁希宜的聲音裡滿是親暱，不過才一會兒不見，對祖父怎麼好像隔了許久不見似的那般想念，又或者她有幾分被小弟弟的突然去世嚇到了？

梁佐放下手中的毛筆，望著梁希宜若有所思地問道：「怎麼，在德尚堂待得可愉快？」

梁希宜無語的看著祖父。都死人了哪裡可能愉快？

「府裡送的這份大禮妳可覺得滿意？」梁佐自嘲地笑著，眼底晦暗不明。

梁希宜清楚祖父生氣了，不由得嘆了口氣，走到桌前磨著未乾的硯臺。「其實一歲的孩子染上風寒，本身就是容易出問題的，祖父您別多想再氣到自己了。」

梁佐冷冷地哼了一聲，怒道：「氣到自己？他是巴不得我趕緊死了好繼承爵位呢。」

梁希宜一驚，急忙勸道：「祖父莫說氣話，您定能長命百歲的。」她轉念一想，祖父嘴裡的他應該是指大老爺。

大老爺是定國公府的世子爺，如果定國公去了他可以繼承爵位。這事會和大老爺有關係嗎？

「陳大夫私下告訴我，小十脈象本身有問題，服用過續命的狠藥，怕是早就診斷出活不了，卻用了骯髒的辦法讓他拖到今日。妳是沒有看到孩子死去時候的樣子，簡直是一團血肉。」

「祖父。」梁希宜輕輕喚著他。

「真是想氣死我，連帶著噁心眾人。」梁佐一邊說，一邊咳嗽。

梁希宜急忙拍著他的背脊，輕輕說：「祖父，正因為如此您才不能出事，否則豈不是中了壞人奸計？」她抬著頭嘴巴一張一合，清澈的目光十分明亮，帶著濃濃的關切之情。

梁佐看著她柔和的眼眸心裡好受一些，無奈道：「三丫頭，妳不會覺得委屈嗎？剛回府就出了這種事情，知情人倒好，不知情的人沒準兒還說是妳命硬呢，剛回府就剋死庶弟。」

梁希宜一怔，祖父擔心得沒錯。只是她離開府這麼多年，又能給誰的利益造成影響？她不想祖父憂心，一直在尋找轉移話題的方法，不由得安靜下來給祖父倒了水，還研了墨。

梁佐抿了一口水，看著她專心致志的樣子搖了搖頭，胸口湧上一股可笑的無奈情緒，方才的那點氣似乎被驅散開了。這孩子真是夠心寬。

梁希宜抬起頭，眼睛一眨一眨地看向祖父，道：「我有吩咐管事讓廚房做了飯菜，一會兒就能端上來。您肯定沒好好吃飯吧。您可千萬要注意自個兒的身體，否則就是變成親者痛仇者快，落入他人算計之中。」

梁佐愣了一下，失笑道：「妳這個丫頭就是愛胡說八道。」

梁希宜笑咪咪地應了聲，想起母親還在等著她，隨意哄了祖父幾句，見他情緒穩定，便安心地離開了。

梁希宜被管事送到香園看望母親，才進來屋，就迎面撲來高䠷女子。

二夫人迫不及待地攥住梁希宜柔荑，笑著說：「可算是完事了，楊嬤嬤說妳愛吃胡記點心，我特意遣人去買了。」

梁希宜不好拒絕她希冀的目光，嚐了一口，味道很甜且入口即化，笑著道：「好吃。」

二夫人看著她乖順的眉眼，彷彿被什麼融化開來，柔聲說：「閨女妳喜歡就好，來，快讓幾個小的見姊姊。」

她向身後招手，肉球似的小孩子穿著紅色棉襖一一排開，恭敬地說：「三姊姊。」

梁希宜一怔，差點失笑出聲，說：「母親，我不過幾年沒回家而已，幹麼如此麻煩，讓弟弟、妹妹們熬夜等我。」

「妳離家多年，總要讓他們知道姊姊的樣子。」

梁希宜見九弟弟才兩歲左右，迷迷糊糊地看著她，急忙從嬤嬤手裡接過來抱了一會兒，道：「小九上眼皮和下眼皮都快打架了。」

二夫人嗯了一聲遣散眾人，只留下楊嬤嬤和夏墨。

她思女心切，兩隻手一直攥著梁希宜的手，明眸不停上下打量閨女，誇獎道：「我們三丫頭端莊大氣，這幾年沒白和老太爺住在一起。」

「那是自然，祖父可疼我呢！山裡空氣特別好，我現在連翻牆都不成問題。」

二夫人被她逗笑，說：「翻什麼牆！京城裡王公貴族挑媳婦的要求是琴棋書畫樣樣精通，可沒聽說過誰家要個皮猴，妳身體好我當然高興，但是這種話往後別隨意出口。」

二夫人拉著女兒嘮嗑，見時辰不早，不捨得說：「妳先好好休息幾日，然後幫著妳大伯母管家吧，可以多學些東西。」

梁希宜一陣頭大，卻曉得她無法拒絕，看著窗外的夜色忽地有些感傷起來。京城，她又回來了，只是如今的身分卻早已經不再是當初的自己。

次日午後，樹蔭灑落的陽光映襯著小小的院子溫暖明亮。

大夫人將二小姐梁希榴、三小姐梁希宜、四小姐梁希宛聚在一起，吩咐道：「臨近年關，我要忙的事情極多，打算分些活給妳們去做。妳們可有想去做的活？」

梁希榴和梁希宛彼此對看一眼都不作聲，梁希宜也打算當個悶葫蘆，她不挑活兒，給啥做啥。

管廚房、管裁衣，還有管物件，眾人考慮梁希宜剛剛進府，讓她先挑，梁希宜選了最累的物件活兒。倒不是她多高尚，既然曉得廚房油水多，大夫人必然是要給自己親閨女二小姐管，她何必惹人厭？至於四小姐梁希宛年歲小於她，她把首飾、衣裳這種輕鬆活兒讓給她便是。

大夫人不由得對梁希宜另眼相看，不是個偷奸耍滑的孩子，比她娘懂得為人處世。

梁希宜知曉物件活兒不好弄，於是一路沈思，回來將夏墨同丫鬟們齊聚一堂，而東華山帶回來的丫鬟統一更名為墨字輩。梁老夫人調派了大丫頭素悠給梁希宜幫忙。

傍晚時分，梁希宜讓夏墨請來幾位嬤嬤，立下三條規矩。

「第一，庫裡現存物品的支取必須有記錄和名字；第二，現有物品三日內整理清冊明細，防止過節時丟失無所察覺，若是物件有移動，必須連帶記錄搬運嬤嬤的名字；第三，若有毀壞必須立即上報，不可隨意買替代品。」

梁希宜的要求並不過分，手下嬤嬤也不敢多做為難，老實應聲。

大夫人聽手下人說三小姐接下活兒後就聯繫了眾位負責嬤嬤，然後吩咐規矩，並且製作成冊落實到每位嬤嬤身上，不由得心生感慨，真是老太爺拉拔大的孩子，做事有條不紊。

三小姐一個時辰就把幾位資歷頗深的嬤嬤治辦了，軟硬兼施，倒是令下面人摸不清楚她的想法，從而不敢故意偷懶。

晚上，墨嬋和墨憂在屋子裡聊天，道：「白天小姐可真有架勢，管妳什麼老人新人，讓妳幹什麼妳就要幹什麼。」

墨憂將盛滿茶杯的托盤遞給墨嬋，道：「行了，別回味了，趕緊送到廚房吧！記得把小姐的夜宵端過來，我囑咐過廚房。」

墨嬋長長地嗯了一聲，穿過蜿蜒的長廊，心裡美滋滋的，還好和三小姐來了京城，這裡果然和東華山不一樣，真是開了眼界。

墨嬋貪玩地遊走在偌大的公府裡，忽地耳邊傳來一道低低的哭聲。她站住了腳，躲到草叢裡的一塊山石後面，看到對面走來兩個年輕姑娘。

墨嬋覺得這兩個人有點眼熟，直到其中的粉衫女子喚道：「夏雲，別難過了，妳還有姨娘呢，姨娘說把房裡的白瓷瓶子給妳，運出去賣掉換錢為妳父親治病。」

墨嬋微微一怔，忽然想起，眼前的人不是大房藍姨娘的丫鬟夏雲嗎？二夫人唸叨了她們好幾次，恨不得詛咒她死呢。莫非二夫人的咒罵生效，她們家真出事了？

夏雲身材圓潤，大大的眼睛瓜子臉，典型的美人胚子。

她擦了下臉，幽幽地說：「我不是家生子，當年是姨娘和老爺見我跟著父親在外面唱戲太苦，救我於水深火熱之中，我一直心懷感激，如今哪裡能再讓姨娘為我破費，再說那白瓷可是府裡的東西。」

墨嬋猛地想起，她們要把白瓷偷出去賣掉，可是府裡物件歸三小姐管呢，不會出問題嗎？她大氣不敢喘一下，直到她們漸行漸遠後才敢從山石後出來。

墨嬋猶豫了一會兒，跑回來將整件事情告訴夏墨。

梁希宜正坐在椅子上看書，聽著旁邊夏墨的彙報，不由得蹙起眉頭，隱隱覺得哪裡有問題。偏偏是如此巧……謹慎起見，她吩咐丁管事去查夏雲父親，同時讓在梁老夫人身邊伺候過的大丫鬟素悠回家一趟，由於她是家生子，很多傳不到梁希宜耳朵裡的話，她卻可以打聽到。

丁管事回來後帶來了一個令人措手不及的消息——老院裡竟然流傳著十少爺是被梁希宜剋死的謠言。

梁希宜瞇著眼睛，思前想後，到底是誰在算計她呢？

「除了說三小姐命硬，還說四少爺同三小姐是同一時辰……」丁管事面帶猶豫，結巴地說。

梁希宜猛地被這句話點醒，她坐在檀木椅上，手裡拿著一本冊子，不停地敲打著桌角發出清脆的響聲，唇角微微揚起一抹諷刺的笑容。

她一直想不明白為什麼有人要害她名聲，原來是項莊舞劍，意在沛公，都是障眼法罷了，歸根結柢還是為了抹黑四弟，讓他無法成為過繼大房的最佳人選。

亥時，梁希宜收拾好了躺在床上，窗外的北風將火燭幾次吹滅，夏墨一邊關窗，一邊說：「主子，素悠在外面說有事稟告，是回了她？還是等到明日？」

「她今兒個走了多久？」梁希宜閉目養神問。

「一整天，中途去給老夫人請過安，不清楚說了什麼。」

「無所謂她去說什麼。」梁希宜不屑地扯了下唇角。夏墨遲疑地盯著三小姐。

「讓她進來吧。」梁希宜坐起身，很多事情若是不能想清楚她也睡不著。

她真是勞心的命，上輩子伺候了一世李若安，這輩子還要應付一大家子的爵位之爭。如果老四不是她的胞弟，她才懶得管的。

素悠安靜地站在梁希宜面前，小心地打量三小姐眉眼間的肅穆神色，有些擔憂起來，三小姐被老太爺養得著實有幾分他的氣度，不像其他人那麼好敷衍了事，給她當差定要小心。

「說吧。」梁希宜披上一套狐狸毛外襖，淡淡啟口。

素悠點了點頭，仔細道：「奴婢回家多方打聽，藍姨娘屋子裡倒是有一套骨瓷瓶子，是生十少爺時大老爺搬過去的。這套骨瓷的珍貴之處在於它是藩外貢品，皇上賞給前任國公爺的。」

梁希宜嗯了一聲，說：「藍姨娘近來身體怎樣？」

素悠頓了片刻，道：「很不好，整個人鬱鬱寡歡，昨日還吐過血。」

「好吧，今日太晚我就不多留妳說話了。」

素悠低著頭隨著夏墨退了出去，梁希宜握著手心暗自躊躇，真是個燙手的事情。若是抓住夏雲一個現行落不下什麼好處，藍姨娘境地已如此，眾人只會當她這三小姐是鐵石心腸的壞人。

但是如果不管貢品流落出去，豈不是大事兒？於是只好命人盯住夏雲。

梁希宜骨子裡屬於思維嚴謹之人，她總覺得此事不應該僅僅如此，但是事已至此，就兵來將擋，水來土掩吧！她倒要看看這群人背後葫蘆裡賣的什麼藥。

過了幾日，一場大雪降臨京城，國公府變成一片白茫茫的景象，乾枯的樹枝上不時掉下厚重的積雪，夏墨被砸了好幾次不由得十分氣急。

夏雲突然請了一日假，裹了個包裹離開大房院子。

一位嬤嬤擋在夏雲離去的拱門處，見她過來故意撞了過去，順手接下了她懷裡的東西。但是夏雲重心不穩，又撞到了她的身上，包裹掉到了地上散開。

「林嬤嬤，妳想幹什麼？」

林嬤嬤盯著包裹裡的破瓷碗，其中一個還碎掉了，不由得心虛，嚷嚷道：「妳包裹個破碗偷偷摸摸離府是為什麼？」

「為什麼？」夏雲忽地仰頭大笑，渾身顫抖地哽咽道：「前幾日廚房處理雜物，我淘換了一些帶回家。怎麼了？妳現在是三小姐的手下吧，我知道當初替藍姨娘抱怨讓她耿耿於懷，一直想尋我錯處，只是我爛命一條，哪裡需勞三小姐如此費心！」

林嬤嬤一時啞然，遠處走過來的墨嬋見夏雲將此事又扯到三小姐身上，氣急道：「妳少胡說，明明是妳家裡困難，藍姨娘說要偷偷賣掉府裡的東西幫妳！」

夏雲微微一怔，目光空洞地望著墨嬋，指著她大哭道：「妳又是誰？我的包裹就在那裡，妳自己打開看看是什麼！我夏雲就是不要這條命，也容不得任何人誣陷。」

林嬤嬤偷偷讓人去尋三小姐，同時令婆子們封鎖兩道拱門的路口，免得讓更多人聽到夏雲的哭喊，毀了三小姐名聲。

梁希宜聽到消息後不由得面露難色。最終還是出事了！

她盯著婆子，問道：「可確認了包裹裡的東西不是骨瓷？」

婆子低著頭，喃喃道：「別說骨瓷，連白瓷都不是，就是廚房處理掉的普通黃瓷碗。」

梁希宜深吸口氣，道：「夏墨，尋來素悠，我們一道過去。」

「姑娘。」夏墨擋在她的前面，說：「要不然您別去了，我讓人將那瘋子夏雲捆起來說話。」

梁希宜搖了一下頭，寬慰她道：「外院那條路本就雜人眾多，妳怎麼抓她？我對此事一直問心無愧，不怕那些妖魔鬼怪出來搗亂。」

說到最後，梁希宜忍不住自嘲地笑了起來，她還是孤魂野鬼呢，看看最後誰鎮得住誰！

第四章

梁希宜一路走來，不時有丫鬟、奴才讓路後頻頻回看這位三小姐。

她特意換了一套淡藍色服飾，披著大紅色襖袍，綢緞似的髮絲盤在腦後，眉眼間留下幾根青絲，她特意抹厚胭脂，看起來更加端莊大氣，一路上昂頭、目光直視的模樣若被外人看到，以為是哪位大戶人家少爺新娶進門的管家娘子。

「三小姐，到了。」

梁希宜揚著下巴，清明的目光看向了坐在地上哽咽流淚的夏雲，告訴夏墨道：「妳守在外面看著來人，素悠和我進去便好，她是祖母的人，與其讓他人亂說，不如讓大家都清楚知道。」

夏墨點了下頭，心裡卻佩服起三小姐來，她不過十三歲的年紀，依然可以保持淡然不亂的氣勢是非常難得的。這事要是落在二夫人身上，早就變成了一團糨糊，弄不開了。

「三小姐。」林嬤嬤迎面走來，指著跪在地上的夏雲道：「不懂事的丫頭把您驚動了。」

梁希宜揚起唇角，笑容如同清風般明朗，一時讓眾人猜不出她的心思。

「辛苦妳了，這地上的瓷碗，是廚房的物品吧。」

林嬤嬤臉頰通紅，尷尬地點了下頭。

梁希宜看向夏雲，淡淡地啟口：「妳這是要鬧什麼，林嬤嬤不過是碰了妳一下，怎麼就開始大吼大叫我的名字，指著我有意尋妳麻煩，可是心裡對我存有不滿？」

夏雲一愣，自嘲的笑道：「三小姐好口舌，明明是您對我不喜歡。」

「不喜歡妳？一個奴才也敢說當得起我的喜怒，未免太看重自己。」梁希宜目光灼灼地看著她，轉過身看向一旁的素悠，揚起手啪的一聲甩了她一個耳光。

素悠頓時傻眼，眼眶發紅，不明所以地盯著梁希宜。

「可是覺得痛？」梁希宜木然地說。

「嗯。」素悠垂下眼眸，恭敬道。

「可是會不滿？」

素悠微微一怔，急忙搖頭，道：「不會，主子做的事情奴才必須受著。」

「很好，不過妳本來就該受，可知為什麼？」

素悠想了一下，她不愧是老太太的大丫鬟，片刻間就想出無數挨打的理由，道：「昨日小姐您讓奴婢去打聽事情，我明明一個時辰就完事，卻又去了其他院子很晚才歸。夜間亥時，夏墨說姑娘寬衣了，我卻依然告訴她求見小姐而不是等候您召見，實在沒有道理。」

「既然看得這麼清楚，就罰妳三個月月例吧。」梁希宜轉過頭。「看到了嗎？素悠比妳有臉面，但是又如何？奴才就是奴才，主子讓妳今晚死，就拖不到明日。」

四周鴉雀無聲，誰哪裡想得到菩薩似的三小姐也有發怒的時候。

「把夏雲的嘴巴用棉布堵住，我實在受不了她的聲音。」

林嬤嬤的臉面成了紫茄狀，她早就應該堵住夏雲的嘴巴，居然讓主子提醒。

梁希宜的視線像是一把銳利的長槍，戳在夏雲身上，道：「我之所以過來不是因為妳多重要，而是我知道妳故意為之，就是想將事情鬧大，所以我願意成全妳。」

夏雲的嘴巴被堵上後變得支支吾吾，梁希宜繼續說道：「估計妳定不會承認什麼，我也從未想過從妳嘴巴裡知道什麼，但是妳以下犯上，口出狂言，根據家裡的規矩要罰掌嘴，林嬤嬤妳來執行。」

林嬤嬤站在夏雲眼前掄開袖子，狠狠地甩起了手，一時間整個小院子裡變得異常安靜，清晰響亮的巴掌聲響徹在天空中，直到鮮紅色的血液順著夏雲口中的棉布流了出來，梁希宜才示意住手。

她朝夏雲淡淡地說：「妳就是個奴才，我今兒個樂意讓人抽妳就抽妳，日後妳最好記得別在我面前講什麼委屈寧可也要之詞，如果有什麼不高興，這府裡別的不敢說有，就是牆多，妳現在就可以去撞！」

「三小姐息怒。」素悠急忙在一旁勸著，這要是真鬧出人命到時候她也沒什麼好果子吃。

「撞啊！不是委屈，不是說寧可不要命也不能被誣陷嗎？」

夏雲流著淚，閉了下眼睛，站起身就要衝西牆撞去。梁希宜大吼一句：「誰也別攔她！」

夏雲跑了兩步就停了下來，她的右手突然捂住肚子站著想了一會兒，然後回過神，目光莫名地看著梁希宜笑了起來，因為嘴裡的東西使得她悲傷的笑聲中帶了幾分詭異。

夏墨忽地從外面跑了進來，慌亂地趴在梁希宜耳邊，小聲道：「藍姨娘死了。」

梁希宜微微一怔，問道：「怎麼死的？」

夏墨擔憂地看著主子，生怕此事牽連到梁希宜身上，畢竟大房死了個庶子，現在連孩子的親娘都不在了，就算此事背後是大房自個兒人設計的，都抵不上兩條人命有說服力。更何況，眼前夏雲看起來被三小姐整治得著實淒慘，真鬧到老夫人那裡指不定會被傳成什麼樣子。

「據說看起來像是中毒，也可能是自殺。」

「自殺？呵呵。」梁希宜不屑地撇了下嘴角。她前世在鎮國公府裡經歷最多的就是庶子和姨娘的慘死，既然選擇了一條沒有底線尊嚴的姨娘之路，那麼就要面對這種選擇帶來的結局。她不同情她們，這世上誰又活得容易了？

梁希宜冷冷地看向眾人，揚聲道：「夏雲謀害藍姨娘後偷走白瓷潛逃，給我抓起來！」

眾人愣了一會兒立刻有所行動，捆起夏雲，剛才三小姐說了，身為奴才，主子說什麼就是什麼，那麼三小姐說夏雲謀害主子那就是謀害主子。

「送到徐管事那裡，給我徹底清查！」梁希宜不再去看夏雲怨恨的視線，整理好衣衫，彷彿什麼都沒發生過似地離開現場，一路上不時有人回頭看卻不敢再多說什麼。

小院裡發生的風波虛虛實實誰都看不清楚，最終夏雲毒死藍姨娘並偷走房裡白瓷，被三小姐抓了的這一說法占了上風。

夏墨一邊為主子慶幸，又發現三小姐的表情似乎並不輕鬆，奇怪道：「姑娘可是不舒服？」

梁希宜搖了下頭，道：「讓徐管事再幫我查下夏雲這個人。」

夏墨點了下頭。

另一廂，大夫人把林嬤嬤叫來大房，仔細問個清楚。林嬤嬤思前想後，選擇性地糊弄道：「據說是夏雲故意讓三小姐的丫鬟誤會了什麼才鬧出此事兒。但是小的聽那夏雲哭喊，當真是句句直指三小姐，若不是清楚三小姐剛剛回府，我都要好奇夏雲是不是和三小姐有什麼過節呢。」

大夫人摸著手裡的佛珠，道：「妳確定是夏雲針對三小姐，不是二房故意為難夏雲嗎？」

林嬤嬤假裝思索了片刻。她哪裡敢給三小姐扎針？當時在場的就那麼幾個人。她索性裝傻道：「奴婢覺得這幾日看著，三小姐行事極其有規矩，不像是要針對誰的樣子，再說人但凡做事都需要利益關係，奴婢實在想不出三小姐針對夏雲，能有什麼好處呢，倒是把自個兒的名聲賠上了。」

大夫人怔了一會兒，便放了林嬤嬤離去。

藍姨娘的死表面上並未引起什麼軒然大波，國公爺按下此事不查，便無人敢出頭說什麼。

梁希宜到了說親年齡，京城裡卻無人知曉，於是梁老夫人發話，讓大夫人帶著二小姐、三小姐還有四小姐一起回娘家串親戚。

大夫人沒有嫡子，本就想拉攏二房的四少爺，如今見三小姐梁希宜性子端莊、做事果決，不由得覺得與娘家侄子倒是般配，起了撮合的心思。

清晨，陽光明媚，夏墨一邊催促著梁希宜梳妝，一邊整理服飾，說：「姑娘，四小姐差人來問您穿什麼色調的衣服。」

「我穿藍色吧，她不是喜歡粉色嘛。」梁希宜淡淡地說。

夏墨笑嘻嘻地眨著眼睛。「大夫人旁的李嬤嬤特意叮囑奴婢們好生伺候主子更衣呢。」

一旁的墨憂臉頰微紅，梁希宜瞬間明瞭裡面的意思。

不過這是她第一次在京城婦人們的面前露面，應該打扮得莊重點，才好讓祖父幫她說個好人家，雖然重活一世，但是她從未有過不嫁娶這樣離經叛道的想法。

梁希宜一番打扮後在丫鬟、婆子的簇擁下離開香園，走到府外時，二小姐梁希榴和四小姐梁希宛已在馬車旁站了一會兒。她們笑著朝她招了招手，三個人擠上車坐了下來。

梁希宛身著淡粉色長裙，裙面上繡著大朵蘭花，她的髮髻微微向右偏一點，腦後垂下了散落的青絲，鮮豔的妝容襯出她整個人膚白如玉，有如夏日河水中碧葉連天的青蓮，雖然優雅又不失少女渾然天成的清秀純潔，相較之下，梁希宜則顯得穩重過足，少了些許這個年齡該有的天真爛漫。

三個姊妹在馬車裡嘰嘰喳喳地聊了起來，梁希榴簡單介紹著。「我外祖父是國子監祭酒，外祖母曾在尚德公主身邊做伴讀，嫡親的姨母有三個，四位叔叔都在朝為官。」

梁希宜仔細聆聽，秦氏家族類似於陳氏的前身，若是再發展幾個朝代或許會成為文職重臣。

國子監祭酒只是從四品，卻掌管本朝最高學府國子監的大學之法與教學考試，影響著眾多學子命運從而備受世人敬仰，聲望極高。客觀來說，秦家是個不錯的婆家人選，只要她自個兒行事不出錯，長輩們為了名聲也不會過多苛責。

梁希宜想到此處，不由得暗笑起來，她重活一世臉皮怎麼變得這麼厚了？

馬車走不到半個時辰，就抵達了秦府。秦家幾代人不曾出過大學問者，但是歷代為官者眾多倒也形成一股清流勢力，因此，定國公大老爺面對無嫡子的妻子秦氏，不管心中如何厭煩，都不曾表現出一丁點，何況他如今的閒差便是秦氏在吏部的嫡親兄長協助得來的。

秦家的大老爺、二老爺和四老爺都是嫡出，庶出三老爺外放為官是七品縣令。大老爺和秦家老太爺性格相似，在翰林院編書，二老爺去年剛剛升為正三品吏部右侍郎在秦家屬於品階最高者，所以秦家的遠房親戚的許氏——禮部侍郎王大人之妻，才會和秦氏的大女兒梁希靜定下婚事。否則對於這些有點實權又自命清高的家族，是不樂意同勛貴結親。而秦氏如今想說給三丫頭的便是秦家大老爺十五歲的四少爺和二老爺十六歲的大少爺。

幾個姑娘戴好帽紗，坐上小轎直接去了後院給秦老夫人請安。

大夫人秦氏是秦老夫人的嫡親小女兒，從小嬌生慣養，若不是當時夫君說秦家底蘊太淺，有意和某個勛貴結親增加姻親關係，她才捨不得讓閨女嫁入定國公府內。後來又發生了小秦氏的事情，眼看著對方生了兩個男孩，不管如何施壓都不可能讓定國公府處置了小秦氏，她索性治死了小秦氏的娘親。

梁希宜小心翼翼地進入後堂，彷彿回到了那日初回定國公府的感覺，一屋子鶯鶯燕燕的姑娘們，為首的秦老夫人一頭銀髮，被眾人奉承簇擁得滿臉笑意，朝她們道：「快讓我看看哪個是剛從山裡回來的三丫頭，據說厲害得很呢。」

梁希宜微微一怔，不承想剛進門就被點名而急忙地走了出來，恭敬道：「見過秦老夫人。」

一時間周圍的雜聲頓時少了許多，有的捂著嘴角、有的挑著眉眼，若有所思地盯著站在堂內氣質淡定自如、臉頰白皙中微微泛著幾分紅暈的淡藍色長裙少女，定國公府的三小姐梁希宜。

梁希宜感覺到無數灼熱的目光落到身上，饒是她兩世為人都有些不自在地瞬間紅了臉頰。

秦氏主動上前攬住她的肩膀，大笑道：「娘親，這便是我和您提過的三丫頭，雖說只管家一個多月，卻完全讓下面的丫鬟、婆子變得服服帖帖，右手邊的是我們家老四丫頭，梁希宛，也幫我持家呢。」

秦老夫人點了點頭，目光落到四小姐梁希宛的時候不由得一亮。真是個漂亮水靈的丫頭呀，不過十多歲，卻生得花容月貌，皮膚白得宛若霜雪，尤其是那纖瘦的柳腰，再過幾年不知道會出落成何等模樣。不過秦老夫人轉念想起這姑娘的父母是誰，立刻失去了原本的興致——定國公府三老爺貪戀春香樓頭牌的事情可是人盡皆知。

梁希宛似乎察覺到秦老夫人神情的轉變，心裡若有所失。她看向被人群圍住的梁希宜，不由得露出羨慕的目光。

「聽說妳在東華山住了五年，這麼小被拘在山裡可會覺得沒意思？」秦府大老爺的夫人滿臉笑意地盯著梁希宜，輕聲詢問道。

梁希宜望著她慈眉善目的樣子心生好感，道：「不覺得日子乏味，我祖父年事已高，總是吃得很少，為了讓他老人家多吃一些，我研究了幾個適合老年人吃的食譜。平日裡清晨，給祖父請安後會帶著祖父走一會兒，然後為祖父安排膳食，催促他保持午睡的習慣，晚上還要算帳，東華山周邊基本上都是國公府的產業，祖父怕我在山裡荒廢了，從幾年前就開始讓嬤嬤帶著我學習管理莊子上產業。」

秦大夫人點了點頭，道：「定國公年輕時曾以一手好字聞名京城，不知道妳可學得他幾分精髓？」

梁希宜微微一怔，低下頭謙虛地說：「怕是連皮毛都不敢自稱學到，閒暇時候倒是侍候祖父寫字、畫畫，我在旁邊看著偶爾臨摹幾下，卻似乎沒有這方面的天分。」她想起秦家大老爺的性子淡雅，目前為皇上編書，可能他的兒子也是這種性格，秦大夫人才會有此一問。

「三丫頭害羞，不敢承認呢！老太爺可是親自教養她五年之久，自然是習得一手好字。」秦氏摟著梁希宜的肩膀笑道，生怕把她的優點說不盡似的。

梁希宜尷尬地站在人群裡被簇擁起來，直到秦氏的侄女們拉著她去偏廳玩耍，才有一絲解脫的感覺。所謂玩耍也不過是女孩子談論琴棋書畫，外加看京城出名的戲班子唱戲。

府上有個什麼熱鬧場合都會請來戲子唱戲，所以姑娘們聊著就談到了近來特別出名的一場戲：《紅樓夢中夢》。

梁希宜上輩子也喜歡聽戲卻不曾知道這場戲，於是詞窮起來。

秦家五小姐笑話她，說：「希宜莫非沒聽過這齣戲嗎？」

秦家三小姐臉頰微紅地捏著她，說：「妳小點聲，我聽說宮裡有話不再讓沈家班演這齣戲了！」

「這齣戲很有名嗎？編者何人，沈家班……」好吧，梁希宜承認自個兒是農村丫頭進城了。

梁希宛拉著她的手，笑著解圍道：「沈家班是三年前突然出名的戲班子，後臺就是胭脂樓的當家沈蘭若，編者據說也是她，不過好多人都懷疑另有其人呢，沈蘭若好歹二十歲了，若是早能編出那麼多引人入勝的本子不至於現在才出名。」

梁希宜略顯沈重地垂下眼，上一世京城胭脂最出名的是沈家，不曾聽說他們家組過戲班子，還編出什麼名劇。

「那齣戲講了一段淒美的愛情故事，不過有人說它過多抬高府裡奴才的地位，不符合當下風氣，被言官參了一本，如今已經停演。沈蘭若倒是有骨氣，說是會寫出更多體現人應該追尋愛情平等的好戲讓大家欣賞呢！」

梁希宜瞪大了眼睛，言官們已經閒到和戲子較勁，忍不住問道：「到底有何讓上面不滿了？」

秦三小姐嘴巴附在了她的耳朵上，小心翼翼地說：「戲裡的男主人公寶哥哥反抗父母定下的婚事出家了，還說女兒們生而平等，不應該有貴賤之分，雖然內容吸引人卻著實又讓人覺得荒誕，這世上父母之命、媒妁之言應是本分之事，被這齣戲一演，倒成了阻礙愛情的手段。」

秦五小姐噘著嘴巴，反駁道：「我倒是覺得他說得沒錯，既然是選擇相伴一生的人，為什麼不和自個兒認為是對的人在一起呢？」

秦家二小姐急忙按住了她的嘴巴，小聲道：「妳瘋了，要是讓娘聽到了又要罰妳。」

「我哪裡瘋了，難道身為女兒家就要讓男人挑嗎？我們就沒有一點選擇的權力？」

梁希宜望著秦家老五淡定的表情，不由得覺得世道風氣何時變得如此大膽了？

秦五發現她的吃驚，忽地挽住梁希宜的手臂，聲音幾不可聞地提醒道：「希宜，妳瞧見沒，妳和希宛正對著的那個屏風？」

梁希宜微微一愣，不由得向遠處的屏風看了過去，上面是一幅黃河水的圖案，不過她突然發現屏風後面有影子從側面露了出來，不由得臉頰通紅，看著梁希宛結巴道：「妳快轉過來背對著那頭，那個屏風後面好像有人！」

梁希宛的脖子通紅，她僵硬地轉過身背對過去，只聽見啪的一聲，一個穿著淡黃色小襖的男孩被誰踹出來，撞了下屏風向前跌了個四肢著地。

屏風搖晃了一下應聲而倒，後面正捂著肚子笑的兩個少年映入眼簾。

秦三小姐皺著眉頭，道：「大哥、四弟，你們怎麼可以拉著小六躲在屏風後面還欺負他！」

秦家大少和四少見被人發現倒也不再扭捏，他二人在同年齡的男孩裡還算斯文儒雅之輩。兩位少爺恭敬地同她們問過好後，目光不由自主地落在梁希宛身上。

梁希宛今日抹了粉色胭脂，又穿著粉色系的服飾顯得整個人面若桃花，纖纖玉立在微風之中，著實對少年郎有極大的殺傷力。

梁希宜皺著眉頭，她對眼前兩個自以為風流倜儻的少年郎不感興趣，總是不由自主地用長輩的眼光審視眾人，畢竟真過了那麼多年的歲月，哪裡可能對這群毛頭小子產生感情？

因為丫鬟們在廳外服侍，無人搭理秦家六少爺還坐在地上。

梁希宜看他身子那麼小，不由得心生憐憫走了過去，蹲下身，說：「起來吧！地上很涼的。」

秦家六少小心翼翼地抬起頭，望著梁希宜溫和的目光，忍住眼底蓄滿的淚花，哽咽地嗯了一聲，努力站了起來，他拍了拍身上的塵土，仔細又看了她一眼後轉身就跑掉了。

「梁三小姐，妳別理他，小六就這個樣子，明明都十二歲的人了還整天鬧孩子氣。」

秦家小六是秦家四老爺的獨子，因為四老爺二十多歲就去世了，四夫人守寡中，一心鑽研佛法，性子變得越來越淡，不曾給予孩子一點關愛。他平時總被其他人欺負玩弄，沒有親爹親娘疼的孩子就是如此。

秦家兄弟想反正已見到梁家姊妹，不如不要再扭扭捏捏，故作大方地談笑起來。

梁希宜心不在焉地聽著他們說話，稍微一抬眼正對上秦家大少的目光，不由得微微一愣，尷尬地撇嘴笑了一下。

秦家大少怔了片刻，急忙不好意思地點了下頭，他的臉頰白裡透紅，身材瘦瘦高高的模樣有些許書生氣息。秦家大房的四少相較之下顯得更為頑皮，剛才就是他把秦家小六踹出來！

秦家大少拽著老四，朝著她們淡淡地說：「剛才真不好意思，其實我們原本在後堂讀書累了，想休憩一會兒才來到偏廳。怕會有人來尋，我先帶著他離開了。」

梁希宜看不出他說的真假，但是秦家大少給人感覺還算真摯，整個人如同春風般柔和；而秦家四少不耐煩地噘著嘴巴，似乎有些不樂意離開，一雙賊溜溜的大眼睛，不停地往梁希宛身上偷看，讓人惱怒起來。

梁希宜失望地暗道，本以為秦大夫人那般性情模樣的女子，兒子該會性子靦覥一些，哪裡想到竟是像個活猴似的少爺？她瞬間打消掉和秦家大房結親的意念，至於二房……梁希宜不經意又抬眼看了一眼秦家大少，他爹目前官拜吏部右侍郎，不會選擇與無實權的勛貴結親吧？

梁希宜安靜地站在人群不顯眼的地方並不出眾，卻猶如午後遠處明媚的陽光，不需要誰去發現、關注，但是始終可以給人帶來恬靜、溫暖的感覺。

秦家大少秦甯桓走了兩步回了下頭，若有所思看了梁希宜一眼，方才大步離開。

梁家兩個女孩，四小姐生得貌美如花、引人注目，而三小姐卻像是路旁不起眼的野花，唯有人在夜深人靜，獨自走在小路上時，才會發現這香氣味道是那般濃郁，不可多言。

秦三小姐怕梁家兩姊妹會去秦老夫人面前告狀，最後落得招待不周，便提議帶她們去自個兒的閨房看看。因梁希宜不愛說話，秦五小姐就纏著梁希宛聊天，說到女子該不該主動追尋幸福的時候，梁希宛不好駁她的面子就順著點頭。

梁希宜閒來無事，拿出幾張詞賦閱讀起來，不由得大為驚訝。「這首詞好別緻，前後押韻也不同於普通的戲劇段子，到底是出自哪位大師之手？」

秦五小姐得意地抬著下巴，調侃道：「我見希宜姑娘總是獨自沈思，以為妳不愛這個呢。」

梁希宜捂著嘴角淺笑，道：「我就是愛發呆的性子，四妹妹知道的。」

「嗯，三姊姊長年在山裡住著，確實天生較靜。」

秦五小姐嘴唇微揚，瞇著眼睛講解道：「這是沈家班去年一齣戲裡的唱段。」她揮了揮手，遣散周圍一眾丫鬟奴才，笑著唱道：「明月幾時有，把酒問青天。不知天上宮闕，今夕是何年？我欲乘風歸去，又恐瓊樓玉宇。高處不勝寒，起舞弄清影，何似在人間？」

梁希宜不由得拍手叫好，這迴旋曲折的曲調好新穎，她竟是從未聽過。

秦三小姐臉色煞白氣得捏住秦五小姐的耳朵，道：「學什麼不好去學戲子，還好意思在國公府姊妹面前獻醜！」

秦五小姐哎喲叫了兩聲，道：「我的親姊姊，我錯了嘛！妳不要捏我，好痛的。」

眾人見她求饒的誇張樣子忍不住笑了起來，梁希宜由衷讚道：「改天我一定去聽一場沈家班的戲，真是太與眾不同了。」

「都說本子是沈蘭香的女兒蘭若先生寫的，不過我是不信的。」秦五小姐拍了拍身子坐了下來，肯定地說。

梁希宛眨了眨眼睛，說：「那會是誰寫的？還偏偏不讓他人知道。」

秦五小姐抬著下巴，想了片刻，猜測道：「或許會是位高權重之人，也有可能是名門閨秀，總歸是不方便暴露身分才會讓沈蘭若頂著如此才名，總有一天我會認識作詞人，是女孩的話就成為閨中好友。」

噗哧一聲，秦二小姐笑呵呵地看著她道：「就五妹這暴躁性子怕是會將人嚇跑的。」

秦五小姐冷哼一聲，兩隻手扶著髮髻處，剛才她和三姊姊爭執半天頭髮完全亂掉。

秦三小姐看著狼狽不堪的秦五小姐，不由得笑出了聲，調侃道：「若不是知道妳沒那個才情，恐怕我都會認為妳就是所謂背後之人。」

秦五小姐不屑地瞥了姊姊一眼，後腦的插花在她胡亂拉扯下終於掉了下來。她懊惱極了，不甘心地跺了跺腳。眾人見她幼稚的模樣一陣無語，彼此對視片刻後忽地爆出一陣格格的笑聲。聊他人是非總讓女孩們立刻熟識起來，秦五小姐不再嫌棄梁希宜寡言，反而嘰嘰喳喳地向她推薦起沈家班出挑的戲本，讓她一定要去看。

此時，她體會到了梁希宜的好處，梁希宜不像秦氏姊妹們似的，不耐煩打斷她的話而是仔細聆聽，讓她覺得特別有成就感。於是秦五小姐立刻發話，過幾日秦老夫人生辰時，約她們一同出席。

梁希宛眼睛一亮，秦老夫人辦壽宴，定會有許多富貴人家的夫人太太們出席啦。

梁希宜也打起一百個精神應付秦五。老夫人的壽宴呀！聽起來就十分來勁，她要好好給自個兒挑姻親備選，絕不像前世般迷糊地落入狼窩。

梁希宜渾身充滿鬥志，不由得多吃了兩碗米飯。

後堂裡秦老夫人遣散眾人，獨留下親閨女秦氏說悄悄話。

秦氏一邊給母親揉著背脊，一邊道：「娘親近來頭疼好些沒，我們家老太太前個兒犯了頭疼，國公爺請來御前的陳太醫，稍微動了動手，老太太就沒事了，我琢磨著要不求公公，去幫娘親請他來呢？」

秦老夫人搖了搖頭，閉著眼睛道：「妳呀，就是當年被我寵壞了，腦子怎麼跟個糨糊似的，求公公給自個兒娘親請太醫治病？說出去都讓人笑話。」

「娘親，我好歹一把年紀了，妳就不要說我了吧。」秦氏臉頰微紅，每次回娘家都挨說。

「不說妳？不說妳尾巴都要翹到天上去了。別以為妳在國公府處境有多好，沒兒子傍身的女人什麼都不是，我可是看了妳送來的信，心裡天天提心弔膽的，這都死了兩個人了，妳怎麼一點反應都沒有。」

秦氏撇開頭不屑地說：「怎麼反應？難道母親是讓我為庶子、小妾出頭？」

「妳這個傻閨女！」秦老夫人猛地睜開眼睛，道：「妳就不想想這事背後到底是誰？」

秦氏迷糊地看著她，說：「我稟了老夫人了，老夫人都不說什麼，國公爺也沒有徹查的意思，我總不能一哭二鬧三上吊，同二房三小姐爭執吧。」

秦老夫人抿著嘴唇，皺眉道：「我讓妳反省呢，怎麼扯到和三小姐爭執？」

秦氏沮喪地回覆道：「她關起了藍姨娘視如姊妹的丫鬟夏雲。話說這丫鬟也真是情深意重，凡事以小十為先，怕是唯一幾個念著十少爺去世事情的人。」

「啪」的一聲，秦老夫人忍不住敲了下秦氏，道：「她什麼身分去頂撞梁三小姐？三小姐回府才幾天，她若當真念著小十，可以去尋定國公和梁老夫人作主，憑什麼給三小姐下套還故意鬧大？」

秦氏被自個兒的娘親問得目瞪口呆，喃喃道：「三小姐背後是老太爺，她怕是想引起老太爺注意吧？」

秦老夫人總算嗯了一聲，皺著眉頭思索片刻，道：「不只如此，三小姐代表著二房一脈，府裡誰都清楚三小姐備受國公爺重視，所以大家都盯著三小姐看呢，此時這個夏雲還敢撞上去，分明是有後手，妳切莫小看了庶子去世這件事情，若是夏雲喪心病狂，寧可不要性命死前指認妳示意她背主怎麼辦？」

「我？」秦氏跳了起來，怒道：「我怎麼會讓她幹這種事情！」

「妳怎麼會不讓她幹這件事情！」秦老夫人瞇著眼睛，盯著女兒一字一字地說：「妳早就受夠了藍姨娘恃寵而驕，仗著生了兒子在妳面前太過輕狂，老太爺又逼妳過繼小十，於是妳心生怨念趁著小十風寒時，讓夏雲疏忽職守要了他的命。」

秦氏啞口無言地看著母親，瞬間紅了眼眶委屈道：「娘親，我真的不曾幹這些事情。」

秦老夫人狠狠地嘆了口氣，說：「我當然信妳不會如此，但若是真讓人家咬住妳，妳那一心嫌棄妳生不出兒子又不肯過繼小秦氏庶子的夫君，和生了兩個兒子的小秦氏豈會輕易放過此事？」

秦氏聽到母親的口氣極其肯定，慌亂地說：「那麼接下來我該如何？」

秦老夫人顫顫巍巍地坐直了身子，看著床鋪愣了一下，說：「暫且以靜制動，定國公是明白人，不會隨意動妳。」

「母親……」秦氏整個人鬱悶起來，她這麼大的人還要娘親跟著擔憂，就是因為沒有兒子。

「哎，若非妳家裡頭的姨娘是那個賤女人的種，如今的形勢也不會這般艱難。妳莫要因此就掉以輕心，妳夫君要是最終目的是休了妳，就絕對會做得更加小心讓人無所察覺，妳切記不要幹那骯髒齷齪的事情，我便可以保住妳！」

「女兒謹記母親教誨。」秦氏滿頭大汗，她倒是從未將此事往自己身上想過。

秦老夫人看著女兒小心翼翼的模樣，不由得搖了下頭，說：「這話咱們私下講完便算了，妳可不能去國公爺那裡告大老爺。若是國公爺真決定不讓老大當世子，於妳更無任何好處，日後其他小妾要是有了孩子，只要不是小秦氏的，妳就收了吧，不要再執意二房的人，哪個男人都受不了自個兒的爵位給兄弟的兒子，他又不是沒兒子！」

網破。

秦氏咬著下唇，艱難地點了下頭，事已至此，她若是再和大老爺較勁下去怕是只能魚死網破。

她給秦老夫人揉著胳臂，想起此次來的目的。「娘親，您覺得三小姐怎麼樣？」

秦老夫人一怔，倒是露出了慈愛的笑容，說：「有點意思的丫頭，態度不卑不亢，給人感覺挺不錯的。哎，娘親這麼忙活妳們家三小姐的婚事，也是為了妳在定國公面前好看點，回頭我再和妳嫂子們提提吧。」

秦氏尷尬地低下頭，她從未想到她竟然是自個兒走到了懸崖邊上，眼看著差點跳下去，還好娘親最疼她了。

秦氏被秦老夫人留在屋子裡偷偷教訓了一頓後已是夕陽西下，留下眾人晚膳。

因秦家的二小姐、三小姐和五小姐均是嫡出，言談間沒有那麼多的避諱，姑娘們暢聊得十分隨意，談天說地好不熱鬧。

直到酉時，方戀戀不捨地分開，啟程回府。

大夫人秦氏望著梁希宜紅撲撲的臉頰，真是越看越喜歡她。歸府後就吩咐李嬤嬤拿出幾疋宮裡賞賜的料子，分給三小姐做衣服，同時吩咐大廚房絕對不允許怠慢三小姐的任何要求，否則必會嚴厲處罰！

香園裡三小姐身邊的丫鬟們，頓時覺得地位彷彿一下子在府裡提升起來，就連夏墨都在背後猜測，三小姐到底是怎麼搞定大夫人？這才同大夫人回一趟娘家，大夫人就恨不得把小姐當成親閨女疼愛了。

墨嬋因為上次差事辦砸了，一直鬱鬱寡歡，每次見到徐管事都喜歡走上前套話，打聽夏雲的事情。

徐管事見她眉眼帶笑，忍不住告訴了她，道：「夏雲的父親失蹤了。」

梁希宜聽說後不由得搖了搖頭，看來短時間逼夏雲吐口的機會是沒有了，不知道她老子落在誰手裡，夏雲怕是什麼都不會說出來。

清晨，梁希宜偷閒在小院子裡擺放上茶几和書桌，打算練練手畫一幅庭院景致，尚未提筆就被大房中的李嬤嬤打擾了。

李嬤嬤也是大夫人秦氏的陪房，笑著說：「大夫人尋小姐去蘭園說話呢。」

梁希宜微微一怔，淡淡地回應：「親自煩勞李嬤嬤過來傳話可是有什麼事情？」

李嬤嬤雙手在胸前來回摩挲似乎在思索什麼，獻媚道：「禮部侍郎王大人的夫人來府上作客，她是我們夫人出服的親戚，前幾天聽秦老夫人特意提過三小姐您，此次前來，說到必須要見一下真人是不是如老夫人誇獎的那般伶俐可人。」

禮部侍郎夫人許宛如是典型書香門第出身的女孩，柔柔弱弱，身材纖細高眺，帶著濃濃的書卷氣息。因為王孜劍和陳宛是同僚，梁希宜上一世就見過許宛如，此時望著她眉眼清秀的模樣，竟是有幾分激動異常。

「三丫頭，這是王府二姑娘，比妳大一歲，叫煜湘姊姊吧。」

梁希宜整個人彷彿定住，她的手帕交王煜湘，竟是這般輕易地再次闖入了她的生活。

王煜湘規規矩矩地上前同她打了個招呼，整個人表現得清清淡淡，並不熱絡。

上一世的王煜湘頗有才氣，帶著幾分傲氣，骨子裡是非常正派的人，卻因為她嫁給鎮國公府世子李若安，兩個人的關係越來越疏遠。

後來鎮國公府落魄，王煜湘出現幫了她一把，令她非常感動。

梁希宜整個人表現得異常激動，弄得王煜湘頻頻皺眉。她本是性子冷淡之人，於是變得更加漠然。

梁希宜略顯氣餒，攥著拳頭就不信無法與王煜湘交好，好在秦老夫人七十大壽，許氏是要帶著兒女前去祝壽，所以一番交談下來約定壽宴再聊。

午後，許氏帶著女兒王煜湘告別離開，忍不住教訓她。「人家定國公府的三小姐那麼主動地同妳攀談，我看妳倒是冷冷的，未免太不知人情世故。」

王煜湘眉頭蹙起，淡淡說：「娘親，您也說了，她是定國公府的女兒家，同我們並不相同，幹麼要高攀人家呢？秦姨房內的姨娘是自個兒庶妹，聽著就不想同她家女孩來往了。」

「但是定國公府家的大小姐可是妳未來的三嫂呢，哪裡能不給些面子。」

王煜湘撇了撇嘴角，挽住母親的手腕，轉移話題道：「諾曦就要回京啦！正巧同秦老夫人壽宴趕在一日，我能不能祝壽完去她家在西邊的院子住上兩日？」

「小小年紀在外住宿成何體統？」許氏佯裝生氣地看著女兒。

王煜湘搖晃著她的手臂，撒嬌地說：「不只我去，白家的若羽、若林和三公主都打算去呢，我們好久不見總要聚在一起說會兒話嘛，娘親……」

許氏熬不過她的糾纏，道：「再說吧，我看妳表現，若是如今天這般就甭去了！陳諾曦這丫頭近來鬼點子太多，妳莫要什麼都聽她的。」

王煜湘聽到母親說密友不好，反駁道：「什麼叫鬼點子太多，她不過是想法新穎奇特一些罷了，而且諾曦心底善良，為人仗義執言，反正我覺得她很好就是了。」

許氏懶得同女兒較勁，淡淡道：「反正我就是看妳的表現。」

王煜湘吐了吐舌頭，不快道：「好吧，那我就勉為其難，好好應付應付那群女孩子嘛，到時候娘親一定要如約定所說，同意我出行唷。」

許氏無奈地瞟了她一眼，她不是對陳諾曦有什麼偏見，但是凡事過猶不及，女孩子太出挑了未必是好事兒。

轉眼，秦老夫人的七十大壽到了。

大夫人將三小姐梁希宜、四小姐梁希宛打扮得如同畫上的古典仕女。

梁希宛梳了一個淩虛髻，顯得臉頰越發小巧白皙。梁希宜給人感覺太過成熟，索性梳了元寶髻，耳邊落下了幾縷青絲，帶著可愛調皮的感覺。

梁希宜望著鏡中的自個兒，不由地有些愣神，束腰鑲著粉色蘭花的白色長裙，襯得她似乎又高眺了幾分，有些嬰兒肥的鵝蛋臉彷彿可以捏出水來，大大的眼睛，清秀的眉眼，雖然少了些許柔弱女子特有的嬌柔，卻多了幾分北方女子專有的溫婉大氣。

相較之下，梁希宛更像是嬌柔的小家碧玉，柳腰在紅裙的遮掩下，彷彿一個手掌可以握住，下巴尖尖，眼睛大大彷彿一隻可愛的小狐狸，正是當下書生們最愛的典型。

大夫人滿意地看著梁希宜的模樣點了下頭，至於梁希宛則完全被她忽視了。

眾人帶著幾車禮物，風風光光地直奔秦府。

此時，城東的另外一個街角，一行鑲著「白」字的馬車同樣向秦家駛去。身手矯健的歐陽燦從後面馬車鑽了出來，跑到前面上了白若蘭的馬車，叮囑道：「妳別忘了，待會兒若是見到梁希宜，定要派個丫鬟來告訴我。」

白若蘭不認同地盯著他，道：「希宜姊姊不就是誤揍過你而已，有至於三番兩次尋她麻煩嗎？」

「誰說我要找她麻煩了？」歐陽燦不高興了。

白若蘭拽著他坐在車上，警告他道：「你可是隨著我伯母一起去給秦老夫人祝壽的，千萬別給白家惹事，否則就是給我和姑姑在祖母面前丟臉。」

歐陽燦一臉不耐煩地擺了擺手，道：「放心吧，我知道該怎麼辦。」

白若蘭憂心忡忡地盯著表哥，心裡鬱悶極了。他以為京城是西北可以讓他任意妄為？於是決定偷偷提醒希宜姊姊，絕不能讓歐陽燦把事情搞砸！

第五章

秦老夫人的壽宴十分熱鬧，梁希宜低調地跟在大夫人秦氏身後，望著秦府門前那長長的車隊不由得有些感慨，定國公府雖然門庭更高一些，但是近幾年出的醜事，肯上門作客的女眷越來越少，大多是些登不上檯面的。

因為兩家的姻親關係，梁希宜被秦氏直接帶進去給秦老夫人磕頭。

秦老夫人分了些荷包給小輩們，然後梁希宜與一眾秦家親戚的女孩子便被各家長輩拉過來問話。

但凡門第高點的氏族女子多數是大門不出、二門不邁，可以接觸外面事物的機會是少之又少。梁希宜曾以為自個兒算是見多識廣，後來婚後隨著李若安去過南方又跑過漠北，方知道黎國土地何其之大，原本的認識太過淺薄。

梁希宜身邊圍著的多是出身勛貴的嫡出女孩，熱情的秦五小姐跑過來參與她們，王煜湘也過來打了招呼。

因王煜湘在京城裡略有些才名，平日裡有些清高，秦五小姐詫異梁希宜認識她，略帶自嘲道：「難得煜湘姊姊肯過來同我們這些凡夫俗子說話。」

王煜湘眉頭一皺，垂下眼眸淡淡地說：「前幾天剛拜訪過定國公府，當時三小姐說要向我借書，我此次正巧帶過來，總不好假裝沒看到三小姐吧。」她的聲音軟軟的卻沒有熱度。

梁希宜想起自己為了接近王煜湘說過喜歡詩集，但是倒沒說借用，不過王煜湘這麼說是給人臺階下呢，便接話：「我都差點忘了，那麼還要謝謝煜湘姊姊了。」

「這倒是沒必要。哦，對了，秦五，沈家姑娘又出新戲本了。」王煜湘淺笑地望著她，纖纖玉手隨意地把玩著小拇指上的翡翠指環。

秦五愣了一下臉頰忽地變紅，悶悶地應了聲：「哦。」

她頓了一會兒，終是忍不住問道：「那妳知道是關於什麼內容的嗎？何時會公開在沈堂亮相？」

梁希宜一邊聽一邊好奇地想著，為何這沈家班出新戲了王煜湘會提前知道？

王煜湘想了片刻，低聲道：「我也不清楚，不過明兒個諾曦就回來了！我們的聚會請了沈姑娘，到時候幫妳問問吧。」

秦五一陣沈默，梁希宜卻是徹底愣住了。

王煜湘轉過頭看向她，溫婉道：「詩集待會兒我就讓人送過來，先失陪啦。」

梁希宜望著她的背影好久後才猛然回神，一下子拉住了秦五的柔荑，迫切道：「她說明個兒可以見到的諾曦是不是禮部尚書陳宛的嫡長女？」

秦五一怔，詫異地說：「希宜妳糊塗了吧，陳宛大人是禮部右侍郎……」

梁希宜急忙改口，尷尬道：「對、對，是右侍郎。」如今陳宛還只是右侍郎。

秦五見她面帶焦急，不解道：「希宜，妳沒事吧，臉色不太好是不舒服嗎？」

梁希宜不停搖頭，她只是對於突然出現的諾曦兩個字很敏感，如果王煜湘可以見到陳諾上吧。

曦，那豈不是說陳諾曦回京了嗎？也許是陳宛考慮到年關將近，捨不得將嫡親女兒扔在莊子

「哎……」秦五嘆了口氣，不快道：「王煜湘、陳諾曦、南寧白氏的白若羽還有三公主殿下是京城四小才女。我和她們有點過節。」

梁希宜點了下頭，秦五是藏不住心事兒的人，只差沒在臉面寫上——我很討厭妳，請妳別過來了！

「我曾經做過五公主的伴讀，後來發現不喜歡進宮就故意闖禍被祖母責罰。因為三公主與德妃所出的五公主關係特別不好，總是受她擠兌，我就心直口快頂撞回去，於是得罪了三公主，連帶王煜湘她們同仇敵愾似地和我關係不好。今日若不是在秦府，怕又是一場唇槍舌戰。煩死人了。」

梁希宜吃驚地看著她，她記憶中的王煜湘可不是有興趣對付女孩子的人。

「妳許久未回京城，此次過年妳家老夫人定會帶著妳進宮祝賀，記得繞著她們走路，這四個人以三公主為主關係可好了，恨不得讓天下人都知道似地黏在一起。尤其是陳諾曦，是個冰美人。」

她是這樣子的人嗎？梁希宜糊裡糊塗地想了片刻，道：「為什麼她似乎和沈家班關係密切，還拿這話氣妳？」

秦五沮喪地站在窗前，鬱悶說：「可供咱們女孩消遣的事物本來就少，她們都清楚我愛看沈家班的戲，偏偏沈家姑娘沈蘭若被陳諾曦救過一命，所以在這方面我只好被擠兌了！」

梁希宜望著明明很失落卻故意表現得無所謂的秦五，一時間難以言喻。如果說她占據了梁三小姐的軀殼重活於世，那麼和上一世性格完全不同的陳諾曦莫非也是鳩占鵲巢呢？她忽地渾身發冷，有些不敢去想……

「希宜姊姊，可算找到妳了！」一個肉乎乎的身影從人群中鑽出來，一下子撲進梁希宜懷裡，拉住她的手，嚇一跳道：「希宜姊姊，妳的手怎麼那麼燙啊！」

秦五盯著突然出現的小胖妞愣了片刻，急忙過去摸了摸梁希宜的手心，發現她的絲帕都被汗水浸濕了，急忙叫道：「希宜，希宜，妳沒事吧？」

梁希宜恍惚地回過神，右手忽地捂住胸口。太可怕了！如今的陳諾曦到底是不是自己，還是另外一個人？她不停地讓自個兒冷靜下來，一定要保持淡定找機會觀察一下再說。

梁希宜盡力讓自己冷靜下來，深吸口氣，笑著朝白若蘭道：「妳在京城過得怎麼樣？因為幫著大伯母管家，我都沒來得及去看望妳呢。」

白若蘭呼吸帶喘地撫了撫胸口，皺眉道：「希宜姊姊，我可算找到妳了。我到京城第二日就給妳去了信，可是一直沒有收到妳的回音。」

梁希宜一愣，她可不記得收到過白若蘭的信件，剛想要說什麼便對上白若蘭憂心忡忡的眼神，於是問道：「怎麼了？為什麼那樣看著我？」

白若蘭猶豫了片刻，咬住下唇道：「希宜姊姊，我小表哥也來秦老夫人的壽宴了，我總覺得他還在記恨上次妳揍他的事情，怕會找妳麻煩。妳千萬小心那傢伙，他在西北的時候可是睚眥必報，惡劣得不得了，簡直就是個混世魔頭！」

梁希宜愣住許久才想起白若蘭的小表哥是誰，不由得笑著挽住白若蘭的柔荑，道：「放心吧！不過還是要謝謝妳，若蘭。」

秦五瞪大了眼睛望著她們，說：「這位白姑娘叫白若蘭，可是白若羽的什麼人？」

白若蘭轉過頭，才注意到周圍還有其他的女孩，靦覥道：「白若羽是我的堂姊。」

秦五一愣，閉上嘴巴不再言語，她剛才還在和梁希宜說白若羽她們的不是，梁希宜看起來同白若蘭關係非常好，她不好再多說什麼只好躲在一邊。倒是白若蘭主動走過來，說：「妳是誰，希宜姊姊的朋友嗎？」

秦五望了一眼梁希宜，淡淡地說：「我是秦家的老五，叫秦甯襄，我姑姑是希宜的大伯母。」

白若蘭聽後眼睛一亮，聲音裡帶著幾分迫切的喜悅，道：「這麼說甯襄姊姊是秦老夫人的孫女嘍，那麼這裡是妳的地盤，哪裡有好吃的妳應該清楚吧？」

梁希宜不由得笑出了聲音。這個小吃貨，果然一點都沒變。

秦五也被她的話愣住了，她從上而下重新打量白若蘭，這個姑娘紅撲撲的臉蛋非常可愛，水汪汪的大眼睛正滿是憧憬地凝視著自個兒，讓她無論如何都無法討厭起白若蘭，便不由自主地說道：「那妳跟我來吧。」

梁希宜同白若蘭跟著她去了後院的閨房。白若蘭偷偷摸摸地打量四周，小聲說：「我堂姊剛才還跟我說過不許瞎跑，我跟妳來後面吃東西沒事吧？」

梁希宜安撫地拍了下她的後腦。「人那麼多，誰記得住妳。哎呀，要不我們回去吧，別吃了。」

「不要！」白若蘭鼓著腮幫子急忙追上了秦五的步伐。

前堂正同一群貴婦閒聊的白家夫人確實沒有注意到侄女消失，但是她的女兒白若羽卻發現小胖妞不知道跑哪裡去了，不由得皺著眉頭四處尋找，恰巧王煜湘帶著一眾跟班走了過來。

「若羽，妳在看什麼呢？」王煜湘心情不錯，眼底帶著幾分笑意。

白若羽揪著手帕，鬱悶地說：「我那六妹妹若蘭不知道跑到哪裡去了？」

王煜湘左右看了下。「別擔心，或許是和朋友說話去了吧。」

「她能有什麼朋友？」白若羽嘆了口氣，若不是九叔叔與嫁予靖遠侯府世子的小姑姑關係最好，她娘也不會那麼看重白若蘭，可是她和白若蘭完全不是一個風格的女孩，哪裡玩得到一起？

王煜湘扯了下她的袖口走到角落，小聲說：「明兒在西邊的花語園聚會，妳可千萬記得過來。」

白若羽點了下頭，道：「我都和娘親說好了，但是不能留宿，我小姑姑過幾日回京，這幾天我娘讓我必須和六妹妹在一起，否則小姑姑來了我卻自個兒出去玩，把六妹妹扔在家裡總歸是不好的。」

「妳可以帶著妳六妹妹呀。」

白若羽一愣，倒是覺得可行，不過又猶豫地說：「諾曦難得回來，我卻帶個累贅，不好吧？」

王煜湘見她磨磨蹭蹭的，懶得再說什麼，道：「妳隨意吧，反正過年時大家更忙得外出不了。」兩個姑娘躲在樹下躲著說悄悄話，卻見遠處身穿粉衫的丫頭跑過來遞了一張紙條交給白若羽。

白若羽小心翼翼地打開，眉頭忍不住微微蹙起，嘴巴成了圓形，失聲道：「天啊！」

「怎麼了？」王煜湘探頭看過去，目光落到了紙條上的字跡。

「咦？看起來好像三公主的字跡。」

白若羽無語地看著她，幽幽地說：「這正是她的字跡，她居然扮成了男子混到隔壁堂去了。」

王煜湘驚訝地瞪大了眼睛望著她，眼底卻隱隱閃過一抹興奮的痕跡。

秦老夫人的壽宴供年輕人消遣的地方分為東、西兩堂，男子在東堂，西堂是女眷們交流的場地。

歐陽燦一身白衣，身上披著面聖時皇上賞賜的大紅襖袍，墨黑色的髮絲束在腦後露出高挺的鼻梁和冷峻的面容，倒是以一種凌厲之勢呈現在眾人眼前。

凡是東宮身後的一些官員後代都會主動圍過來同他打招呼應承。歐陽燦雖然不耐煩這些，卻也被母親再三囑咐過，所以表現得還算得體。

由於他的大丫鬟佯裝成秦府丫鬟去後院請了梁希宜，未料被回絕了，所以歐陽燦心情有那麼些不豫。想他歐陽燦在西北也算是囂張徹底的惡少，哪裡有誰敢在他面前說個不字？更何況在他看來，梁希宜誤揍了他一頓，他不和她計較也就算了，梁希宜卻還拿喬起來，她憑什麼呀！

歐陽燦越想越生氣，又吩咐丫鬟去打聽梁希宜的具體位置，感覺到右手有誰拉住了自個兒往角落處走，他忍不住使勁揮了一下便聽到一聲悶哼。

「你想死啊，歐陽燦！」某人低吼地捶了一下歐陽燦的背部。

歐陽燦回過頭，待看清楚眼前灰衣男子的面孔時不由得愣住，這不是他昨兒才在宮裡見過的三公主黎孜玉嗎？

「妳怎麼打扮成這副鬼模樣在這裡？」歐陽燦一心記掛梁希宜，懶得應付黎孜玉。

黎孜玉聽他厭棄的口氣，不由得有些惱怒道：「你才鬼模樣！」

歐陽燦見她拉拉扯扯，怕引起他人注意，急忙躲到沒人的地方說話。「妳想幹什麼？」

黎孜玉望著歐陽燦一臉的不屑，低聲吼道：「歐陽燦，你注意說話的態度，我好歹是你長輩！」

歐陽燦頓時蔫了下去，認真算起來三公主是他爹的表妹，他還要叫這個同齡人一聲姑姑。

不過……黎孜玉是個可以去西堂的姑娘家！

歐陽燦的目光猛地亮了起來，態度一改剛才的疏遠，熱絡道：「孜玉，妳裝扮成男的必然是有所圖謀吧？說來聽聽或許我可以幫得上忙，當然作為回報妳也要幫我一個忙。」

黎孜玉狐疑地盯著他一會兒，臉面爬上了一股不自然的情緒，她低下頭，道：「好，我要見李在熙，你幫我把他約到南面的檀香園外，那裡人比較少。」

歐陽燦眉頭緊皺，他可不信黎孜玉是什麼良善之輩，忍不住道：「妳一個未嫁娶的大姑娘見李在熙幹什麼？他爹是皇上手心裡一把利刃，名聲可不太好，他自個兒又即將大婚，我可不想看見妳此時給姑奶奶惹麻煩。如今咱們的處境都不太好的。」

「是啊，皇上寵信李妃那個賤人，母親在宮裡變得越發束手束腳，但是這跟我要見李在熙沒有一點關係，你只需說到底是做，還是不做。」

黎孜玉望著歐陽燦略顯躊躇的面容，嘴角微微揚起諷刺的笑。「如果你懶得幫我那就算了，反正沒有你，我還是可以把他約到檀香園的。」

歐陽燦抿著嘴角，李在熙的父親李恩是掌管督察的正二品督察御史，皇上如今最信任的親信，不管對皇后一派還是李妃、德妃背後身邊的官僚一視同仁，沒少拉官員下馬，他完全想不出黎孜玉見李在熙的目的是什麼，又或者……為了李在熙本人嗎？

歐陽燦猛地一驚，李在熙今年十九，正是最好的年紀，面容溫柔和煦的翩翩公子……但是，李在熙同秦家二小姐定親了啊。

「你到底想好了沒有？」黎孜玉眼底有幾分急迫，看來這個李在熙著實對她很重要。

歐陽燦一咬牙，點了頭。反正黎孜玉的事情同他沒有關係，就算他拒絕了她，以三公主的性子也一定會找辦法尋來李在熙，他何必讓事情節外生枝？

南面的梅花園內，梁希宜站在白若蘭身後指點她下棋，對面的秦五皺著眉頭，不時詢問秦二和秦三她該怎麼辦。因為西堂年輕女子的地方已被王煜湘、白若羽一派占據，秦五不想聽她們的冷嘲熱諷，只好躲回了閨房同姊妹們聊天。

「不玩了、不玩了，我眼睛快暈掉了的感覺。」白若蘭見又要輸了，撒嬌似地弄亂了棋盤，耍賴跑到太師椅處拿起了糕點品嚐。梁希宜無語地同秦五對視一眼，眾人笑成一團。

此時，秦二的大丫鬟紫紛忽地跑了進來，趴在秦甯蘭的耳朵邊上說了些什麼。秦甯蘭一怔，臉頰一紅，尷尬地說：「我有點事，出去一趟。」

「站住！」秦三秦甯敏率先反應過來，一把拉住了她的手，道：「老實交代，去辦何事。」

白若蘭見大家總算不老盯著自個兒，急忙附和道：「甯蘭姊姊妳很熱嗎？脖子紅透了呢。」

眾人的目光頓時投向了她的脖子，秦二感覺自個兒好像被所有人看透而尷尬得不得了，身體僵硬地站在中間，兩隻手不停地揪著帕子，惱羞成怒地將火氣撒到丫鬟身上。

「妳這個胡亂進來的丫頭，沒看我正和妹妹們說話嗎？」

秦五再傻也發現不對勁了，急忙圍了上來道：「快說、快說，怎麼回事？」

秦二左右看了一下，命令所有人都出去，只留下白若蘭和梁希宜，還有秦家姊妹，她猶豫地想了片刻，不好意思地說：「李在熙尋我在檀香園門口見面。」

眾人一愣，都變得有些不自在起來，這種事情她們追問個什麼勁……

「那妳趕緊去唄？」秦五試探性地回覆。

白若蘭只覺得一頭霧水，揚聲道：「李在熙是誰呀？」

梁希宜拍了下她的後腦，低聲說：「小孩子家不要亂問話。吶，吃糕點！」

白若蘭委屈地揉了揉腦袋，接過了梁希宜手中的糕點塞入嘴裡。

秦三歪著頭想了一會兒，盯著大丫鬟紫紛問道：「妳確定這話是李在熙派人傳的嗎？我怎麼覺得李在熙不是這種人呀！」

秦二總算從最初的狀態裡回過神，仔細一想總覺得哪裡有問題。

梁希宜憂心忡忡地望著秦二，誠懇道：「甯蘭姊姊，今天是個喜慶的大日子，我們做事情還是小心一點，不管是不是李在熙傳話，都不要去比較好吧？」怕是有心人故意在秦老夫人的壽宴上給誰找不痛快，所以不管此事真假都應該本著多一事不如少一事，裝作無事。

大丫鬟紫紛見狀，猶豫了片刻主動上前，低聲說：「剛才我是去西堂的路上遇到李少爺的長隨丁三，他說這次怕是李少爺婚前唯一見小姐的機會，所以才唐突至此。」

梁希宜微微一怔，目光不由得盯住了秦二的丫鬟紫紛，皺起眉頭道：「誰給了妳好處？讓妳如此慫恿自家主子背上罵名？」

紫紛愣住，慌亂地跪在地面不停磕頭，害怕地說：「奴才千真萬確是遇到了李少爺長隨丁三。梁三小姐您不瞭解李少爺對我們家小姐的情分，三年來，我也是傳過不少話的。倒是覺得這事兒可能是李少爺的意思。」

秦二著實有些猶豫起來。梁希宜見狀猜到她和李在熙怕是私下不只見過一次，所以才會躊躇。

秦二覺得腦子有點亂，道：「希宜妹妹覺得此事不可行嗎？」

梁希宜搖頭，遇到心上人的姑娘們果然腦子不是一般慢，淡淡地說：「此事不是可行不可行，而是沒必要惹麻煩，甯蘭姊姊的婚事不過幾個月時間，很快就可以長相廝守啦，何必要做這種偷偷摸摸的事情，且還是在秦家，被人撞見根本說不清楚。」

秦二尷尬地低下頭，道：「還是局外人看得清楚，這事我看還是不去了吧。」

秦三點頭附和。「我覺得也是如此，謹慎小心，別給祖母添亂了。」

秦五無所謂地聳聳肩，笑著說：「見一面能有什麼大不了，妳們就是太小心，還有希宜變臉變得可真快，難怪姑姑和祖母都誇妳是當家主母的料子。」

梁希宜無語地低下頭，她不過是見過的女人和丫鬟太多了而已。

白若蘭似乎想明白了，感嘆道：「原來李在熙是甯蘭姊姊未來恩愛的夫君呀。」

秦二的脖頸瞬間染紅，恨不得找個地縫鑽進去。

啪的一聲，梁希宜忍不住又拍了下白若蘭的後腦勺，小聲說：「小孩子不要亂說話，好好吃妳的東西吧！」

「什麼叫作小孩子！」白若蘭鬱悶地抬頭看向梁希宜，嚷道：「明明妳沒比我大多少！」

梁希宜越過白若蘭怨念的目光，視線落到了門外明媚日光照得透亮的庭院，若有所思。剛才那丫鬟分明撒了謊！她的長裙背後有一點點黃色的泥土痕跡，腳底卻特別乾淨，明顯是刻意收拾過自個兒了。一個丫鬟見主子稟報還要整理衣衫不是很奇怪嗎？更何況不管是西堂還是東堂都是鋪好的石板路，莫非這丫鬟有怪癖就喜歡往土地裡走嗎？而且她身為主子身邊的一等丫鬟，不攔著小姐私會情郎，還不停慫恿，實在不符合常理。

梁希宜提醒自己千萬不能掉以輕心，上輩子她就是因為大意，不得不嫁給李若安，雖然如今李若安不在人世，沒準兒又有什麼其他李某某存在。

東堂院外的拱門處，黎孜玉手裡把玩著一根樹枝，悠閒地靠在牆壁一旁，不遠處迎面而來一個灰衣男子，他恭敬地給黎孜玉行了大禮後，小聲說：「內線的人說秦家二小姐回絕了檀香園邀約。」

黎孜玉眉頭輕輕蹙起，淡淡的說：「內線的人不是已經牽過幾次線了嗎？怎麼這次李在熙不信她就算了，連日夜伺候的秦家二小姐都拘謹起來，你們確定不是自己人出問題？」

灰衣人渾身哆嗦了兩下，猶豫地說：「線人是秦家的家生子，若不是咱們拿了她弟弟的把柄，怕是不會輕易賣主。」

「哼！」嘎一下，黎孜玉手中的樹枝斷了。隔壁的院子傳來一陣腳步聲，灰衣男子立刻無聲無息地消失不見。

歐陽燦大步走著，看到躲在角落的黎孜玉後抬起下巴說：「妳要的李在熙我幫妳約到檀香園了。」

黎孜玉垂下眼眸，淡淡地說：「怕是不需要了。」她堂堂公主還不至於傻到和男人私會，更可氣的是這個男人根本不屬於她。

她最好的閨中密友陳諾曦常說，男女之間的感覺是一種很微妙的東西，這世上總會有一個妳中意的人早晚會出現在妳的身邊，然後照亮妳的快樂與悲傷。

她原本不信，直到那次意外的出宮，她和諾曦女扮男裝上了清河的船坊，被李在熙誤認為是被人欺負的小書生……從而一見傾心。她忘不掉如同樹蔭間灑落陽光般的溫暖笑容，讓人不由得深深地記在心裡。

「喂，黎孜玉，妳到底尋李在熙幹什麼？」

「關你何事。」黎孜玉斂起心底的情傷。她總不能放下身段給人做小，放棄又覺得不甘心，諾曦說每個人都有追求幸福的權利，更何況她是堂堂公主。

黎孜玉撇開頭，不耐煩道：「你趕緊說讓我幫什麼。」

歐陽燦猶豫了一會兒，直言道：「我找定國公府的三小姐有事，但是她不肯出來見我，妳不是有好姊妹在西堂嗎？讓我和她見一面不難吧？」

黎孜玉著實愣了片刻，唇角揚起的弧度越來越大，忍不住道：「小侄子是看上人家姑娘了？」

歐陽燦的臉頰一下紅透了，他咬著嘴唇，怒道：「妳別胡說！」

黎孜玉盯著他變紅的脖子，調侃道：「那你找她什麼事情，我幫你傳話就是了。」

歐陽燦一時無言，尷尬地看向別處，他的心裡其實也不清楚見梁希宜要幹什麼，就是覺得大家好久不見了，那麼見一見、敘敘舊沒什麼大不了吧。

「這麼難為情？」黎孜玉彷彿發現了好玩的事情。貌似剛才下人說過秦二房間裡就有什麼定國公府三小姐。

另一廂，沒有去見情郎的秦二有點糾結，李在熙突然約她是為了什麼呢？她沒有去對方會不會很失望？哎，算了算了，今天是大日子總是要小心為上。

秦五、秦三還有梁希宜圍在梳妝檯旁邊給白若蘭試著胭脂。梁希宜右眼突然跳了一下，鼻子癢癢地打了兩個噴嚏。

白若蘭抬起頭拉了拉她的袖子，道：「希宜姊姊妳穿少了吧？」

她雙睛亮亮的，一眨一眨地繼續說：「我覺得妳現在唇上的紅色比我這個顯得鮮亮許多，妳們是不是調配的還是不對？」

眾人視線立刻落在了梁希宜的唇上，目不轉睛。

梁希宜尷尬地捂著臉頰，道：「我把翠香樓兩種顏色胭脂加水弄稀了，然後再自個兒調配的，妳們若是喜歡改日送來方子便是了，可是比例我自個兒都把握不好，全是瞎弄的，到時候調配不出這樣的效果妳們可不許說我藏私！」

「好啦，誰會真怪妳。西堂午膳要開了，咱們在這兒躲了那麼久，此時總要出門宴客。」秦三提醒眾人，兩隻手在丫鬟端著的水盆裡洗淨了後，道：「走吧。」

梁希宜披上襖袍一出門便迎來刺眼的陽光。奇怪，今兒個明明挺暖和的，她怎麼會覺得渾身發冷呢？

梁希宜和白若蘭隨著秦家姊妹們一路走來，被人群中的白若羽一眼看到，急忙跑了過來。

「若羽姊姊！」白若蘭拉著梁希宜迎面而來，說：「還記得我和妳提起過的定國公府三小姐嗎？」

白若羽一怔，收回想要訓斥她的言詞，朝著梁希宜點頭笑了一下，又回頭輕聲說：「跑去哪裡了，真是急死我了！」

王煜湘也走了過來，詫異地看著梁希宜。「希宜，這位是我的好姊妹白若羽，沒想到妳和她的妹妹要好，方才若蘭妹妹不見了，我們找了半天。」

梁希宜一怔，猶豫了片刻看向白若羽說：「我在後院遇到迷路的若蘭，她說有些餓了，就跟著我去後院，不好意思我應該派個丫鬟同妳們打個招呼。」

白若羽心有怨言卻不好對外人發洩，客氣道：「回來了就好。」

梁希宜尷尬地點了下頭，輕聲說：「既然若羽姑娘在呢，我就先告辭啦。」

白若蘭抬起頭戀戀不捨地看著梁希宜，小聲說：「記得給我回信哦。」

梁希宜笑著應了聲，大方得體地同沈著臉色的白若羽道別後才離去。

白若羽望著她的背影看了一會兒，喃喃道：「定國公府的姑娘我見過幾個，感覺木木的毫無生趣，這個三小姐給人感覺很溫和，挑不出什麼毛病呢。」

王煜湘沒好氣地白了她一眼，說：「妳口中那無趣的定國公家姑娘即將成為我的嫡親嫂子。」

白若羽愣了片刻，這才想起定國公府的大小姐與禮部侍郎家的王三公子定親一事，於是回頭看著她忍不住笑了起來。

此時梁希宜回到西堂上，落坐在自家姊妹旁邊。梁希宛埋怨道：「妳去哪裡了？大伯母找妳半天呢。」

梁希宜隨意敷衍著，目光盯著桌子上滿滿的菜餚，毫不客氣地開動了。

午後，兩個堂子分別請了戲班唱戲，秦二將謄好的戲本子分發下去，說：「祖母那頭就點了兩齣戲，怕是待不了多久就會去休憩，妳們可否有想聽的戲呢？」

大家嘰嘰喳喳地說了起來，定下一齣《醉打金枝》。

秦五看著戲本子忽地莫名笑了起來，《醉打金枝》？不知情的人以為嘲笑三公主呢。畢竟她不講理的名聲在外，至今像個燙手山芋似地無人接手。

白若羽接過丫鬟傳遞過來的紙條，微微怔住，不由得向遠處桌子的梁希宜看過去。

三公主要見梁希宜。

她和王煜湘對視一眼，決定藉著白若蘭同她的交情順其自然地約她出來閒話家常。

白若蘭並不清楚堂姊的心思，但聽聞白若羽說她們這桌待會兒要拿出名畫供女孩們鑒賞，想起梁希宜愛畫，便邀請她過來同桌一起玩。

梁希宜本就是和誰玩都成，白若蘭開口，她自然應下，大大方方地笑著說：「我在琴棋書畫方面知識淺薄，還望待會兒若羽姑娘和若蘭妹妹不要取笑我。」

白若羽輕輕地搖了下頭，違心道：「第一眼看妳便讓人親近。」

梁希宜沒作聲，安靜地挨著白若蘭。

點完戲本子後，白若羽等人開始名畫鑑賞的橋段，只見一幅墨寶在眼前展開，與她們交好的幾個女孩開始論起這畫裡千秋。

「咯噹」一聲，白若蘭身前的茶壺被白若羽弄灑了，此時又將是白若羽發表鑒賞言論，她無辜地看向梁希宜，似乎有託付之意。

梁希宜不好拒絕，便帶著白若羽身邊的兩個大丫鬟一同去給白若蘭換衣服。

待走出了眾人視線，梁希宜捏了下白若蘭的耳朵，小聲說：「妳也太不小心了，沒看到茶壺在那兒呢，還往前探身，還好水不熱，否則燙到了怎麼辦！」

白若蘭委屈地吸了吸鼻子，道：「誰想到二姊姊猛地回身，灑了我一大片呢，感覺裡衣都濕透了。」

梁希宜望著她眉頭成川的樣子，忍不住揚起唇角，說：「這樣也好，我們先去後院換身衣服，然後就可以去找秦五看戲啦！」

白若蘭眼睛一亮，說：「總算從二姊姊的管制下解脫了，她們說的什麼墨跡鮮亮、調色混勻、景色豔麗……我都聽不懂，還不如去看『打金枝』看得爽快，哈哈！」

「妳呀！」梁希宜戳了下她的額頭，道：「讓妳的兩個丫鬟快點吧。」

白若蘭嗯了一聲，回過頭看了丫鬟們一眼，有些面生，忍不住皺起眉頭，說：「妳們兩個是二姊姊房的？怎麼沒見過呢。」

翠花服飾的女子神色一暗，急忙上前主動道：「奴才前陣子去鄉下給二小姐收租了。」

白若蘭點了下頭，白若羽特別能幹，倒是有可能管著一些府外莊子的帳，於是不疑有他。當一行人正準備穿過小路直奔後院，被一個看似秦家小廝的人攔住了。

小廝擋在拱門處，恭敬道：「二老爺喝多了要去後堂歇著，此時吐倒在前面，姑娘換條路走吧，否則唐突了姑娘們。」

梁希宜怔了下。「換路走繞太遠了，你們老爺何時離開？」

「哎呀！」不等小廝回話，翠花服飾的姑娘插嘴道：「六小姐的衣服留下印了，天氣那麼涼，趕緊繞道走吧，別在這裡耽誤時辰了。」

白若蘭低頭詫異地瞪大了眼睛。這茶水居然可以弄花了她的衣服，什麼茶水呀。

梁希宜感覺怪怪的，硬著頭皮點了下頭。

兩個丫鬟領著白若蘭快速前行，幾乎變成奔跑的態勢，梁希宜望著她們的背影忽然有一種不好的錯覺，急忙張口喊住她們，卻被一隻手抓住了手腕。

她迫不得已回頭，映入眼簾的是一張陌生的臉。

這張臉堪稱俊秀，皮膚白皙，尖尖的下巴微微抬起，冷漠的目光中難掩一絲主人骨子裡孤傲的本性，對方放肆地打量著梁希宜好一會兒才淡淡地說：「歐陽燦，定國公府三小姐到了。」

梁希宜微微一怔，果然是歐陽燦搞的鬼！

歐陽燦從樹上跳了下來，背脊挺得筆直，目光複雜地看著梁希宜，說：「妳回京後怎麼也不同若蘭聯繫，她說是給妳寫過很多封信了，妳也沒個音訊，定國公府裡的姊妹待妳可還好？」

梁希宜冷冷盯著他，怒道：「這與你何關？歐陽燦，你吃飽了沒事撐著吧！」

歐陽燦望著梁希宜不善的臉容一時間無言以對。

黎孜玉見狀忍不住揚起唇角，淺笑出聲，她那個小侄子明明就是對人家姑娘有意思，只是馬屁拍到了馬腿上，怕是徹底觸及對方的底線了！

梁希宜一陣發狂。她要多倒楣才會和歐陽燦有了牽扯？

歐陽燦胸口悶悶的，他不過是小小關心一下梁希宜，至於發那麼大的火氣嗎？真是不識抬舉！而且還當著黎孜玉的面，那個黎孜玉居然還敢笑他，太令人氣憤了，這要是被外人知道了，他還有面子在京城子弟圈裡混嗎？

梁希宜拍開那人的手，怒道：「他又是誰？你居然還敢帶人一起戲弄我，這很有意思嗎？」

「他……」歐陽燦頓住了，三公主穿著男裝同他出現在這裡，可會嚴重損了她的名聲，他既不能洩漏黎孜玉的身分，只能乾著急，不知道如何解釋才好。

「你真是一個混帳！」梁希宜壓住聲音，低吼道。

梁希宜氣急，轉身就要離開，卻再次被黎孜玉攔住。

梁希宜反身狠狠地甩了黎孜玉一巴掌，說：「你又算什麼東西，跟著你的主子瞎胡鬧嗎？」

她完全將灰衣男子當成歐陽燦的小廝了。

黎孜玉傻了眼，白嫩的左臉留下紅印，她憤怒道：「妳才不算個東西！」

梁希宜冷漠地看著他，總覺得眼前男子有些奇怪，猛地發現對方的脖子上沒有喉結。

莫非，對方無所顧忌地對她動手動腳是因為……「他」是個姑娘？

想到此處，梁希宜垂下眼眸，心底已經有所決斷，她總要尋個一勞永逸的法子，方可以應付日後此事被有心人提及的後果。

「希宜，希宜！」

熟悉的聲音在牆的另一面響起，怕是白若蘭發現她不見了。

梁希宜鬱悶地嘆了口氣，若是白若蘭不那麼聲張，她還有餘地立刻離開，她這麼一叫，豈不是讓大家都知道她出事了？

遠處已經傳來了腳步聲，梁希宜看了一眼面色糾結的歐陽燦，索性搓了搓手，二話不說朝黎孜玉撲了過去，同她扭打起來，還生怕來人不知道似地大聲嚷了起來。

「讓妳女扮男裝戲弄我，讓妳女扮男裝戲弄我……」

豆大的淚珠順著梁希宜的眼角流了下來，被一個女扮男裝的假男人戲弄總比被傳成單獨和歐陽燦在一起要好很多，她如是想著，內心如滴血般疼痛。

黎孜玉是金枝玉葉，哪裡和人真動過手。梁希宜一邊慓悍地罵著，一邊委屈地落淚，完全無視於傻站在一旁的歐陽燦。

白若蘭率先跑過來，沒承想看到的是梁希宜打了人。

此時，黎孜玉的髮髻變成了披肩長髮，一眼就能看出女兒身。

白若蘭並不認識三公主，見梁希宜紅紅的眼眶和一臉不自在的歐陽燦，自以為瞭解到了真相，指著歐陽燦大聲道：「小表哥你這是幹什麼？居然讓人女扮男裝戲弄希宜姊姊。」

梁希宜的思路清晰，聽到白若蘭的話後急忙附和地說：「歐陽燦，我們家不過是在回京時先於你們走了郊外的官道，你便小心眼地讓自個兒丫鬟戲弄我，實在是無恥之徒。」

「人」一變成了「丫鬟」，歐陽燦發現事已至此，黎孜玉以丫鬟的身分出現似乎更好一些，只好硬著頭皮道歉：「都是我的錯，我不該……讓自個兒的丫鬟女扮男裝來這裡。」

一切變得真相大白，梁希宜表面悲傷得不得了，心裡卻沒有一點波瀾，倒是黎孜玉覺得憋屈，走上前就要再甩她一巴掌。

歐陽燦衝了過來，當著眾多人面前佯怒道：「臭奴才，還不給我老實待著！」

白若蘭踹了她小腿一下，道：「妳一個奴才居然敢對希宜姊姊瞪眼，看我過幾日見到姑姑後，定往死裡告妳的狀。」

黎孜玉臉面憋得通紅，她何時吃過這種虧？

梁希宜眼尖地看到一群婦人走了過來，急忙抹了下眼睛，吸了吸鼻子，揚聲哽咽道：「大伯母。」

秦氏愣了片刻，看見梁希宜的慘狀，不可置信地說：「我可憐的希宜，怎麼變成這副樣子了？」

王煜湘聽說後面出事了就拉著母親許氏一同過來。她見黎孜玉披頭散髮的鬼樣子也嚇了一跳，急忙和母親咬耳朵說了下實情。

許氏臉色慘白，顫顫巍巍地走上前。「小心姑娘在外面受涼，咱們先回屋吧！」

秦氏不太樂意，梁希宜卻想見好就收，這裡人多口雜不是說話的好地方。她朝許氏點了下頭，眾人一起直奔後院。

在許氏的安排下，黎孜玉成功脫離眾人的視線，換了個模樣同她相似的丫頭頂替。

歐陽燦的心情五味雜陳，當他發現梁希宜望著他的目光充滿厭惡和不屑時，心底上湧出一股說不出的感覺，不管在西北還是京城，他都是被奉承的對象，就算對方背後會說一句紈袴子弟，但是當著他的面，他就是肆無忌憚又能怎麼樣，誰敢表現出一絲不耐？

歐陽燦仰著下巴，五官深邃的側臉透著幾分倔強，他是當朝尊貴的勛貴子弟，幹麼同一個小小的梁希宜較勁？他真是腦子進了水，才會想要去博得那個丫頭的諒解。

後院主事的大堂裡獨留下梁希宜的大伯母秦氏，及白若羽和王煜湘兩人的母親。

梁希宜已經重新梳妝打扮過，換了一條素色長裙，散落的髮絲簡單盤起，露出了白淨的額頭，臉上的胭脂早就被水洗淨，臉頰和脖頸有紅色的痕跡。

她安靜站在一旁，心裡卻百轉千繞，回想壽宴上的事情，一個可以同歐陽燦扯上關係，還串聯了白若羽和王煜湘的女人，莫不是……不會那麼倒楣吧？

在看到梁希宜了無生氣的木然樣子，歐陽燦莫名就被觸動了心底，愧疚地認下了所有錯事。既然有人樂意承擔壞名聲，此事自然好辦了。

秦氏也不敢真如何斥責靖遠侯府的孩子，更何況歐陽燦態度真切，於是急忙扶住彎腰下去的歐陽燦。「年輕人犯錯總是難免……嗯，下次別這樣了。」

歐陽燦忍不住偷偷去看梁希宜，她會不會因此對他有所改觀呢？但是梁希宜始終面無表情，不由得讓歐陽燦很是失落。

參與其中的白若羽旁邊看著，因三公主一事，而認為這定國公府三小姐心機好深。

由於歐陽家長輩不在，誰都說不得歐陽燦，最後在定國公府的不追究下，不了了之。

分開前，歐陽燦主動同秦氏說話，道：「我家裡上好的藥材頗多，明日就送到府上。」

秦氏見他生得俊秀，態度溫和有禮，實在不像是梁希宜所說的樣子，不由得生出些許好感，點頭應了下來。秦氏此人特別好哄，誰奉承她幾下就覺得人家好。

梁希宜十分無語，她和歐陽燦的「侍女」都打成如此模樣，秦氏居然還不知道避嫌，當著白家和王家夫人面前接受對方的示好。難怪祖父厭煩回京，兒子和媳婦沒一個聰慧的，定國公府如今爵位尚在，這是走了什麼狗屎運。

秦老夫人醒後聽說梁希宜受了傷，主張不如留在府上小住幾日，待傷勢全好後再回去。

秦氏怕國公爺看到梁希宜的傷勢，大發雷霆然後遷怒於她，本著逃避的心態先替梁希宜做了主，才派人回國公府回話。

最後，梁家小姐們全都被秦老夫人留下。

晚上，梁希宛跑到梁希宜的屋子裡，擠進她的被窩，說：「希宜，妳還記得和妳動手的那個女子的樣子嗎？」

梁希宜迷迷糊糊地看著她，懊惱道：「說實話有些忘記了，怎麼了？」

梁希宛眉頭緊鎖，趴在她的耳邊小聲道：「妳被大伯母拉進屋子後，我在外面碰到了白若蘭。她說這件事她怎麼想都覺得奇怪，讓我務必提醒妳，尤其是她發現陪著她伯母進屋認罪的丫鬟不是和妳動手的那個人，也就是說，她們特意把人給換了，妳不覺得奇怪嗎？」

「按理說，一個丫鬟而已……」

梁希宜瞬間清醒起來，看來那個姑娘或許真是她推測的那個人。

梁希宛拽了拽被子，說：「要不找個機會把白若蘭約出來吧，只有她可能調查出對方是誰。」

梁希宜點了下頭。除了白若蘭以外還有個更為方便的法子，就是直接去問歐陽燦。

此時的歐陽燦被三公主黎孜玉纏著，煩透了。

黎孜玉不甘心地看著歐陽燦，道：「都是為了你，我才被打的，你欠我一個人情，下次要幫我做事兒！」

歐陽燦懶得同她較勁，說：「大家好歹是親戚，妳要是真出了什麼事情我不會坐視不理。」

「哼！我看你倒是偏心梁希宜那個女人。你大哥就要進京了吧，小心我去告狀！」

歐陽燦無所謂地聳了聳肩。

黎孜玉眼睛忽地一亮，想起了什麼，說：「我可是聽說你大哥傾心我們家陳諾曦呢。」

歐陽燦愣住，臉色沈了下來。

黎孜玉之所以知道歐陽穆想娶陳諾曦，還要拜皇后所賜。靖遠侯曾寫信給宮裡，說家中嫡長孫拒絕了同駱氏聯姻的婚事，揚言這輩子就娶陳諾曦，其他人也不考慮。

皇后聽後覺得好笑，知道女兒也特別喜歡陳諾曦，就講給她聽了。

靖遠侯沒有告訴皇后的是歐陽穆簡直是魔怔了，揚言必須娶得陳諾曦，不惜一切代價。

歐陽燦不願意談論陳諾曦，自從去年他娘到陳家拜訪受冷落後，他們都對陳家沒好感，若不是歐陽穆在乎陳諾曦，依著他們兄弟幾個的性子，早就對陳家發動一輪朝堂上的攻擊了。

歐陽燦看了眼時辰，道：「聽說妳們還要去西園聚會，我派護衛送妳們吧。」

黎孜玉點了點頭，平白有人可以使喚幹麼不使喚？

歐陽燦派人遣來馬車，並請白若羽、王煜湘前來。送她們上了馬車，他不忘再次叮囑。

「這次事情怪我，妳莫要恨上定國公府三小姐。」

黎孜玉沒好氣地瞪了他一眼，心裡對梁希宜恨得咬牙切齒，表面敷衍地應了聲，心裡暗想回頭同諾曦好好商量，找個機會給梁希宜挖坑。

三個女孩坐在車子上，黎孜玉揪著自個兒的手指，不甘心地問道：「梁希宜到底長什麼樣子，我都沒有仔細看她。怎麼歐陽燦就那麼護著她，我真是越想越生氣！」

白若羽拍了拍她的手背，安撫道：「後來我仔細想了下，她也很不容易，怕是會被人撞破和歐陽燦有什麼，發現妳是女子，索性跟妳玩命了轉移眾人目光。」

黎孜玉眼眶一紅，盯著白若羽可憐地說：「怎麼，連妳也覺得她不錯了？」

王煜湘見狀忍不住笑了出聲。「這都是什麼事兒啊，我們犯不著為了個外人傷了彼此和氣。她能把這事惹到妳身上，可見是個有心計的，我不喜歡。」
黎孜玉滿意地點了點頭，攔住王煜湘的肩膀。「這才是好姊妹嘛。」
白若羽嘆氣地搖頭。「好啦、好啦，我也不喜歡她，妳別生氣啦！」
黎孜玉擦了擦臉頰，發狠道：「定國公府的三小姐，我早晚讓她吃個啞巴虧。」

第六章

梁希宜在秦府的日子很是滋潤，沒兩日水嫩的皮膚便恢復如初。

這一日她躺在床上，臉頰搽上改良後的潤膚藥膏，靠著枕頭翻看秦五拿過來的畫本。梁希宜用它打發時間，看到有趣的地方，不時還發出格格笑聲。

夏墨被大夫人秦氏留下來伺候，她望著有時候像個孩子般稚氣的姑娘，不由得揚起唇角，開始吩咐奴婢們給姑娘熬藥，準備飯食。

好日子沒過幾天，秦五就帶來了個壞消息。

「希宜，陳諾曦和三公主說是要舉辦詩會，還特意請了太后的旨意，詩會前幾名會在過年時得到太后召見，詩會邀請的對象是京城四品官員以上府裡年滿十二歲的小姐們！瞧，帖子上還列出了幾個名字，居然有妳。」

梁希宜怔了片刻，深深地嘆了口氣，這就對上了自己的推測。

那日女扮男裝被她打了的女人是京城赫赫有名的三公主！只是沒想到三公主的回應來得如此猛烈迅速。

她有些發呆，窗外的日光明晃晃地投在秦五裙子上的大紅花朵，刺得梁希宜眼暈。

周圍的聲音忽遠忽近，嘈雜中聽見秦五略顯高亢的咋咋呼呼，說：「這怕又是陳諾曦弄的稀罕玩意，還把各府千金的名字寫在上頭，若是點了名不出席，怕是有些人該亂傳什麼了。」

梁希宜無語地嘆了口氣，怎麼看都對她不太友好的感覺，逼她必須去呢。

「不過也有些人巴不得可以上了她的帖子，一下子就出名了。希宜，妳猜她給妳的評語是什麼？」秦五神神秘秘地盯著她，小聲道：「她讚妳容貌秀麗端莊，還說妳雙瞳剪水，只是最後來了個『忽聞河東獅子吼，拄杖落手心茫然』。」

梁希宜目光深深一沈，手心裡攥著絲帕一言不發。

「成了，小五，被三公主那群人盯上了有什麼好處，妳別嚇唬希宜。」秦二安慰地拍了下梁希宜的肩頭，說：「咱們跟她們沒交情，大不了就不去了。」

「幹麼不去呀！」秦五揚著聲音，說：「我倒是十分佩服希宜，這才入京多少時日，就成了公眾人物，風頭正盛。」

秦二忍不住戳了下她的額頭，道：「妳以為人家希宜同妳這楞頭青，名聲糟糕透了。」

秦五無所謂地聳聳肩，摟住梁希宜的肩頭，甜甜地說：「希宜，妳不知道妳真是一戰成名！歐陽燦那個混小子在外面沒少惹是生非，妳居然敢打了他的臉面，揍了他的丫鬟，太厲害了！妳哪裡是定國公府的三小姐，簡直是厲害的拚命三娘。」

梁希宜眉頭緊皺，望著說起話來眉飛色舞的秦五，心情頗為沈重。她還想說成為陳諾曦的朋友，這還沒怎麼樣就成了敵人了。不用她去接近，陳諾曦已然來尋了自己。

對於陳諾曦，梁希宜始終有一種道不明的情緒。她會出席這次詩會，是因為自己必須見一次陳諾曦，才好做出心底的判斷。

凡事過度反常必為妖，到底是什麼樣子的靈魂占據了自己前世的身軀？

打著太后招牌的詩會引起了京城裡待字閨中的少女們踴躍參與，大宅門裡的日子本就閒散，難得有這麼個可以出門的活動。秦五更是將梁希宜視為最好的朋友，誰讓敵人的敵人就是朋友呢。

詩會很快就到了，梁希宜打扮得十分素淨，在一群容貌出眾的年輕少女裡面並不顯眼。即便如此，躲在樹上的歐陽燦還是一眼就看到她。

高䠷的個頭，淡定自若的神色，偶爾揚起的唇角和很容易輕輕蹙起的眉頭……真是，梁希宜怎麼就這麼讓他覺得順眼？

歐陽燦仰著下巴，忍不住舔了下唇角，胸口隱隱湧上一股興奮的勁頭，是那種和兄弟們在草原上馳騁，忽地發現一頭上好獵物時的躍躍欲試。他的右手玩弄著西北剛剛寄送來的一柄短小的匕首，不停地敲打著左手的手背，完全沈浸在自個兒的思緒中，沒注意到旁邊小廝戰戰兢兢的目光。

梁希宜並不清楚有人在關注著她，她隨大流來到舉辦詩會的蘭秀園，發現園子門口已經聚集了好多人，有書桌、茶水，還有裝束髮髻完全相同的美貌丫鬟們站在旁邊侍奉。

「這是在簽到。」秦五怕梁希宜露怯，小聲地提醒她。

「簽到？」梁希宜怔忡了下，見姑娘們身邊的丫鬟替主子上前，在桌子上的大紅紙上簽下來歷。

「陳諾曦弄出來的東西。她在兩年前成立書社，每年會折騰出幾本書籍或者畫本專供女眷閱讀，其間更有眾多聚會可以參與，因為來人眾多，簽到可以避免遺落了誰，書籍在編製時也可以防止寫錯名字，這個事兒很得庶女歡心，她們平日在家裡被壓迫怕了，藉著以此博出名呢。陳諾曦對所有人的重視，給了她們很好的助力，凡是陳諾曦組織的活動，來的人都比較多。」

「真是……想得周到。」梁希宜實在無法形容心裡的感覺，這居然是陳諾曦的主意。

梁希宜正等著簽到丫鬟過來安排她們的去處，就見一個面生的姑娘撞到了夏墨，然後靦覥地離開。夏墨甩了下袖子站在梁希宜身邊，待簽到丫鬟在前面走了起來，方小聲在她的耳邊說：「主子，剛才那姑娘塞了個紙條給我。」

梁希宜面無表情地點了下頭，說：「內容？」

「說是此次詩會因為人數太多，陳諾曦又不願意只邀請嫡女，所以分成三次比試完成。第一次的初試在蘭秀園，複試在公主府，第三次就直接覲見太后了。」

梁希宜故作隨意地摸了下耳朵，道：「第一次怎麼比呢？紙條是誰傳的，不會是若蘭吧？」

夏墨欲言又止，紅著臉說：「是歐陽小公子。不明白他到底要幹什麼，他說這次來的姑娘們太多了，所以被安排在春、夏、秋、冬四個院子裡分別作詩，主持的人依次是三公主殿下、陳諾曦、王煜湘和白若羽。咱們在冬園，倒是可以見到白若蘭！」

梁希宜一陣頭大，道：「他傳個紙條就是為了告訴我這些嗎？」

夏墨搖了下頭，說：「倒也不是，他約小姐在冬園內院的拱門處見面……」

梁希宜有片刻的猶豫，關於那個被她打了的女子到底是誰，唯有歐陽燦最是清楚。

「歐陽小公子還說這次蘭秀園的護衛都是他安排的，讓姑娘放心。」

「……」梁希宜滿臉黑線，這個傢伙。

「姑娘，他最後還說是有要事相告，若不去一定會後悔！」

梁希宜淡淡掃了眼一臉憂愁的夏墨，喃喃道：「歐陽燦這人也真夠糾纏的……」

進到冬園外面，乾枯的樹枝上面落有厚重的積雪，時不時掉在地上散開。

蘭秀園是皇家園林，許久未曾來人入住，若不是這次詩會人數過多，怕是不會選在這裡舉辦。梁希宜緊了緊脖頸間的狐狸毛圍巾，眉眼肅穆地環繞四周。

秦家姊妹見到熟人，彼此熱絡地聊了起來，因梁希宛的模樣可人漂亮，其他家小姐也主動過來同她說話。

梁希宜站在院子東側外，感覺到背後被什麼扔到了似的。她回頭一看，在門牆上面看到露出腦袋的歐陽燦。她朝歐陽燦搖了搖頭，對方卻沒有離去的意思。

梁希宜回頭看院子裡的鶯鶯燕燕，不想節外生枝，她剛和歐陽燦的丫鬟鬧出毆打的事情，若是有人發現歐陽燦在這裡，估計又會聯想到她身上。

梁希宜思索再三，退後兩步走出院子，望向牆上跳下來的男孩，說：「你跟著我很有趣嗎？」

歐陽燦目光炯炯地看著她，說：「妳傷口好啦？」

梁希宜一怔，淡淡地說：「你不出現我就不會受傷。」她撇開頭，忽地想起什麼，道：「對了，我還想問你，上次那個所謂的丫鬟到底是誰？」

歐陽燦愣了片刻，眼睛明亮亮地笑著說：「我找妳過來就是想和妳說這事兒呢。不過妳太不配合，我若是告訴妳有什麼好處嗎？」

梁希宜瞪著他死皮賴臉的樣子，煩心道：「你若是不說我也猜得到，是三公主殿下吧。」

歐陽燦呆住了一會兒，不由地揚眉，說：「妳好厲害！」

梁希宜啼笑皆非地苦悶道：「這真是最鬧人的結果！」

歐陽燦見梁希宜整個人無精打采、神情沮喪，胸口莫名悶悶的，他大步上前，遞給她一把匕首，說：「女孩子身上最好別留下疤痕，孜玉這幾日也天天塗藥膏。」

可這與匕首有什麼關係？

梁希宜低頭看著手中鑲著紅色寶石的匕首，不解地看向歐陽燦。

歐陽燦一愣，聲音忽地變得急促起來。「我大哥和六皇子截住了一群佯裝成商人的外族人，外面的匕首鞘是我自個兒做的，很不錯吧！」他的耳根子發紅，眼睛亮亮地盯著梁希宜。

梁希宜想要誠懇地道一聲謝謝，又覺得言不由衷。

「妳總是表現得那麼小心翼翼，我看著都覺得累得慌，這個匕首可以防身，又沒有上冊，無人知道它的來歷，妳留著玩就成。」歐陽燦眨著眼睛，臉頰漸漸變成和耳朵一樣紅。

梁希宜兩世為人，再傻也能感覺到歐陽燦三番兩次惹她後略顯拘謹的不自在，眼前男孩的模樣，分明是情竇初開時的羞澀呀！

「我……那個我先走了！妳注意黎孜玉那個女人，我和她說過了不許她動妳的腦筋，可是妳們女孩子就是那般小氣，我怕她會給妳使壞，妳切莫真和她對上，會吃虧的！要是有什麼就告訴我，我去替妳出氣！」歐陽燦嘮嘮叨叨幾句後，見梁希宜始終沈靜地看著自個兒，渾身越發僵硬起來，慌亂地揮了揮手，轉身急速跑開了。

梁希宜平靜地看著他無法克制的緊張，落荒而逃，心境卻沒有蕩漾起一絲波瀾。她甩了甩頭，走回冬園。此時許多人都已經落坐，天氣雖然寒冷，這裡的妝點卻別有一番情趣。

她見木質矮桌子上面擺好了筆墨，一轉頭便看到梁希宛朝自己揮手。

「妳跑哪裡去了？」

她們的座位靠後，梁希宜靦覥地笑了下沒有應聲。此次詩會的規則都被裝訂成冊，分發下來，看到排版人陳諾曦的時候，她的指尖忍不住上下撫摸著這個名字。好一個慧質蘭心的女孩。

「希宜妳快看，陳諾曦過來給白若羽送東西呢。」

梁希宜猛地一驚，急忙抬起了頭，遠處的陳諾曦身材纖瘦嬌小，臉頰溫潤如玉，整個人被雪白色襖袍包裹得滿滿的，唯獨露出了精緻秀美的容貌。

她輕輕地掃了眾人一眼，視線彷彿同梁希宜的目光交織在一起片刻，就撇開了。那份柔和淡然的目光，帶有一種空山迴蕩般的淡雅氣質，讓人深陷其中，難以忘懷。

梁希宜大腦一片空白，原本屬於自己前世的身軀容貌卻已成了另一個人的。

她無法控制蓄滿淚水的目光，始終盯著陳諾曦漸行漸遠的背脊，那頭如墨的髮絲上，盤著髮髻上的北海明珠，在明亮的日光下耀眼奪目。

這是前世父親在她十二歲生辰宴時，送給她的禮物。後來她把它典當出去，從牢房救出李若安。世事無常，她再次見到這顆珠子，早已經物是人非。

「希宜？」

「希宜，希宜！」

梁希宜迷茫地拉回思緒，看向喚她的秦五。

「妳怎麼了？剛才可是看到陳諾曦了？」

梁希宜悶悶地嗯了一聲，不願意再繼續這個話題，她打開擺好的紙張，發現是一幅未完成的畫。

「看畫寫詩？」梁希宜尋思著。紙上的畫很簡單，是一望無際的湖水，遠處有層巒起伏的山頭，天空似乎還飄著大雪，右面有一行娟秀的字跡，道：「此情此景此地，妳又身在哪裡？」

梁希宜想了片刻，毫不猶豫地在湖水上畫上一葉扁舟，又追加了戴著斗笠的少女在舟上垂釣。然後賦詩一首：

遠山皆魅影，處處飄零墜，孤舟蓑笠女，獨釣寒江雪。

她想表達一種孤獨的境界。遠處的山遙遠而不真實，她整個人孤單無助，搖搖欲墜，在湖水中央的一葉方舟上，身披蓑衣，頭戴斗笠，在大雪覆蓋的寒冷江面上獨自垂釣。

梁希宛原本想和三姊姊分享一下作品，待看到梁希宜的墨跡頓時感到自愧不如。

梁希宜的字，師承定國公。想當年定國公梁佐雖然學問一般，書法在京城卻是小有名氣，以大氣方正聞名。如今梁希宜截長補短，另闢成自己的大氣溫婉，字體看起來既給人很有力道的感覺，又多些溫和柔美。

秦五倒是不和梁希宜客氣，見她快速地完成作品忍不住搶過去看了起來，感嘆道：「希宜，妳的字真好，非常有韌勁，像是出自男人手筆，尤其是配上這首詩的境界，我倒是真的彷彿置身於孤舟之上，釣著永遠也無法破冰而出的魚，整個人置身在觸摸不及的遠山雪景之中，然後孤單寂寞到死了似的。」

是啊，和其他人不一樣的人生，滿懷心事孤單寂寞到死……陳諾曦妳可以感覺到嗎？

梁希宜摩挲著毛筆的筆桿，陷入沈思之中。她已經和歐陽燦確認了那天的丫鬟就是三公主，那麼今日不管她假裝發揮得有多差，三公主殿下都會讓她進入複試的。今日不對付她，怕是想讓她多提心弔膽幾日，然後來日方長整治她？

思及此處，梁希宜懶得在詩會上裝傻充愣，與其詆毀自個兒名聲，不如堂堂正正奉陪到底！

晌午過後，大多數人都已經起身完成作品。

明媚的陽光傾瀉而下，映襯著姑娘們嬌柔的容顏越發清麗許多。

梁希宜垂下眼眸，心底不由得佩服陳諾曦的統籌安排，竟是把一場普通詩會，組織成科舉考試般讓參與者心生敬意，無比重視。

梁希宜默不作聲地看著眾人隨同白若羽的發言、各抒己見。

白若蘭悄悄地坐在她的旁邊，拍了下梁希宜的手臂，小聲嘀咕道：「希宜姊姊，出來一下。」

梁希宜怔了片刻，見大家討論的氣氛十分熱絡，就連調皮搗蛋的秦五都聽進去了，沒人注意到自己，索性同白若蘭慢慢遠離了熱鬧的人群。

白若蘭拉著她跑到冬園門外，撫著胸脯道：「真是快悶死我了！」

梁希宜好笑地掃了她一眼，說：「妳就不能老實待一會兒？我剛才看妳在前面作詩的時候左扭右扭，可是被什麼難倒了？」

白若蘭臉頰微紅，道：「別提了，總之我肯定入不了複試的。」

梁希宜無語地搖了搖頭。「妳姊姊是判題人之一，怕是為了白家的顏面也會讓妳撐到複試。」

「啊，不會那麼倒楣吧！」白若蘭誇張地張大了嘴巴，她可不想再來這兒受罪了。

兩個人一邊聊著天，一邊順著小路向院子中間的湖水走去。

蘭秀園本是王爺府邸，因為當時的老王爺特別怕熱，就在院子裡挖池子。後來他的後代依次擴建池塘，形成了如今院子中央的望天湖。據說，夜幕降臨的時候，清冷的月光傾灑而下，整座湖水彷彿被籠罩起來，神秘幽然，湖水波光粼粼，猶如圖上的金錠，從佛法上講，有聚攏財源，福運興旺之意，便給皇家找個藉口收回府邸了。

望天湖的四周，環繞著春、夏、秋、冬四個庭院，很是有一番情趣。

白若蘭走著走著，腳下被絆了一下，差點摔個跟頭。

梁希宜低頭看下去，「啊」的一聲後退了兩步。她急忙回頭捂住白若蘭想要狂叫的嘴巴，強迫她不許說話，轉身跑向東北角的樹木之中，躲在一塊大石頭後面。

被鮮血浸染的地上躺著兩個身著黑衣的男子。

白若蘭渾身哆嗦起來，緊張兮兮地小聲說：「我、我們該怎麼辦？」

梁希宜搖了下頭，食指放在唇尖，不過一會兒就有腳步聲從望天湖那頭傳了過來。

梁希宜和白若蘭臉色蒼白，不敢移動半步，聽著背後的動靜像是在清理兩個人的屍體。天啊，她們這是遇到了什麼？若是被人發現，會不會被滅口？

從腳步聲來判斷，人數大約三、四個，對方似乎完事，耳邊傳來了動靜，然後一道纖細悅耳的聲音響徹在整個空場。

「五皇子，你明知道今日我們這裡有詩會，還故意將人引到此處，留下線索，殺人滅口，可真是對我『關愛有加』。」女子聲音淡得如同平靜的湖水，隱隱約約透著幾分諷刺之意。

男子沒有應聲，但是那句五皇子的稱呼，著實嚇傻了梁希宜和白若蘭。而這道女聲，梁希宜閉著眼睛都聽得出，不正是陳諾曦？

五皇子想把皇帝安插在身邊的細作做掉，正好此次詩會的負責人是歐陽燦和三公主手下，索性嫁禍給他們。真真假假，假假真真，反正皇帝習慣性懷疑皇后，欲加之罪，何患無詞？

陳諾曦緊了緊厚實的襖袍，臉頰宛若凝雪，眉眼揚起，目光清明地看著站在她面前的五皇子。

五皇子穿著一身藍色長袍，玉面俊容始終看不出心中所想，漂亮的如湖水般深邃的目光，隨著陳諾曦的言詞越來越亮，終於忍不住揚起唇角，輕輕笑了起來。

他仰慕陳諾曦人盡皆知，所以跑來偷看詩會，然後被皇后的人馬追殺，細作慘死，很不錯的一種演繹。只是他對陳諾曦的喜歡倒真是發自內心。

陳諾曦身形雖然不高，卻生得玲瓏有致，膚白如凝雪，襯著紅唇更顯光彩耀人。她如同出水芙蓉，目光清澈，表情傲然，狠狠地瞪了一眼五皇子，轉身昂首離開。

剛剛處理完屍體的侍衛正巧走了回來，站在五皇子身邊，抱怨道：「用不用小的找人教訓下陳諾曦，她太猖狂了吧。」

五皇子黎孜莫隨意地擺了下手，望著陳諾曦離去的背影，嘴唇微揚，道：「我倒是覺得比起母親尋來的那些美人們，她更得我心呢。」

侍衛一怔，略顯擔憂地看著黎孜莫，提醒道：「二殿下想要納陳諾曦為側妃，我們此時衝上去可不是個好主意，怕是皇上會有想法吧。」一個不爭不搶的孩子總是會更受疼愛的。

五皇子不屑地冷哼一下。「誰說我要同皇兄爭了？陳諾曦這種心高氣傲的女子怎麼會給人做妾，側妃怕是她看不上吧。」

「還有，皇后娘家的侄孫兒歐陽穆也對陳諾曦傾慕，就是不知道陳宛如何打算，有可能尋個由頭將陳諾曦盡快嫁出去吧。」

五皇子反剪雙手，目光炯炯地盯著陳諾曦消失的方向，道：「陳宛就是想要嫁女，總也要有人肯娶吧。走吧！」

他大手一揮，急速離開小路。

白若蘭長嘆一口氣，轉身就要出去又一把被梁希宜拉住了。兩個人對視了片刻，果然聽見侍衛踅過來的聲音，侍衛環顧四周發現並無他人再次出現，方徹底離開。

白若蘭腳軟地坐在地上，聲音低啞地說：「壞了，我看到五皇子殺人了。最主要的是陳諾曦也知道，我、我該怎麼辦呀，希宜姊姊。」

梁希宜扶著她起身，撣了撣她身上的泥土，道：「這事兒爛在肚子裡。」

白若蘭拍著胸脯，緊張兮兮地哽咽道：「剛才的事情，現在想起來都嚇人，我好害怕……」

哇的一聲，白若蘭忍不住痛哭失聲。

梁希宜無語地看著她，安撫道：「妳若是想讓事情過去，就要表現得跟沒事人似的，難道妳想被殺人滅口？」

白若蘭一聽到殺人滅口四個字，立刻噤了聲。

梁希宜用手帕擦乾淨了她的臉頰，輕聲說：「待會兒有人問起來，就說妳在泥土裡摔了個跟頭，渾身疼得難受，所以才哭了。」

白若蘭望著梁希宜平靜的表情，佩服道：「希宜姊姊，妳好厲害，真跟什麼都沒發生過似的。」

「本來就什麼都沒發生！」梁希宜沒好氣地瞪了她一眼，白若蘭立刻噤聲。

什麼都沒發生過，什麼都沒發生過……她不停的自我安慰著，假話說多了就成真了。

兩個人剛進入冬園，發現眼前一片混亂。

秦五紅著眼圈，一把拉住梁希宜，道：「妳們去哪裡了，蘭秀園闖進了匪徒，我二姊姊被劫持了！該死的陳諾曦報了官。」

「啊！」白若蘭率先驚叫起來，渾身抖抖索索地拉著梁希宜的手，顫顫巍巍地說：「不會是剛剛在地上躺著的那兩個人沒死透吧，嗚……他們好像看到過我的臉。」

「妳小聲點！」梁希宜安撫地拍著她的後背，急忙叫來夏墨，囑咐道：「快去尋白日裡遞給妳紙條的姑娘，請她去尋歐陽燦。」

梁希宜尋他？歐陽燦簡直快樂瘋了，梁希宜居然主動尋他？

他急忙換了一身乾淨的白衫，還梳了頭，方趕到見面的地點。

梁希宜朝他劈頭蓋臉就是一頓抱怨，道：「不是說一會兒就到，怎麼磨蹭到現在？」

歐陽燦臉頰紅撲撲地盯著梁希宜發怒的神色，支支吾吾地解釋不清楚。

梁希宜懶得再說，直接道：「我聽說院子裡進了匪徒，還挾持了秦家二小姐，你們的人到底怎麼護衛大家的啊？」

歐陽燦眉頭成川，若知道梁希宜質問的是這檔子事情，他寧願在房子裡躲些時辰。

梁希宜見他神色古怪，思及此事可能與三公主有關，於是不由得大膽臆測道：「你怎麼不說話？難道這事情和你們有關係？」

「你胡說什麼！跟我是完全沒關係的。」歐陽燦急忙撇清。

梁希宜抓住他的語病，迫切追問：「和你沒關係，那和三公主呢？」

歐陽燦攥著拳頭，他著實不願意欺騙梁希宜，想了片刻，道：「妳不就是要尋秦家二小姐嗎？既然如此我幫妳把人找回來就是了！」歐陽燦轉身就要離開。

梁希宜跑上前一把拉住了他的袖子，質問道：「你怎麼說得這般輕巧，是已經知道秦家二小姐的下落？院子裡到底有沒有真正的匪徒？到底為什麼劫持秦家二小姐，三公主恨的不是我嗎？莫非秦二小姐遭了池魚之殃？」

歐陽燦頭大地望著把真相想歪了的梁希宜，有些不知所措。兩隻手乾巴巴地甩開她的攀附，扶正了她略微顫抖的肩頭，使勁按住，安撫道：「妳別亂想，也不要著急，總之這事真是和妳沒關係，我這就去幫妳尋秦家二小姐。」

「那又是為什麼？」梁希宜怎麼也想不明白。

秦二年後就要嫁入李府，現在碰上這種事兒，陳諾曦居然還立刻報了官，若事情鬧大，豈不是毀了姑娘家的名聲？

歐陽燦頭一次如此近距離地觀看梁希宜，那雙剪水似的雙瞳正目光如炬地盯著他。墨黑色的眼底映襯著他剛毅的面孔，清澈透亮。

梁希宜發現歐陽燦目不轉睛地凝視著自己，忽地感覺到周邊溫度不斷升高，渾身熱了起來，急忙退後三步，慌亂道：「你趕緊去吧，時間拖得越長，對秦家二小姐的名聲越不好。」

歐陽燦回過神來，尷尬地點了下頭，飛也似地消失在梁希宜的視線裡。

「希宜，希宜，小表哥怎麼說？」白若蘭一臉焦急地站在拱門處等著她。

她從小到大第一次見到死人，還第一次聽說官家小姐居然在眾目睽睽之下被挾持了！太可怕了。

「他去營救了，妳放心吧，同咱們遇到的不是一夥人。」

白若蘭拍了下胸口，鬆了口氣說：「還好還好。」

她忽地轉念一想，緊張兮兮地拉住了梁希宜的手，用力道：「天啊，是說這府裡不只一撥壞人嗎？到底……到底怎麼回事？我好想回家。」

「行了，妳冷靜點，稍後就都結束了。妳要記住，今天什麼都不曾發生過！」梁希宜敲著白若蘭的額頭，一字一字地叮囑。

「嗯。什麼，都沒有發生過。」白若蘭可憐巴巴地吸著鼻子，眼眶發脹得難受。

蘭秀園的大堂裡，王煜湘、白若羽、三公主黎孜玉還有陳諾曦圍坐在一起。

黎孜玉的心情不錯，眼底蕩漾著愉悅的輕鬆，樂呵呵地說：「諾曦，京兆尹可是有什麼回覆，是否會派人過來？」

陳諾曦整理試卷後，彎彎的眉眼帶著幾分疲倦，道：「官府來不來人並不重要，但秦家二小姐的名聲肯定是不好了。」

她想起了剛剛離開的五皇子，笑道：「反正這事情有人會替咱們平了。」

黎孜玉滿足地點了下頭，身子撒嬌似地倒在了陳諾曦身上，道：「諾曦，謝謝妳，只有妳才能無所顧忌地為我著想，什麼都肯為我做。」

白若羽憂慮地望著她倆，道：「孜玉，秦家二小姐可沒做過什麼傷天害理的事情，我們不能為了一己之私，逼她走上絕路。」

黎孜玉垂下眼眸，不高興地說：「既然決定要做了，不如做得更徹底。」

陳諾曦戳了下她的眉頭，道：「好了好了，我們姊妹幾個不要吵架。」

「就希望秦家二小姐知難而退，知道自己配不上李在熙，願意主動放棄婚事，否則我是不會罷手的。」黎孜玉沈下臉冷冰冰地說。

忽然門外傳來一陣凌亂的腳步聲，陳諾曦的大丫鬟翎羽氣喘吁吁地道：「小姐，不好了，秦家二小姐被歐陽小公子帶走了！」

黎孜玉一怔，驚訝道：「這個歐陽燦！那匪徒呢？」匪徒是三公主自己的人假扮的。

「被打昏了。歐陽公子說，聽到大家講秦家二小姐被劫持了，就知道這事肯定是三公主的主意，所以他還算配合，同我們演了場大鬥匪徒的戲碼，並沒有拆穿我們。」

「妳確定匪徒沒有被打死了嗎？」陳諾曦突然揚聲道。她的臉紅撲撲的，雖帶著和善的笑意，但是翎羽卻能從那抹笑容裡感受到一絲道不明的寒冷。

她急忙改口，想了片刻，說：「哦，最後歐陽小公子追擊匪徒，匪徒從後牆翻出去，頭臉正好碰到地上的石頭，被砸花了，如今應該是已經斷氣。秦家二小姐昏了過去，已經請了名醫過來醫治。」

陳諾曦滿意地點了下頭，回過頭朝黎孜玉道：「不錯，如此看來還要謝謝歐陽小公子，我這就派人再跑一趟京兆尹，說此事已經了結，讓他們直接過來處理，我可不想讓自己的奴婢沾屍體的晦氣。」

黎孜玉深吸口氣，面色冷靜。她不知道該罵歐陽燦多管閒事，還是說這樣的結局倒也不錯。牽扯進來的人越多，局面更加混亂，無人可以想到同她有關係。

因為突如其來的匪徒風波，眾府小姐都被自家接走。梁希宜不放心秦二，而白若蘭要等姊姊白若羽，所以兩個人一同留了下來陪同秦家姊妹們。

秦五趴在自家二姊的床邊，哽咽地小聲說：「三公主她們居然報官了。希宜，妳說這是不是因為我，因為我可笑地同三公主挑釁的結果。她是公主，想要治我們姊妹還不是信手拈來？」

梁希宜尷尬地低下頭，她和三公主結下的梁子可比秦五大多了！

「希宜，我……」秦五滿臉愧色，一下子撲入梁希宜懷裡，情不自禁地大哭起來。

秦二尚未甦醒，大夫和陳家的丫鬟奴才都在，梁希宜怕她胡言亂語，索性拖著她跑到屋子外面的牆腳。

「我恨死三公主了，她絕對是故意的。」

「好了，別難過了，二姊姊還沒甦醒，妳更不能如此悲傷。」

梁希宜安撫地撫摸著秦五的後腦，小聲道：「事已如此，妳鬧得越大對甯蘭姊姊名聲越不好，只好暫且忍下，徐徐圖之。」

「我越想越覺得可疑。當時突然從外面闖進來一個黑衣人，他可是直接衝著我姊姊過來的，並未考慮過挾持她人！這不是很奇怪嗎？」

梁希宜思索了一會兒，試探道：「妳確定他沒想過挾持妳嗎？」

「這就是我最懷疑的！我明明站在外側，他應該更好挾持我才對，卻選擇了姊姊。」

梁希宜微微一怔，為什麼是秦甯蘭，她得罪過三公主那群人嗎？但是再怎麼得罪，能夠比她得罪得還深刻嗎？她可是把三公主都打了一頓。

秦二醒來以後，看起來仍十分虛弱。

因定國公府梁老夫人已遣人過來要將她們接回府邸，梁希宜也無法久留，只好匆匆與秦家姊妹們告辭。

梁希宜幾日不見祖父，思念甚深，才發現祖父沒在府邸。

二夫人一臉無奈地同她說，夏雲懷孕了，且是二老爺的種兒，國公爺一氣之下搬到城北別院居住了。

「夏雲？」梁希宜微微怔住，不就是大房藍姨娘的丫鬟嗎？只是她若是能爬了她爹的床，未必就不能爬大伯的床呀。這裡面莫非還有什麼內情？

「希宜，妳二哥和四弟正要去別院呢，你們一起去吧。」

梁希宜點了頭，事不宜遲，希望親爹可別辦傻事兒，真認下這個孩子。

她估量了時辰，還來得及避開宵禁，便輕車簡從出發了。

一行人走了半個時辰快到目的地時，馬車忽地停了下來。梁希宜等了片刻沒有聲音，道：「怎麼了？」

車外騎著馬的四少爺梁希義在同官爺說話，原來今日不知道發生了什麼事情，九門提督大人發下了提前宵禁的指示，城門已經關閉。宵禁，又稱作「夜禁」，一更三點敲響暮鼓，禁止出行；五更三點敲響晨鐘後才開禁通行，疾病、生育、死喪的情況下除外，當然，有特別通行證的也可以通行。

梁希宜雖然覺得有些奇怪，但是對方見他們是國公府的人，同意放行了。

眼看著就要抵達別院，馬車又出了點狀況，右邊輪子擱在石頭上，車伕太著急了使勁一甩鞭子，嘎吱一聲，輪子居然壞掉了。

梁希義同梁希宜彼此對望著一會兒，忽地都苦笑了起來。太倒楣了！

梁希義詢問了下奴僕，他們停車的位置離城北別院很近，不過一刻鐘的時間，他決定先騎馬快速趕去，尋輛馬車再來接三姊姊梁希宜。

梁希宜心裡有些不踏實，卻也沒有更好的辦法，點了下頭放他離去。

梁希宜出門共帶了十名壯實的男丁，其中兩名隨梁希義離開。

她掀起簾子，外面是灰色的牆壁。馬車壞在胡同裡大戶人家的門口，距離胡同口處並不遠，因為提前宵禁，此時大戶人家的紅漆木門緊閉著，道路上沒有半點人煙。

「姑娘，今兒好生奇怪，我倒是第一次聽說宵禁還有提前之說。」夏墨彎月般的柳眉微微皺起，在車內伺候著梁希宜茶水。

「或許是快過年了，京城不能出現一點紕漏，所以戒備森嚴。」她前世經歷的宵禁，都是從白日便開始的。當時老皇帝病重，歐陽皇后先下手為強，將二皇子推上皇位，又被賢妃娘娘誣陷害死老皇帝，五皇子手握遺詔攻陷皇城為父報仇，最後被歐陽家扣上逼宮的罪名，打著清君側的名義直搗黃龍。

那時候的京城每日都在宵禁，她的身邊每天都有人離去，然後就再也沒有出現過。城裡的屍體成堆，泛著惡臭，晚上用牛車拉出去埋掉。

想來有些好笑，最後幾年的歲月竟是她人生中難得幾年的安逸生活，他們雖然過著猶如過街老鼠般的生活，卻再也沒有勾心鬥角，就連她那丈夫李若安，貌似也坦然接受了現實，變得完全不同。

梁希宜感慨的同時，不由得望著遠處張燈結綵的光亮，如今安居樂業的百姓們，哪裡想像得到，不久之後的大黎將會陷入怎樣的動亂之中。屆時她能護得住誰，誰又能守候在她的身旁？

馬車的四周過於安靜，安靜得連梁希宜看向夏墨的目光都忍不住帶著幾分警惕。

夏墨有些害怕，聲音顫顫地叫了一聲：「福伯？福伯？」

福伯是這次的馬車伕，居然沒有回聲。梁希宜渾身僵硬地動手尋找包裹裡的匕首，她沒想到歐陽燦隨手扔在她這裡的匕首居然有了用武之地。

夏墨斜著身子低下頭，小聲道：「姑娘，妳千萬別動，我出去看一下。」

嗓音中微微的顫抖透露了夏墨的恐懼，但是她知道越是這種關鍵時刻，她越不能後退，否則就會徹底失去了主子的信任。

梁希宜腦海裡刻畫出無數的可能，比如這事從頭到尾就是一場騙局，有人故意在路上放上了大石頭，看見哪個富家翁就對哪家動手，可是這是京城，今天還提前宵禁，對方太膽大妄為了吧！

宵禁！

梁希宜猛抬起頭，提前宵禁原因是什麼，九門提督大人親自下令封城嗎？完了，肯定有什麼大人物闖入京城，而且肯定不是什麼好人，否則幹麼一副如臨大敵模樣！

梁希宜的心如明鏡，耳邊頓時傳來夏墨的淒慘叫聲。

她掀起簾子，看到馬車已經被不下十名黑衣人包圍住。

為首的似乎是站在最外面的那名男子。他背對著自己，身材偉岸高大，一頭濃密的黑髮，背脊挺得筆直，聲音卻冷如寒冰，有一股讓人渾身泛起徹骨寒冷的力量，他陰森森地說：「不留活口。」

梁希宜頓時傻眼。天啊，對方明明知道這是定國公府的馬車，居然還敢殺人！夏墨是被人一掌拍暈，額頭的鮮血流淌在地面上，看得她怵目驚心，胸口反胃。

似乎是感覺到背後的動靜，黑衣人猛回頭，銳利視線正好捕捉到梁希宜的目光。雖然只是片刻之間，梁希宜便感覺深深陷入了那道墨黑色瞳孔之中，快拔不出來了，整個人有種即將窒息感覺。

天啊，居然是他！

梁希宜大口呼吸，生怕自己在對方如炬的目光裡，徹底虛脫。

她永遠也無法忘記這張器宇軒昂卻囂張至極的冷酷面容，歐陽皇后的孫侄兒——歐陽穆！

就是他帶著一百名親兵，將留存了幾百年的鎮國公府毀於一旦。所謂抄家，不外乎燒殺擄掠，無惡不作！

「大少爺，前面來了一隊人馬，是九門提督李大人的人。」一名矮個子男人從天而降。為首的歐陽穆示意下屬將梁希宜拖拽下車。

梁希宜自知馬車已被他們團住，怎麼樣都是躲不過了，所以倒是自個兒主動戴好面紗走了出來，雖然手腳真心有些發軟，她儘量表現得淡定自如。

「噹噹噹」遠處宵禁的鑼聲響起。

一名看似像是幕僚的男子站在旁邊，拱手道：「定國公府的女眷，光天化日死在街上並不好看。」

梁希宜抿住唇角，這群人張口閉口就是一個死字，真是殺人如麻。想到或許這輩子如此短暫，她反而不如最初那般緊張，抬起眼，若有所思地打量眼前眾人。

歐陽穆皺著眉頭思索了片刻，他的眼眸似星辰明月，卻不帶有一絲情感，淡淡地說：「先關起來，抓住宇文靜才是要事，若是礙事就直接處死，我倒不是不介意給宇文靜多扣個殺害貴女的罪名。」

梁希宜心底詫異。一般女子或許不知道宇文靜是誰，她卻是極其清楚的。大黎北面的西涼國君便姓宇文，只是這個宇文靜是吃了雄心豹子膽嗎？竟敢在過年前戒備最森嚴的時候勇闖京師？

梁希宜哪裡曉得，真不是宇文靜膽子大，而是歐陽穆同六皇子搜刮西涼商隊的時候，發現可疑的宇文靜，礙於他的身分，只好一邊帶入京城一邊調查，打算當成過年噱頭讓皇帝高興高興。沒想到剛剛進京，京城西涼國奸細倒戈，聯合在歐陽家潛伏多年的細作一起救走了宇文靜，這才讓歐陽穆不得不緊急找到九門提督，一起抓人！

「剛剛給父皇送了信，立刻就有奸細倒戈過來營救，還是個四品軍官，不知道該說這西涼國很有本事，還是某些人吃裡扒外了。」一個白面書生似的精緻男孩從遠處走來，道：「我剛和李大人打好招呼，他們負責東城的搜索，不管是什麼達官貴人，絕對不放過一點線索。」

「少說兩句。」歐陽穆揚了揚兩道劍眉，容貌若雕刻般稜角分明，低聲說：「人多口雜。」

梁希宜來不及多看他們幾眼，便被人一把抓住胳臂拉進了旁邊的大戶人家，她腳下拌蒜地走著，眼神卻不停觀察四周的景致，一頭墨黑色的長髮因為侍衛的粗魯，披散而下，隨風飛舞。

侍衛的手勁極大，梁希宜的臂膀處傳來揪心的疼痛，她咬住牙一聲不吭，冷靜地判斷著當前處境。

對方必須殺了自己嗎？其實並非必須，因他們無仇無怨，若是能找到其中說服對方的關鍵環節，使對方相信殺她實是弊大於利，兩權相害取其輕，那她就可以繼續活下去。

此時，歐陽穆一群人也走了進來，臉頰白嫩的精緻男孩懊惱地抱怨道：「定國公府？怎麼惹出了定國公府？李大人怎麼搞的，不是全城宵禁嗎？」

歐陽穆依舊保持著那張一成不變的俊臉，不耐煩地聽著六皇子公鴨嗓的聲音。

旁邊的老者淡定地回道：「門前早先埋下的機關換了，但是清掃時候沒有處理乾淨，定國公府的馬車抄近道，走小路時正巧輪子絆在上面，生生把木質的外輪戳壞了，然後停在門口。我們剛才回來以為出了事情，就圍剿了他們的家丁，後來才發現車上就兩個姑娘。

宇文靜跑掉，四品官員倒戈，大少爺身邊又發現細作，大家難免謹慎過頭，以為是敵人。」

六皇子望著始終不發一言的歐陽穆，心裡想著穆大哥怕是極其不爽，也就不再作聲。外面的家丁折騰了一會兒就沒了聲音，矮個子男人翻牆跳了出去查探一番。

梁希義前後走了不超過一刻鐘，但是就在這短短的時間內，三姊姊居然連同家丁不見了！

發生過什麼事情？

梁希義根本不敢去想三姊姊可能會發生什麼事情，如今全城宵禁，莫非被壞人當人質掠走？

梁希義瘋了似地騎馬繞著胡同走了好幾圈。

一名家丁查遍了周圍數個胡同，焦急道：「四少爺，三小姐真不見了。」

「胡說八道！」梁希義狠狠地將馬鞭子抽了下去，望著狹窄毫無人煙的胡同，鎮定道：「三小姐在車裡，時辰已晚，今日暫且落宿別院居住，稍後我會派人去主宅向祖母稟告。」

矮個兒男人發現梁希義一群人已經離開，急忙回去覆命。

六皇子繞著偌大的院子一邊看一邊感嘆，道：「隱蔽在鬧市的一個據點就這麼廢了，穆大哥，京城這地方同兄弟們有些犯沖啊，咱們一路走來都那麼順暢，沒想到會在這裡出事。」

歐陽穆懶懶地瞥了他一眼，冷漠道：「進京了，你不能再叫我大哥。」

六皇子不屑地揚了下眉，略帶快意地說：「也對，我輩分還高於你呢，哈哈！」

一道銳利的視線狠狠地掃了過來，六皇子急忙躲到了老者身後，說：「你不會捨不得這麼個據點，打算要定國公府家姑娘的命吧？」

六皇子畢竟不在軍中長大，還做不到視人命如草芥的地步。但是他很清楚，對於歐陽穆來說，定國公府家的姑娘和門口賣燒餅家的姑娘沒什麼不同。

他見過很多人在他面前殺人，唯獨歐陽穆對生命的漠視，令他看得最是揪心。曾經因為兩個丫鬟不適宜地私闖了他用於放雜物的屋子，就被打得半死，著實嚇退了一群往他身前湊的女子。

但是六皇子覺得歐陽穆骨子裡不是那麼冷酷的人，想當初他甫入軍營時，歐陽穆看似打壓自己，實際私下替他默默做了許多事情。當然，歐陽穆是絕對不允許大家揭穿他冷漠的偽裝。

六皇子黎孜念對此十分不屑，死要面子活受罪，比如大家都清楚他看上了陳諾曦，發誓娶她為妻。他還是不允許任何人提及陳諾曦三個字！

若不是惦記著京裡的陳諾曦，送俘回京這事兒哪裡需要歐陽穆親自出馬？他不但親自出馬，還留個二百親兵放在郊外，若說此次進京沒有所圖他才不信呢。好在大家是兄弟，雖然歐陽穆總是擺冷臉，他卻還是很願意幫他。相較之下，他同親生的二皇兄倒不是很親近，甚至連印象都有些模糊。

梁希宜坐在屋內地上沈思了許久，她先是用手帕擦乾淨了夏墨的額頭，隨便找了點艾草敷上去消腫，猶豫了片刻決定必須有所行動。

梁希宜站直了身子，她是祖父教導出來的貴女，怎麼能如此凌亂。她把一頭長髮認真梳好，露出精緻的面容，淡定地走到門口，發現大門並未鎖著便直接推開，揚聲道：「我的侍女快撐不住了，麻煩歐陽大人派個大夫過來。」

侍衛轉眼立刻驚訝地看著她，道：「妳怎麼……」

「我要見歐陽穆！」梁希宜綢緞似的黑髮隨風飄蕩，清澈的目光璀璨如星辰，挺拔鼻梁襯在夕陽西下的黃昏中泛著淡淡的金黃，整個人宛如仙女，雍容典雅。

眾多侍衛如臨大敵，他們家大少爺入京的事情尚未公布，一個不知道哪裡蹦出來的深閨小姐就能一眼認出歐陽穆，這事兒真是……太大了。

梁希宜見他們凶神惡煞地看著自己，一下子沒了心情，淡淡地說：「我與眾位兄弟並無仇恨，和歐陽公子也是萍水相逢，煩勞這位小兄弟儘快尋個大夫過來給我的丫鬟看病，不要鬧出人命。」

一名侍衛的長槍忽地頂住了她的脖頸處，劃出了一道淺紅色的傷痕，道：「我看不如現在就把這娘們做了，省得她在這裡大呼小叫。」

梁希宜目光冰冷地看著對方，輕快道：「好啊，我要出一點問題，過不了幾日大家就都知道是皇后娘娘的孫侄子親自動的手。」

老者從遠處快步走來，大聲道：「不許亂動！」

他看了一眼冷若冰霜的高眺姑娘，下令道：「不許無禮！給她派個大夫過來看看。」

梁希宜見他是個能作主的人，淡淡地說：「我在馬車留下了記號，如今馬車應該已經被我弟弟帶走，現在我祖父怕是已經知道掠走我的就是歐陽公子，接下來的事情你們好自為之吧。我不想得罪歐陽公子，望你們不要逼人太甚，如今的歐陽家族明明如履薄冰，卻依然膽大妄為，敢在京城掠殺公府嫡女，莫非是嫌棄地面太涼，想在火上烤一烤嗎？」

假話說多了也能成真，這世上最難辨別的就是真真假假，歐陽家的人總不好此地無銀三百兩，直接跑到定國公府問，你們家小姐是否送信回來？

還好她是重生的，所以才能一眼認出歐陽穆。歐陽穆若想給宇文靜扣個殺死名門閨女的罪名，也要看看她梁希宜同意不同意！梁希宜說完話果斷轉身回屋，卻被一旁的老者急忙叫住。

「這位姑娘，敢問妳在定國公府行幾？」

梁希宜回過頭，嘲諷的揚起唇角。她的眉如彎月，明似寒星，纖細的身子站得極其筆直，柔美中透著幾分英氣，淡定自如的氣勢讓周圍的侍衛都不由得另眼相看。

老者微微一愣，察覺到自己唐突了。

梁希宜冷冷掃了眾人一眼，關好門。她坐在地上，下巴抵著膝蓋，整個人沈靜如水地望著昏迷不醒的夏墨，輕聲說：「夏墨，妳一定要堅持住了。這次的苦，絕對不會讓妳白受！」

第七章

歐陽穆的手下傳來消息，在北城擒住了裝扮成小販的宇文靜。黎孜念年輕氣盛，主動前往教訓宇文靜這個傢伙，歐陽穆本就打算將此次的頭功記在六皇子身上，所以並沒有跟隨。

功名前程歐陽穆都不甚在意，若不是當前是歐陽家最為艱難的時刻，他可能會直接把陳諾曦挾持走，找個世外桃源保護起來，然後共度一生。他不願意去問陳諾曦是否願意同他離開俗世，反正不管如何，他因為陳諾曦了結前世，今生重活是上天給了他彌補過去的機會，那麼他便會不顧一切地同陳諾曦在一起，否則這活著的意義何在？

歐陽穆深知光憑歐陽家的力量娶不到陳諾曦，畢竟如今光景還未到皇上去世的時候。他利用四年跑去舅舅的隋氏軍隊裡歷練，好讓自己在即將開啟的混亂局面裡能夠占有一席之地。什麼家族未來、皇權更替，對他來說都不重要，重要的是他李若安重生了，重生在陳諾曦活著的年代。那麼此生，他生是陳諾曦的人，死是守著她的鬼，誰也別想阻攔住他。

兩世為人，總有一些堅持無法泯滅於心。前世歷經世間冷暖，唯有一雙女兒和陳諾曦守在他身旁，那個明明應該最是厭惡他的女人，在他只能靠著五石散麻醉自己的時候，卻支撐起了整個家。

她的身影是如此嬌柔纖細，背脊卻挺得筆直，她的目光永遠是淡定自若，卻在望著女兒時蓄滿淚水。她待他始終冷冰冰，卻在他病倒後，默默地在床邊守了三天三夜。

夫妻是什麼？是在你最為落魄、成為任人調笑的過街老鼠時，依然可以做到不嫌棄你，願意拉著你走出這段困境的人。

或許連陳諾曦自己都不會知道，對這一世的歐陽穆而言，她比他的生命還要重要。

諾曦……唯有經歷過失去的人才能懂得擁有的可貴。歐陽穆緊緊閉上了眼睛，粗糙的雙手摩挲著手中的塑像。

這是他在夜深人靜時，憑著記憶雕刻出的陳諾曦塑像，不是年輕貌美的少女，而是盤著髮絲、身穿麻衣，雙手緊握的端莊模樣。他不介意這一世的陳諾曦待他如何，他只想努力對她好，哪怕沒有一絲回報都無所謂了。

歐陽穆厭惡死了上一世吊兒郎當的自己，所以重生後和前世判若兩人，走入另外一個極端，一直過著苦行僧的生活。他不斷地壓迫自己，不斷提升身體的力量，將自己困在一個黑漆漆的小房間裡，這裡只有屬於陳諾曦的記憶，他的眼底、心裡、人生中，不會出現第二個女人。所以他故作冷漠，寧願讓所有人害怕他都不願意留下一點誤會，以免讓陳諾曦有拒絕自己的理由。

「大少爺！」老者的聲音從房間外響起，歐陽穆用力摩挲了下手中的塑像，輕輕地放進胸口處，淡淡啟口道：「進來吧。」

老者進了屋子，抬起頭，說：「天色已晚，怎麼不點上燭火。」

歐陽穆沒說話，光亮會把他拉回現實，他寧願在漆黑一片中回想記憶陳諾曦的言行。

這些記憶是刻在他心裡的魔，時不時地侵蝕一下他的肌膚、他的血液，告訴自己前世到底有多對不起陳諾曦。

每當想到此處，想到前世妻子死去前蒼白的面容，他恨不得殺了自己的心情都有，若不是她，那群女人又何苦去煩諾曦？所以此次重生後，他避女人如毒蠍，厭惡除了陳諾曦以外的女人。如果沒有那些女人，妻子不會生不出嫡子，也不會死得那麼慘了。

老者命人點了燭火，望著一臉疲倦、表情晦暗不明的歐陽穆，嘆了口氣，道：「大少爺，那位姑娘認出了你的身分，還在原本的馬車留下痕跡，我認為應該立刻讓她離開。」

歐陽穆的眉頭蹙起，目露困惑，片刻後微微頷首道：「倒是差點把她忘記了。」

老者咳嗽了一聲，說：「咳咳，總是國公府的姑娘，我們沒必要無故樹敵吧。」

「她如何知曉我的身分？」歐陽穆頓時警覺，眼底閃過一道寒光。在經歷過上一世眾多女子後，他深信這世上最惡毒的便是女子。

「這……」老者很是猶豫，道：「我已經派了大夫給她摔傷的丫鬟看病，如今宇文靜被俘，我們不用擔心她添麻煩，稍後是否直接送她回去？她一個國公府的姑娘，應該不會刻意透露出去什麼，反而會極力遮掩此次的事件。」

歐陽穆望著跳動的火苗怔了片刻，目光一凝，道：「不問清楚原因不能放她離開。徐伯，煩勞您去喚黑白過來。」

被喚作徐伯的老者頓時僵住了，黑白是歐陽穆親兵裡用刑的好手，他們家主子莫不是想對國公府家的小姐動刑？

「大少爺，這不好吧。」徐伯俯身，有意勸阻主子三思而後行。

歐陽穆無所謂地低聲道：「她是國公府的小姐，礙於名聲，就算受刑也不會說出去，那麼我為什麼要放棄最有效的辦法？」

徐伯無語，他們家大少爺對女人那真是……太過狠絕，竟是不留一點情面。無奈之下他喚來用刑的好手大黑和二白。這二人是歐陽穆從死人堆裡撿出來的少年，凡是歐陽穆不方便出手的，都習慣用上他倆。

另一廂，夏墨在大夫的醫治下已經甦醒，就是神色極其疲倦。梁希宜心底鬆了口氣，只要活著便好。她見老者回來接她，知道是歐陽穆要見自己，於是對鏡稍微整理了下服飾，披上暖和的襖袍，走了出來。

梁希宜一進入大堂便看到站在旁邊凶神惡煞的幾人，也看到故意擺放在桌子上的器具，一時間有些哭笑不得。徐伯也有些頭皮發麻，他忽然很希望六皇子可以儘快回來。否則，他偷偷瞄了一眼梁希宜，這姑娘看起來也不太像是好脾氣的主兒，真較勁起來如何收場？

梁希宜心底有了一套對付歐陽穆的想法，她深吸口氣，揚聲道：「歐陽公子囚禁我到如此時辰，到底有何目的？若是無事，不如放我歸府可好？」

歐陽穆抬起頭，這才第一次仔細打量梁希宜的容貌，倒是個漂亮的小姑娘，身材高䠷，玲瓏有致，就是腦子不大聰明，居然還敢大聲質問，不由得嘴角揚起一抹冷笑。

「這位姑娘何出此言？我請妳過來敘話不過是想問幾個問題罷了。」

很好，問問題。終於不用再打打殺殺，隨意處置了她。

梁希宜很滿意歐陽穆的回覆，努力令自個兒對著眼前三個冰人親切的微笑，道：「既然如此，那麼煩請歐陽公子儘管問好了，我好趕在祖父入睡前回去。」

這是在提醒歐陽穆，若是她沒有回去，定國公定不會安然入睡，搞不好就把歐陽穆劫持自己孫女的事情捅出去了！這對一直想抓歐陽家錯處的皇帝來說，真是場及時雨。

當然如果歐陽穆較真起來就是不放她離開，明日定國公還不主動找歐陽家的話，她的謊話便可能會敗露出來。但是梁希宜相信，即便歐陽穆不顧及後果，他身邊的幕僚也不允許他意氣用事。

放她離開又不是什麼難事！

歐陽穆瞇著眼睛，第一次認真地看著眼前淡定的女子，冷聲道：「妳見過我？」

梁希宜搖了搖頭，任由他上下打量自己，面部保持著友好的微笑。

上輩子倒是見過他，不過應該不算吧？

兩個人始終默默無語地對望，歐陽穆目光深沈，深邃的瞳孔彷彿是一潭清泉，籠罩著梁希宜的全部神經。她不是不緊張，她只是假裝淡定，心底不停腹誹，罵了歐陽穆全家不下一百八十遍。

如果有機會，她一定給他小鞋穿！什麼玩意，混蛋男人！

歐陽穆似乎打量足夠了，確定自己絕對沒有見過這個姑娘，即使他從那道目光裡總覺得有一點點熟悉的東西，卻依然肯定地判斷，這張臉不曾在他面前出現過。

「那麼，妳是如何認出我的？」歐陽穆猛地啟口，聲音寒冷至極。

梁希宜終於等到了這句話，她彷彿打起了一百二十倍的精神，鎮定道：「我跟歐陽燦很熟悉，你的面容和他有五分相似，我第一眼看到你就覺得眼熟，就聯想起歐陽燦。再加上……」她假裝皺眉，其實是胡謅的開始。反正歐陽穆不會去找白若蘭對質，再說他一個大男人要是真去確認，那時候她已經回到定國公府內，歐陽穆能把她如何？

「再加上白若蘭同我關係也很好，她經常拿著樹枝在泥土上畫你的模樣，說你有多麼的勇敢，高大威武，然後對著泥土上的畫像癡癡地凝望，我就算再不想看也可以記住七、八分樣子，所以認出你一點都不奇怪。」

一旁的老者當聽到白若蘭的名字時便知道要出事情，果然又要丟臉了。拿著小樹枝在樹下畫歐陽穆的樣子，倒是極有可能是表小姐做出來的事情。畢竟白若蘭在歐陽家老宅住過好幾年，對歐陽穆癡迷的事情數不勝數。

但是拿著小樹枝在泥土上畫著歐陽穆的樣子……饒是見慣世面的大黑和二白，面部表情都略顯扭曲，更不要說神情黑得不能再黑的歐陽穆了。他本是生得極其好看，即使表現得凶狠也無法掩蓋住那兩道修長的眉毛，細長而明亮的眼眸，還有若雕刻般英俊冷意的面容。

面對這樣一個答案，歐陽穆一時間說不出任何言語。他想過很多種理由，沒想到結果如此簡單，卻讓他無法質疑。

梁希宜咬住下唇，從腰間拿出歐陽燦送給她的匕首，交給了老者，誠懇地說：「這是歐陽燦放在我這裡的東西，據說很有價值，如果你們不信，可以去驗此物，看看是不是歐陽家的東西。」

「不用了。」歐陽穆率先啟口，這把匕首上的寶石還是他從西涼商隊裡淘換出來，親自鑲在匕首上送到京城，沒想到那臭小子轉眼就送給眼前的姑娘。想起歐陽燦往日裡對刀具的愛護之情，可見這女孩的言語八成是真的，否則那個混蛋小子，怎麼會捨得把他親手製作的匕首轉送他人？

眼前的女孩看起來不過十來歲的樣子，舉止卻落落大方，眉宇間流露出超乎一般女子的淡定從容，她的肌膚如雪，面容算得上小巧秀美，渾身明明已經髒兮兮了卻沒有一點狼狽的樣子。揚著下巴的臉龐笑若桃花，心情好得讓歐陽穆覺得礙眼。

梁希宜看出歐陽穆眼底深深厭棄的情緒，不由得十分高興。憋屈死吧、憋屈死吧，誰讓這傢伙剛才說要隨意處置了她，以後千萬不要給她機會，否則絕對落井下石，毫不猶豫！她的丫鬟還在旁邊屋子裡躺著，這個仇可算是結大了。

不過，她身邊還有歐陽燦，不信沒機會給歐陽穆挖坑。她的心裡小小愧疚了一下，若不是歐陽燦這把她十分看不上的匕首，今日未必可以輕鬆脫身。

歐陽穆似乎真是從心底裡討厭死了梁希宜，索性懶得再同她說一句話，吩咐徐伯處理餘下的所有事情。老者頓感欣慰，此地不是漠北，若是真少了個國公府小姐必然會鬧到皇帝那裡。他急忙整頓馬車，安排下人立刻送定國公府的姑娘回家，總算可以把這個燙手山芋送走了！

徐伯望著梁希宜纖細的背影，心裡暗暗感嘆，這姑娘可真不簡單，不知道在定國公府排行老幾，或許回頭該和世子爺說一下，畢竟他們歐陽家的男丁尚有許多並未婚配。

在馬車離開大門的那一瞬間，梁希宜感覺自己出了一身汗，這種差點斃命的感覺太差勁了。她捏了捏夏墨的被角，長長呼出了一口氣。此時此刻，不知道祖父在做什麼？但願尚未報官。

徐伯擔心定國公會把他們家少爺吐露出去，在梁希宜同歐陽穆解釋的同時已經派人去了定國公府的別院，說是梁希宜的丫鬟墜馬，他們家夫人路過好心救治就把人帶走了，稍後就會送回來。不管此事真假，至少有人送來了消息，足以證明梁希宜沒有生命危險，定國公梁佐也算放下了心。

否則依著他對梁希宜重視、疼愛程度，怕是真的熬不過一夜就要進宮面聖了。京城治安到底何等之亂，堂堂國公府嫡出小姐都能在家丁保護下，被劫持出事？

不過還好送信的人是歐陽家的子弟，問題已然解決，所以梁佐、梁希義二人一直大眼瞪著小眼在書房等著梁希宜抵達別院。

梁希義跟祖父並不熟悉，這次又是在他的看護下導致三姊姊出事，梁佐震怒之下，不僅找了理由打了他屁股一頓，還讓他抄書反省，怕是過年前都沒法踏出家門一步。

面對如此不好伺候、脾氣怪異的祖父，梁希義腹誹——三姊姊這幾年的日子該是何等淒慘！

梁希宜走後，幾個侍衛在收拾房屋的時候發現了一條沾血的手帕，按例行公事交給了歐陽穆。歐陽穆對女人厭煩透頂，原本只是隨意掃了一眼，卻忍不住又拿近研究了一會兒。

這手帕在別人眼裡是十分通常的花式，繡法是大黎國最普通的平針，按理說不會引起歐陽穆的注意力，但是偏偏手帕被鮮血浸染，一片通紅，反而將邊角處收針的痕跡展露得十分清晰。

這種通過旋轉收針在抽線處留下小蝴蝶或小花朵圖案的手法，他上輩子也不過才見過兩次。之所以記憶深刻是因為鎮國公府家道中落後，陳諾曦曾在僅存的少量嫁妝裡，淘換出一些添妝繡圖。

其中一個看起來十分普通的繡圖，在當鋪裡卻典當出高昂的價格，用的就是這種收針手法。當時為了生計，陳諾曦親手開始做刺繡，他心疼她，就勸她讓不願意離開李家的老婆子們幫忙，陳諾曦婉拒了他的要求。這種手法是她外祖母疼愛她才私下授予，據說當今世上曉得這種手法的人不超過十個，她怎能隨意外傳呢。

真想不到，他再一次看到了這種收針手法，卻是在定國公府姑娘的隨身物件上。

歐陽穆怔了良久，親手小心翼翼地將手帕洗乾淨了，收藏起來。那個曾經對他不離不棄的女子……前一世刻骨銘心的存在。

另一廂，梁希宜坐在車裡翻來翻去，發現給夏墨覆在額頭上的手帕不見了。她思索片刻，寬心想——還好，她的手帕都是最普通的花式，又沾滿了鮮血，怕是很快就會被人扔掉了。

她整個人特別累，瞇一刻鐘就到了別院，一眼就看到徐管事蒼老的身影在大門前來回踱步。大紅燈籠掛在門的兩側，將別院前的道路照得十分明亮。她戴好面紗，整理乾淨身上的服飾，準備下車。

徐管事客氣地同車夫寒暄片刻，命令小廝將轎子抬到車邊處，等候主子下來。那車夫身高馬大、面色清冷，徐管事忍不住回頭多看了兩眼，惹來一雙怒目圓瞪的回應，便再也不敢多問什麼了。

梁希宜不方便解釋，叮囑徐管事照顧好受傷的夏墨，轉身上了軟轎直奔後院。她的眉頭緊鎖，猶豫待會兒要如何與祖父解釋。若是隱瞞下來，萬一日後祖父遇到了靖遠侯提及此事，表現得一無所知絕對不是什麼好事，更會再生出沒必要的誤會。

她的面容疲倦，手抵著下巴呆愣片刻，眼睛便上下眨著差點睡著了。她真是困倦，精神緊張了一整天，全是歐陽穆那個冷血男人害的，祖父定是擔心死了吧。

書房內，梁希義顫顫巍巍地幫著定國公磨墨，他剛才不過是弄花了祖父一張紙，就被打了十下手板，都什麼年紀了，還有打手板一說。因為三姊姊被他弄丟了，挨揍的屁股現在還隱隱作痛，祖父著急的心情他可以理解，但是不能總拿他出氣吧，不過似乎如此，祖父整個人才可以鎮定下來。

梁希義委屈壞了，傳說中的祖父總算回來了，卻是這麼偏心。他哪裡曉得，若不是一張長得與梁希宜相似的臉孔，定國公早就給他轟出去外面等著了。

梁希宜一進屋就見到這祖孫兩人臉色陰沈沈地彼此對視，試探性地叫道：「祖父，四弟。」

「希宜！」

「三姊！」

兩道同時響起，梁希義的嘴巴在定國公梁佐的怒視下漸漸合上，老實地站在一旁文風不動。

梁希宜望著祖父關切的目光，忍不住吐了下舌頭，她正式地福了個身，然後故作輕鬆地調侃道：「祖父，讓您擔心了，我一點事兒都沒有。」

定國公梁佐皺著眉頭打量梁希宜的衣服，上面有明顯泥土的痕跡，頭髮雖然盤著卻難掩凌亂，除了一張神采飛揚、笑容滿面的臉，哪裡像是沒有事情的樣子？

礙於梁希義在場，他不想多說，於是決定先解決夏雲的事情，便主動道：「夏雲一事，妳應該也調查到不少東西吧？徐管事人還不錯，以後就跟著妳做事吧。」

梁希宜眼睛一亮，急忙感謝祖父，後又略顯尷尬地說：「祖父，薑還是老的辣呀，我派人調查時，也察覺出其中似有隱情，但是依然無法避免，一步步走向別人期望我走去的路。」

梁佐難掩溺愛地看了梁希宜一眼，道：「對方就是想踩著妳來上位呢！真不明白妳大伯自鳴得意個什麼勁，自己的種賴到弟弟身上。以為是個兒子就過繼給妳大伯母便可以了，卻讓個丫鬟在府裡如此囂張，她不就是爬了我兩個兒子的床，肚子裡的還未必是男孩呢。我已經尋到夏雲的父親，將他們一起送到郊區老宅，待生了孩子就處置她，就憑她不停欺負我們三丫頭，即便她生的是兒子，我也不會放過她，這個蠢蛋！」

梁希義在一旁目瞪口呆，聽不懂祖父在說些什麼。梁希宜大腦不停地運轉，聯想到此事的利害關係之後，略帶賭氣似地嬌聲道：「我就懷疑夏雲懷的實是大伯的。經過此事一鬧，大伯母怕是不會拒絕過繼剛出生的孩子，又看起來是二房的人，我爹是不是還要謝謝大伯父的深情厚誼？」

「女孩子說話不要那麼刻薄！」梁佐佯裝生氣地斥責，隨後又忍不住笑了，說：「妳要是再想不明白這一點，也枉費我多年教導著妳。」

「哼，說起來祖父還是偏心大伯，最後就算處置了夏雲為我出氣，結果也如了大伯的願望。就是怕夏雲肚子裡的是個女娃，您替他操碎了心，依然沒解決了問題。」梁希宜攥著拳頭，回想著自從抵達府邸後接二連三的倒楣事情，不由得更怨恨始作俑者。真是噁心，明明同她沒有絕對利益關係的事情，卻偏要踩著她一步步上走，虧那個人還是她的大伯父呢！

如今局面，看似祖父出面處置了夏雲，省得影響她的名聲，可是這不正是大伯父期望的嗎？大夫人不再執著於四弟梁希義，她爹也會以為夏雲所生的是自己的而痛快同意，她的兄長們還要齊心輔佐這個小弟弟，二房還要愧疚似地面對胸懷寬廣的大伯父，真是什麼好處都讓他占去了！

「希宜，別人不理解，妳還不清楚咱們家如今有多難嗎？絕對不能亂啊。」梁佐嘆了口氣，二房長孫是不錯，可是上頭還有那個不成器的二兒子，若是他不在了，誰能鎮得住？相較之下，三個兒子中就大兒子還是個樣子，又有官職，也在府中經營多年，若是他一意孤行將爵位傳給二房，怕是長子寧可最後弄沒了爵位，也不會輕易拱手讓人。

家和萬事興，他不但要裝傻，還要替兒子擦屁股呢！

「走出定國公府的大門，在別人眼中，我們都是一家人啊。」朝堂上不知道多少人盯著他們家這囹替的爵位，稍有差池，就是遍地是非，就連皇帝都不樂意連年養著這一大家子。否則老三的事情也不會鬧得滿城皆知，連親家翁都學會揣摩聖意，直接大義滅親了。

梁佐讓梁希義旁聽，主要是讓他瞭解府中情勢，別傻了同老二一樣，聽風是雨，一個懷著孕的破丫頭都能隨意把他勾引走了，人家說什麼他就信什麼。

「你下去吧，讓老徐找點止疼的藥膏。今天的事情爛在肚子裡，不許同你父親提及。」定國公掃了一眼緊張兮兮的梁希義，決定放他離去。

「希義怎麼了，你受傷了嗎？」梁希宜詫異地看向四弟。

梁希義委屈地想要抱怨兩句，頓時感覺到背後冷森森的氣息，及時止住眼底的淚水，違心道：「我沒事兒，三姊姊我下去了。」然後捂著屁股一瘸一拐地離開。

梁希宜不認同地瞪了祖父一眼。她就知道梁希義沒尋回來她祖父必然特別生氣，但是幹麼拿四弟撒火呀！美其名曰讓他長點記性，祖父真是孩子氣越來越重了！

梁佐撇開頭，他才不會承認自己是怒氣攻心。身為家裡的老太爺，他還不能打孫子了？別說梁希義，就是梁希義他爹，他說打就打。

他示意梁希宜坐在他的身邊，道：「說吧，發生了什麼事情，瞧妳那張臉臭的，誰得罪妳了。」

梁希宜一怔，她一直笑著好不好。

「假笑不累嗎？」梁佐一語戳穿，道：「到底發生了什麼事情？」

梁希宜雙肩塌了下來，鬱悶道：「一場誤會，我被歐陽穆給抓了。哦，他們貌似逮住個西涼國俘虜，是宇文家族的，要獻給皇上呢。」

「歐陽穆？」梁佐低聲地重複了一句，一時之間想不起這個人。「幹麼的？官居何位？」

「哎呀，就是靖遠侯的長孫，皇后娘娘的孫侄兒。」梁希宜提起這個人就心情不好，難免在祖父面前表露幾分孩子氣，忍不住抱怨道：「這事兒現在回想起來都不知道怎麼發生的，我們的馬車好巧不巧就壞在他的一個據點前面，而他們的俘虜宇文靜又被奸細救走了，於是就鬧出誤會，若不是我猜出了他的身分，又謊稱在馬車裡做記號，怕是都回不來了。祖父……」梁希宜說著就忍不住委屈地靠了過去。

梁佐倒是不介意孫女的親近，只是覺得哪裡有什麼疑點。

「妳怎麼認出他的身分？」他捋著鬍鬚，一臉若有所思地盯著梁希宜。別說是她一個閨中少女，就是他自己也未必能夠看到一名少年就聯想到歐陽家的長孫。

梁希宜渾身一僵，趴在祖父的膝蓋處低聲說：「還不是因為歐陽燦和白若蘭。白若蘭上次想要翻牆去看陳諾曦，就是因為暗戀大表哥歐陽穆。她經常在我面前描述歐陽穆的樣子，而且歐陽穆確實長得有點像歐陽燦，雖然有些不可置信，我還是試探性地賭了一把，最後結局賭贏了。」

謊話說多了便會成真，有那麼一瞬間，梁希宜都覺得自己所說的便是實情。梁佐認為孫女沒有說謊的理由，再加上歐陽燦近來往定國公府送了不少補償的藥材，從而信了她的解釋。

梁佐回想此次事件，心裡一陣後怕，最後決定多派些人手供梁希宜自個兒差遣。他從桌上拿起一封信，笑嘻嘻地看著孫女，說：「對了，有件事還要問問妳。」

「什麼呀。」梁希宜靠在祖父懷裡還覺得挺舒服，疲倦地想要睡著了。

「妳覺得秦家老大怎麼樣？」

梁希宜大腦咯噔一下，所有的睡蟲都跑掉了。她坐直了身子，不可思議地瞪大了眼睛。

「祖父，你從哪裡知道了這麼個人？」

梁希宜對秦家大少是有些印象，溫文儒雅，做事滿有分寸。但是他爹前途一片光明，應該不會找她這種父親是京城紈袴子弟，母親是軍戶之女，背景徒有其表、實則快被挖空了的國公府之女吧？

梁佐笑而不語，遞給她一封書信，竟是國子監祭酒秦大人的親筆書信。

「我的三丫頭，妳千萬不要妄自菲薄，在我眼裡妳本身就是塊美玉。一個男人的起點取決於他的出身，但是他能夠走多遠，絕對是取決於他的妻子。妳祖父我落到如今處境，幾個孩子教養成這般模樣，就是毀在了女人身上。」

梁希宜有些傻眼，現在是什麼情況？她貌似也沒做什麼呀。

「祖父，其實祖母還好，她只是……」

梁希宜停了下來，如果當年沒有姨娘的事情，祖母或許也會一心向著祖父的。但是這世上男子大多薄倖，夫妻之間多了第二個女人，於是妻子對丈夫死心、怨恨，她是可以理解這種感覺的。如她前世那般，刻意無視夫君，一心放在孩子身上。

梁佐拿回紙張，笑著道：「他們家也就老二的官職算是有實權，歸根結柢還是普通門戶，娶的媳婦大多是書香門第的人家，除了將女兒嫁給妳大伯，並未有什麼勛貴親戚。現下皇帝看似身子無恙，但皇子之間暗自較勁。秦老頭不愧是個老狐狸，官職不高卻懂得越在這個時候，越是不能同朝堂牽扯過深，稍有不慎，就屬於站錯了邊，不出五、六年，家族就要走下坡路了。」

梁希宜點了點頭，合著她爹和小叔叔不爭氣，也算是遠離是非了？

「我鼓勵妳的兄長去魯山書院讀書，就是為了讓他們擴展自己的人脈。定國公府的爵位勢必是妳大伯的，所以妳的哥哥們就要多努力一些，還好他們很上進，我十分心安。秦家怎麼說也是妳大伯母娘家，家裡人口簡單，難得秦大人和他的夫人都是明白人，府裡大老爺和大夫人是編書喝茶的清貴人兒，嫡出四老爺又早就不在了，妳只需要應付好二老爺和他的夫人便是。」

梁希宜低下頭，仔細聆聽祖父描繪出來的美好畫面，不由得頭皮發麻。她才十三歲，不過是身材比同齡的姑娘們發育早了些，就連未來也要先作打算嘛。

難怪會讓她在秦府住上那麼些時日，豈不是在暗中觀察自己的言行嗎？可是回想那段在秦府養病的期間，不管是秦老夫人、秦大夫人還是庶出三老爺的夫人都待她十分客氣，唯獨二夫人不太理會，怕是完全沒看上她呀！她還奇怪二夫人的敵意來自何處，該是秦老夫人問過她此事吧。

梁佐沒有去管陷入沈思的梁希宜，認為小姑娘初聞自個兒的婚事都會變得害羞，不敢多言。他揚起最後一張信紙，對著燭火仔細觀望了片刻，道：「秦家大少爺，倒是個聰明的孩子。」

梁希宜抬頭，略帶羞地說：「祖父，這事八字還沒有一撇呢，你的心就開始向著別人了。」

梁佐懶懶地看了一眼孫女，道：「我不過是說要那小子的一幅字，他就認認真真臨摹了我年輕時候的一幅作品，這幅作品我曾經還想讓人找回來，原來是落到了秦府之中，可見他們家大少爺是有討我歡心之意。」

梁希宜一怔，腦海裡浮現出那雙柔和的眼眸，他對她有意思？或許只是覺得她適合做二房長孫媳婦吧……如今這世道，能夠在婚前見過一面已經屬於超前的事情了，沒準兒人家二少爺也覺得與其找個不瞭解的，不如就定下她算了！

「有意思的臭小子，倒是很識趣，估計國公府不倒，是不會苛待嫡妻的，妳覺得呢，三丫頭？」

梁希宜心裡躊躇不已，這麼簡單就定下婚事嗎？

「祖父，希宜剛剛進京還有些混亂，又要協助管家又要參加詩會，過年時還要進宮，不如等我忙完這些再定下如何？真正算起來，我還不到十三呢，怎麼也要先定下二姊姊的婚事吧。」

「她的婚事自有她娘去煩憂，我才懶得管。」梁佐樂呵呵地笑著，眼見著最疼愛的孫女婚事可能即將解決，他的心情大好。「罷了，我也捨不得就這麼把妳給嫁出去，咱們爺孫倆一起再考驗考驗他的品行，若是當真不錯，過年後我就督促妳伯母把庚帖交換了吧。」

梁希宜雖然覺得還是快了些，卻知曉祖父一番好意，仔細說來，秦家倒是無任何太大的缺陷，從而未再回絕什麼。她離開屋子的時候院子裡已經是漆黑一片，偌大的天邊彷彿是綢緞似的布幕，籠罩著她的人生，看不到前途的光亮。

她纖細的手指不由得撫在右手腕的手鐲上，暗暗自嘲著——梁希宜，莫非妳還想擁有一段愛情，尋找自己真正喜歡的人嗎？身為國公府家的嫡女，沒有被當成交易隨意嫁入高門便已然是幸事了吧。妳真是不知足，居然敢反駁祖父，祖父就是寵著妳，才沒有訓斥妳什麼。

不過夏雲的事情總算得了祖父的承諾，梁希宜心裡踏實了下來，正巧迎面碰見了梁希義。

為了不讓她爹亂惹事，定國公自然不會將背後實情告訴二兒子，只是在書房裡提點梁希義，讓他那顆木頭腦袋好好想想此事前因後果，這麼處理的好處和劣勢，日後別跟他爹似的，聽風是雨，居然被個丫鬟玩弄於鼓掌之間。

梁希義好歹和梁希宜同歲，在梁希宜將事情掰碎了給他分析後，認同了祖父觀點，直嚷著不虛此行，還多次同梁希宜表示，他與大房的大姊、二姊真的只是普通情誼，對於他來說，誰也比不過在肚裡就跟他彼此依偎的梁希宜。

梁希宜暗笑四弟定是聽了娘的抱怨，才會故意同她說明白，一時間無以應對。

第八章

轉眼間，就到了詩會複試之日，地點在城北的皇家別院。最初原本是定在公主府，但是因為歐陽皇后的權力日漸大了起來以後，皇帝心裡有些疙瘩，一直壓著三公主尚未議親，也不給她蓋真正屬於她的公主府。如果要真在公主府舉辦的話，就要去前皇后的女兒，長公主府上了。

這不是打三公主自個兒的臉面嗎？所以三公主撒嬌到了太后那裡，就要來了城北皇家別院。

過了年初，京城又迎來了一場大雪，將城北別院妝點得銀裝素裹，一群裝扮鮮豔漂亮的姑娘們如選秀似的，來到會場，著實是一道亮眼的風景線。別院最裡邊的大堂裡，三公主抱著手爐，不開心地說：「諾曦，李家根本沒有退婚的意思，看樣子李在熙同秦家二小姐的婚約會繼續履行。」

陳諾曦心情不錯，執筆畫著窗外的雪景，輕聲說：「李大人自認為是天下最公正的御史，哪裡好意思說退婚的事情？秦二又自認沒有被人輕薄，李在熙都說了不在意，她便繼續嫁給他吧。」

「那之後該怎麼辦？」黎孜玉滿臉愁容，心情極度鬱悶。

「咱們手裡不是有秦家二小姐的貼身手帕和詩詞嗎？李在熙的外族一家只是普通的讀書

人家，外祖父是個小小縣令，他的兩個小舅也頗不省心，其中一個娶了王姓商戶之女做嫡妻，經常被族人笑話。我在和沈家弄戲本的時候，聽他們提起過這戶人家。我們可以通過這條線給李在熙的母親設個局。這世上只有母親捨不得兒子受一點委屈，若是李夫人認定秦家二小姐失貞，她就當不成嫡妻的。」

黎孜玉眼睛裡立刻閃起了崇拜的光，拉長了聲音，道：「諾曦，就靠妳啦！」

白若羽在一旁聽著有些不太認同，忍不住道：「諾曦，阿玉若是想要嫁給李在熙不如直接從太后那裡入手，暗中讓秦家二小姐自個兒退婚就好，沒必要徹底毀了她的一生吧？」

黎孜玉聽到好朋友鄙夷的語調，頓感羞憤，道：「白若羽，虧我當妳是好姊妹，妳怎麼可以向著他人說話？這事兒妳不幫我就算了，居然還說我毀了她的一生。明明她名聲已經如此了，卻依然堅持嫁給李在熙，未免太貪心了吧！」

「但是秦家二小姐的名聲有損和我們也有關係呀！平日裡小打小鬧無所謂，歸根結柢，李在熙和秦家二小姐也算是兩情相悅，妳又何苦去執著一個不喜歡自己的人呢？」

白若羽苦口婆心地勸著，她是真怕此事就算成功，卻是李在熙心底一根刺，這世上哪裡有不透風的牆？要是被李在熙得知一切是三公主一手安排，婚姻也不會幸福的。

黎孜玉冷哼了一聲，不屑道：「妳是想指責我一廂情願嗎？說起死皮賴臉、一廂情願，白若羽，妳自己又好到哪裡去？我和妳的唯一區別是，諾曦願意讓給妳，而秦家二小姐不樂意讓給我！」

白若羽渾身一顫，聲音硬生生被卡在了喉嚨裡，再也說不出一句話。她深吸著氣，眼底一下子湧上淚花，撇開頭，咬住下嘴唇看著窗外落寞的枯枝。

「妳怎麼不說話了？若不是知道妳同歐陽穆青梅竹馬，一顆芳心早就許了出去，諾曦幹麼裝病，連靖遠侯世子夫人都拒絕見面？然後被外人傳言，她有多麼的高傲不可一世，那時妳說過什麼了？妳明明知道歐陽穆各方面條件都十分不錯，怎麼不考慮著姊妹的幸福，讓諾曦考慮他呢？歐陽穆為了諾曦，連駱家大小姐都不要，又怎麼可能要妳呢？」

「妳！」白若羽的臉頰頓時通紅，大聲吼道。

黎孜玉不甘示弱地瞪回去，說：「妳難道不也是一廂情願嗎？男未婚、女未嫁，我捍衛自個兒的權利，妳不說話就算了，幹麼裝成很有道德的樣子，比我又不齷齪多少？」

「可是我不會因此害諾曦呀！如果諾曦真和歐陽大哥在一起了，我會祝福他們。」白若羽僵硬地挪了挪身子，臉色麻木地站了起來，快速轉身離開。

王煜湘急忙追了出去，其實她也覺得三公主這次有些過分，但是因為她同秦家二小姐沒什麼交情，實在不想因為無關緊要的人得罪三公主。

白若羽渾身特別地冷，彷彿衣服全部被人扒光了，只留下她虛偽的內心裸露在寒冷的天氣裡。白若羽緊了緊身上厚重的襖袍，一張小臉完全失去了血色，煞白煞白的。她彷彿失了魂似地遊走在院子裡的小路上，片刻間淚流滿面。

沒錯，她和黎孜玉沒什麼區別。小時候，她在白氏宗族長大，因為小姑姑是靖遠侯世子夫人的緣故，同歐陽家長子歐陽穆和駱家嫡長女駱長青是青梅竹馬的玩伴。

大黎國鎮守三大邊關的軍隊駐紮處分別是西山、北漠和南寧。西山一直是歐陽穆的生母娘家——隋氏的地盤。隋家在史上是皇親國戚，更是有統領過這三個軍區總兵權的歷史，但是功高震主，在幾任皇帝的打壓下，隋家爵位隨著繼承更替越來越低，直至沒有，手中軍權也僅剩西山一塊。若不是為了制衡後來崛起的駱家、歐陽家，老皇帝才沒對隋家斬草除根。

駱家起初比歐陽世族更為鼎盛，但是支持錯了皇子，隨著現任皇帝登基後威望一落千丈，如今反而得多依仗歐陽家在京中的勢力。如果比較底蘊的話，誰也不清楚隋家的底牌是什麼，但是隨著皇后歐陽雪的苦心經營，北漠、南寧皆掌控在歐陽家人的手中，這也成了皇帝扶植鎮國公李家的原因了。

白氏宗族就在南寧，是北方為數不多、歷史淵源頗深的書香世家，所以，白家、駱家、歐陽家以及隋家世代聯姻。她也曾以為，歐陽穆的妻子必然會在她和駱長青中選一個。她進京之前，也一直同駱長青、歐陽穆處得不錯。

歐陽穆性格確實有幾分冷清，但是從來不會對她和長青亂發脾氣，回想起小時候在南寧無法無天的日子，全是因為有了歐陽大哥，所以才可以肆無忌憚。

她享受著這份別樣的關愛，也一直以成為那個人的妻子為奮鬥目標。但是皇帝不知道什麼時候和皇后變得貌合神離，白家擔心歐陽家成為下一個隋家，想要在京中為自己留下後路，又因為她的父親有官職在身，就攜帶家眷一起進京。

離開南寧的那一年，她整日在悲傷裡度過，將那張清冷剛毅的面容深深地刻在內心深處。後來，她努力融入京城貴女圈，同陳諾曦玩得比較不錯，大家交心時便承認了這份感情。四年前，歐陽穆拒絕了駱家的聯姻，她以為這是為了她，從而暗自竊喜，並且同母親講出心中渴望，拒絕了一些不錯的人家，並且努力完善自己，成為京城名聲不錯的四小才女。想不到，兩年前傳來歐陽大哥執意求娶陳諾曦為妻的消息……

白若羽忽地覺得一切都變得沒有意義，她活得真累，同一群姑娘們勾心鬥角。有時候，她甚至會忘記，她也曾有過那麼一段美好無憂的童年時光，仰仗歐陽大哥高大的背影，任意胡鬧。不需要奉承什麼三公主，也無須努力裝成名門淑女的樣子。

歐陽大哥……她捂著胸口，淚水嘩嘩地落下，她好難過，明明他們才是青梅竹馬，為什麼變得越來越陌生了呢？起初，歐陽穆還會給她寄送一些小玩意，但是從四年前開始，就沒什麼聯繫了。陳諾曦確實很優秀，如果她願意對歐陽大哥好，她會衷心地祝福他們，可是陳諾曦卻說，她對帶兵打仗的男人最反感了……

她太瞭解陳諾曦了，她很聰明，看不起世上所有的男人，人也很漂亮，稍加施粉就是絕世美人，她整個人幾乎沒有什麼缺點，連自己都會忍不住仰望她。她的思想大膽前衛、出口成章，句句都可以流傳百世，但是這種人可以娶回家當妻子嗎？即使面對歐陽穆的一往情深，陳諾曦也只不過是笑了笑，暗戀她的男人太多了，不差多一個歐陽穆。

陳諾曦總是神采飛揚，自信滿滿地對她說：「若羽，妳放心吧，這個男人我不會要。現在的交通那麼閉塞，跑幾趟郊區我都受不了，何況是去邊關那種地方？」

她明明骨子裡十分孤傲，笑容卻甜美異常，但是這些話聽在白若羽的耳朵裡，其實是刺耳的。她一直放在心底最在乎的人，也不過是換來陳諾曦一句淡淡的不屑，似乎在她的眼裡，她們所有人都是傻子。

梁希宜同白若蘭原本在屋內品茶，白若蘭眼尖地看到堂姊白若羽失魂落魄的身影，就拉著她跟了出來。她們兩個人一路跟在白若羽的身後，見她一會兒哭、一會兒笑，令人匪夷所思。

梁希宜揪了揪白若蘭的袖子，道：「若蘭，要不妳過去陪陪她算了，我就不要出現了。」

好尷尬的感覺，對方肯定不希望這種樣子被不熟悉的人看到吧，尤其她們關係還不太好！

白若蘭猶豫地點了下頭，手指卻始終攥著梁希宜的手腕不肯撒手。自從她進京，白若羽姊姊對她還是很不錯的，即便上次出了那麼大的事情都不曾責怪她。

但是，她為什麼哭得那麼傷心呢？

「希宜姊姊，要不然妳和我一起過去吧，我從來沒安慰過人。」

「這個……」

「總要過去安慰安慰她吧，現在只是我們兩個人看到了，若是其他人都看到就不好了。」

白若蘭拉著梁希宜走入了小院子，坐在門前的臺階上，白若羽居然都沒有發現她們。

白若蘭拍了拍白若羽的肩膀，遞給她手心裡的桂花糕，甜甜地說：「好吃的桂花糕，這好吃的桂花糕，是希宜姊姊改良過的，全天下獨一無二的桂花糕呀。」

梁希宜臉頰通紅地看著白若蘭一本正經的陳述，都不太好意思直視白若羽的目光。

白若羽微微一怔，急忙擦了下眼角，見梁希宜朝自己淡淡的微笑，又見白若蘭一臉天真的模樣，於是默不作聲地拿住桂花糕，輕輕地咬了一口。

「很好吃吧，味道一點都不會覺得甜，仔細咀嚼，又會覺得香中帶甜，有沒有？」白若蘭瞪大了眼睛，渴望地看著白若羽，極其認真的樣子。

白若羽尷尬地掃了一眼梁希宜，忍不住拍了拍白若蘭肥肥的臉蛋，道：「挺好吃的。」

梁希宜見白若羽臉上因為天氣涼，她又流了太多的眼淚，導致皮膚乾紅乾紅的，就偷偷遞給白若蘭一個藥膏。

白若蘭心領神會，抬起頭說：「若羽姊姊，妳的臉頰都被風吹傷了，抹點藥膏吧，否則好難看呀。這個藥膏可好用了，是希宜姊姊親自改良過的好用藥膏！」

梁希宜糾結地撇開頭，目光開始望天。若蘭，妳放過我吧……

她的視線落在了遠處的樹叢裡，忽地發現，樹枝不停地掉雪疙瘩。如果樹枝不是受到重量的壓迫，貌似不會這樣子，難道說……

梁希宜深感無力，默默地轉過身當作什麼都沒見似的，勸慰道：「外面太冷了，而且一會兒怕是會有丫鬟、婆子來往穿梭，不如咱們進屋子裡面休息吧。」

白若羽擦乾淨臉頰，感激地看了她一眼，回想起上次她算計她們的事情，心裡不由得愧疚起來，啟口道：「梁姑娘，其實……」

她猶豫片刻，若是梁希宜知道真相，同三公主對付起來，對於梁希宜來說也不是什麼好事，還不如不告訴她，大家還可以假裝和諧似的相處。

梁希宜見她欲言又止，急忙挽住了她的胳臂，拉著她向裡面的院子走了過去，心中不由得默唸著，不要回頭，千萬不要回頭，她可不想再出什麼意外啦。

「咦，希宜姊姊妳看那棵樹是怎麼了，樹枝似乎要斷掉了似的！」白若蘭一臉天真地望著遠方，目光裡是真實的迷惑。

我去……梁希宜狠狠地瞪了她一眼，道：「妳管它掉不掉下來，趕緊走吧！」

「哎呀！」一道響亮的聲音，稚氣未脫的六皇子黎孜念不出意外地摔了出來！

他拍了拍屁股，鄙夷地瞪了一眼樹上的歐陽穆，有誰能想到他們兩個人居然來這裡偷聽牆腳。若不是歐陽穆發神經，他早就回到皇宮裡沐浴更衣，左擁右抱，睡大覺去啦。

白若羽吃驚地看著他們，低聲道：「上次歐陽燦跑出來，就讓許多世家長輩告到太后那裡，所以此次保安全部是禁衛軍來負責的，現在居然還能有莫名的傢伙闖了進來？」

她上前一步，氣憤地揚起聲音，說道：「你是何人，竟然敢闖來此處？」

梁希宜鬱悶地拉了拉她的袖子，如今四周並無可以搭救的男子，希望白若羽別這麼凶。

白若蘭眨了眨眼睛，總覺得眼前的男孩在哪裡見過。他一襲白色長衣，深棕色馬靴，一頭黑髮雖然用綢帶束了起來卻依然顯得凌亂，很符合他略顯桀驁不馴的性格。

他剛要啟口，卻忽地頓住，目光落在白若蘭身上，欣喜道：「肥若蘭，好久不見啊！」

白若蘭猛地回過神，這不是六皇子黎孜念？

自從皇后所出的四皇子墜馬身亡後，皇后就將六皇子送到北方，美其名曰是為了歷練，實則是為歐陽家留了一條可供選擇的後路。

白若蘭小臉沈了下來。這個傢伙剛到西北就到處闖禍，起初還故意不服從大表哥管教，三番兩次地挑釁，直到後來被大表哥打了一頓才老實下來。

黎孜念以為自己是皇子身分無人敢對他動手，沒想到就連白若蘭這種小胖妞都看不起他，所以總是故意欺負她。四年前，歐陽穆因為婚事的原因投奔到隋氏西山軍裡，他也一起離開了歐陽家宅，沒想到會在這種情況下和白若蘭重逢，一時間感慨萬千，不客氣地說：「妳們剛才吃什麼呢，給我也拿來點。我連夜趕路折騰了那麼些時日，都不曾好好休息過。」

白若蘭鼓著腮幫子，從懷裡又掏出了幾塊桂花糕，遞給了他，道：「你這個壞小子，怎麼到了哪裡都是惹禍。」

白若蘭一本正經，學著梁希宜平日裡同歐陽燦說話的模樣，斥責道：「你趕緊離開這裡，我不告訴其他人便是。」

梁希宜覺得他的聲音有些熟悉，迷茫地看向白若羽，發現她更是一頭霧水，不停地戳著白若蘭，似乎正在問她這人是誰。

白若蘭小聲地嘀咕。「這世上膽子如此大的能有幾個人？是三公主嫡親的弟弟六皇子，姊弟倆沒一個招人待見的！」

梁希宜渾身僵硬，六皇子……

她咳嗽了一聲，貼在白若蘭的身後，道：「妳幹麼對他那麼凶？」這位六皇子可是最後繼承大統的慶豐皇帝。她是發自內心不想得罪他。

「哇，味道不錯嘛！」

黎孜念不顧形象地吃了起來，梁希宜目瞪口呆地看著眼前稚氣未脫的男孩，心裡哀嘆，這哪裡有慶豐皇帝的沈穩大度？或許誰在小時候都可以這般無憂無慮，肆無忌憚吧。她不由得揚起唇角，望著六皇子的目光多了幾分柔和。

「肥若蘭，這桂花糕哪裡買的，我讓小廝記下來。又或者是若羽姊姊家的廚娘做的？」黎孜念揚起一張燦爛的笑臉，眼底帶著孩童般單純的和氣。

「你還敢叫我肥若蘭？這個桂花糕是這世上獨一無二，我最喜歡的梁希宜姊姊自己改良調配的方子，才不外傳呢！」

梁希宜一臉無奈，眼見著話題再次回到自己的身上，急忙客氣地說：「六皇子若是喜歡，我讓人把方子給您送過去吧。」面對未來的皇帝，別說是一個桂花糕的方子，就是要她全部的家當，也會毫不猶豫捐上去！

「希宜姊姊？」黎孜念的目光忽然變得有些玩味，眼前的姑娘豈不是那日被他們誤綁的人嗎？不過她顯然是沒有認出自己，否則就不是這副親和樣子了吧。

黎孜念一想到這定國府的姑娘曾經讓歐陽穆厭煩得不願意說話，就覺得特高興，頓時有些好感，直爽道：「好的，那妳記得一定要給我呀，就送到京城的靖遠侯府吧。」

梁希宜心想他倒是真不知道客氣，骨子裡透著一股同白若蘭氣味相投的傻勁，他真的可以如同上一世，坐收二皇子與五皇子的漁翁之利，順利登基嗎？

梁希宜看了眼天色，提醒道：「時辰已晚，稍後三公主清點人數發現少了三個，怕是會興師動眾地來尋人，不如趕緊回去吧。」

白若蘭不情願地點了下頭，摸了摸白若羽的手心，小聲問道：「姊姊，妳真沒事了吧？」

白若羽平日裡照顧白若蘭，大多是應付母親交代下來的差事，現在才發現她是多麼愚蠢，面對白若蘭的赤子之心，她顯得虛偽太多。

「放心吧！最難過的時候過去了，都是我自己的問題。現在想想，很多事情都是自尋煩惱，我不會再流淚了。」她真心將三公主當成好朋友，才會說出那番話，既然對方並不領情，或者不願意聽勸，她也懶得再去管，只要清楚自己不會去做，問心無愧便好。

想到此處，白若羽總算釋懷了，她望向梁希宜同白若蘭的目光裡充滿感激，輕聲道：「希宜，上次讓丫鬟騙妳去見歐陽燦的事情真對不起，我其實是提前知情的，但是……哎，我沒想到會變成那樣的結果，真是一千個、一萬個對不住呀。」

梁希宜見她言語誠懇，笑著搖了下頭，說：「過去的事情就讓它過去吧。」

白若羽嗯了一聲，拉住了她的手使勁按了一下，然後不由自主地笑了起來。兩個人相視而笑，一起回到了會場附近，正好遇到在人群裡尋找白若羽的王煜湘。

白若羽猶豫了片刻，俯在梁希宜的耳朵邊，悄悄地說：「秦家二小姐的事情有些複雜，妳還是讓她最近做事小心一些，小心三公主，別再被誰尋了把柄去。」

梁希宜微微怔住。秦甯蘭？為什麼白若羽最後讓她提醒的是秦家二小姐秦甯蘭，而不是她和秦五秦甯襄呢？莫非她們一開始就完全想錯了方向，其實最初的理由便是秦家二小姐……

梁希宜想要再問她一下，卻見王煜湘一把拉住了白若羽，將她扯離了自己身旁，目光帶著幾分警覺的神色。梁希宜無語看著她，這一世的王煜湘快把她當成瘟疫躲避了。

王煜湘挽著白若羽走到了角落處，說：「妳怎麼同梁希宜在一起說話？」

白若羽看著王煜湘關切的神情，小聲說：「我們是路上碰到的，在一起說話也不過是因為覺得她人還不錯，不是那種落井下石、隨意欺負人的女孩，所以願意結交一下。」

王煜湘不認同地皺著眉頭。「妳不會是因為三公主的那番話，故意和梁希宜交好吧？妳真是個傻孩子，黎孜玉是公主，你和她較真幹什麼。其實這次的事情我也覺得是三公主不對，但是那又能怎麼樣？她是皇室公主，真鬧到最後誰能攔得住她？秦家二小姐和三公主比較起來，咱們畢竟和三公主更親近一些吧，有必要為了一個秦家二小姐得罪三公主嗎？」

白若羽嘆了口氣，淡淡道：「煜湘，我知道妳是為我好，我想要同梁希宜結交和三公主沒有一點關係，我是真心覺得她的笑容很溫暖，至少在我看來是充滿善意的女孩。關於秦家二小姐的事情，我只是認為三公主這麼做不對，從朋友的角度上勸說，或許我同三公主想法真的差太多了，在京城這幾年，我變得有些迷失自己，或許是時候該改變了。」

王煜湘手上的力度不由得加重了幾分。「若羽，妳是不是聽說歐陽穆來京城了，所以藉此故意疏遠三公主還有諾曦？」

白若羽身子一僵，難以置信地問道：「歐陽大哥來京城了！妳是說真的嗎？」

王煜湘愣住，喃喃自語：「原來妳還不知道啊，我還以為妳是因為這個，故意找理由疏遠大家。」

「我怎麼可能這般無聊！」白若羽不屑地掃了她一眼，難掩興奮地說：「真的嗎？」

「真的啦！瞧妳這副樣子。」王煜湘忍不住笑話她。

白若羽一掃剛才的憂愁，整個人彷彿活了起來，嘰嘰喳喳地問個不停，就連對三公主那點怨氣似乎都完全忘記了。

王煜湘無語地看著她，猶豫著要如何幫她和三公主講和。大家畢竟是多年的朋友，不好因為一個外人傷了感情，然後還讓大家看笑話。

樹林裡，六皇子黎孜念留了一塊桂花糕，往樹上一扔，道：「蹲了一個多時辰，吃一點唄。」

歐陽穆冷冰冰地掃了他一眼，剛才陳諾曦從樹下經過，雖然僅僅是一個背影，卻讓他激動萬分。哪怕如今的陳諾曦不過是個沒有靈魂的軀殼，他也會守護著她，不讓任何人欺負她。

歐陽穆咬了一口桂花糕，愣了下來。忍不住又咬了一口、兩口，低下頭道：「還有嗎？」

「什麼？」

「桂花糕。」

歐陽穆扔下了一個雪球，正好打在黎孜念臉上，氣得黎孜念大聲咆哮。

「沒有！老子有也不給你！」

歐陽穆一下子跳了下來將他撲到在地，渾身纏繞著一股肅殺之氣，冷聲說：「拿來，快點。」

黎孜念發現自己在軍中打滾了幾年，還是抵不過歐陽穆瞬間的反應速度，頓時懊惱地嚷嚷著：「一個破桂花糕，你怎麼還認真起來啦？」

歐陽穆死死盯著他，眸子特別明亮，在漫天遍地的雪景映襯下彷彿是一顆璀璨的寶石，熠熠生輝。

黎孜念無奈地說：「真沒有了。」

歐陽穆整個人沮喪起來，起身坐在庭院裡的圓椅上一動不動，目光若有所思地盯著手心裡桂花糕的殘渣。

「剛才白若蘭說，這個桂花糕是定國公府三小姐的方子？」他的表情隱約帶著一抹克制的痛苦。

黎孜念不清楚歐陽穆怎麼了，如實地說：「是的，怎麼了？歐陽大哥你還好吧？」

歐陽穆深吸口氣，真奇怪，這個桂花糕居然有一股熟悉的葡萄乾泥的味道。

葡萄乾是南寧外的吐蕃族才會製作的零食，大黎國本土是不產的。而會將葡萄乾磨碎後改良製作成泥，再放入糕點裡的創意，還是來自於前世的妻子陳諾曦。他不清楚別人家是否會有如此做的方子，但是上一世，就連賢妃娘娘都誇妻子蕙質蘭心，竟能想出個這麼有意思的做法，宮裡的廚娘都不知道呢。

這種改良後製作出來的糕點味道，帶著一種自然的酸甜口感，他一吃就能感覺出來，所以才會震驚萬分。這應該是陳諾曦才可以想到的東西，居然也被其他女孩研究出來，歐陽穆莫名地感覺到一陣不痛快，但是又為了這份熟悉感，對定國公府的三小姐略感好奇。

刺繡收針的特別手法，還有桂花糕裡的特殊配料……

歐陽穆攥了攥手心，轉過身看向黎孜念，道：「方子你記得催她，我要第一個看。」

黎孜念無語地看著眼前這張沒有表情、略顯剛毅的俊容，拍馬屁道：「知道啦，我最親愛的大哥！我明日就派人去定國公府取，不用她送過來。」

「算了，我讓長隨親自去取吧。」他垂下頭暗自思索，彷彿天下沒有什麼比這件事重要似的。

黎孜念受不了似地揚起頭，道：「還老說我是個吃貨，你比我真強不了多少。」

歐陽穆微微怔住，卻懶得過多解釋，吩咐下屬騰出一個人幫他專門盯著定國公府三小姐。

另一廂，梁希宜回到會場後忍不住打了好幾個噴嚏，誰唸叨她呢，還是天氣太冷，有些風寒了嗎？

白若羽離開前的話語徘徊在腦袋裡驅散不去，到底是怎麼回事？三公主何時同秦二結下仇的？匪夷所思，太奇怪了。

三公主黎孜玉入座主席，開始說話，梁希宜怕三公主在宮裡給她使絆子，就沒打算進入最終的比試，索性坐在最外面的位置。秦五自認才疏學淺，她以為自個兒連初試都過不了的，沒想到居然進了複試，於是暗中小心行事，猜想三公主就是想多幾個嘲諷她的機會，讓她擔驚受怕，所以故意放她晉級。

兩個無心戀戰的女孩子坐在一起，因為會場安靜，她們不方便說話，就用手在紙上寫寫畫畫，對著口型聊了起來。

「甯蘭姊姊同三公主關係好嗎？」梁希宜佯裝寫字。

秦五看她的嘴型，回應道：「沒說過什麼話。」

「她們可有過節？」

秦五眉頭鎖緊，十分肯定寫下。「連交流都沒有，何談過節？」

「那妳說，三公主有可能因為甯蘭姊姊所以才討厭妳嗎？」梁希宜索性直接提出了一個假設。

秦五古怪地看著梁希宜，寫道：「希宜妹妹，妳真有趣。」

「……」梁希宜十分無語，一陣苦惱，看來又要去問歐陽燦，才可以弄明白事情真相。

此時，陳諾曦開始暢談詩會的主題。「因為今日下雪，所以詩會的主題便是雪，對於雪所代表的寓意大家各抒己見。有人說是瑞雪兆豐年，有人說是普通節氣，代表天冷了，還有人說代表純潔，象徵美麗。」

陳諾曦的發言再次震撼全場，就連神遊在外的梁希宜都忍不住將目光投向會場中央，情不自禁地隨著陳諾曦動聽的聲音陷入沈思。

她講述了一個仙女和凡人的愛情故事，最終仙女迫於壓力必須每年冬日回到天庭孝敬父母，次年春日才可以來到凡間守護愛人，所以冬日裡才會下雪，是和愛人分別的仙女落下了守護的淚水。在這個故事裡，仙女為了和愛人在一起歷經磨難，走過火路、穿越海洋、翻山越嶺，只為能在為數不多的時日在一起。

有的姑娘聽後落下了眼淚，饒是同三公主敵對的秦五，都不由得感嘆道：「諾曦姑娘好像是仙女，感覺她和咱們都不一樣，坐在那裡，就有一種超然於塵世的感覺。」

梁希宜點了下頭，這種女子怎麼會淪落人間呢？

她還為詩會做了一首詞，三公主看了大聲讚嘆，將她的詩詞發放給大家傳遞起來。梁希宜看了一眼，是一首關於冬日裡雪和梅的詩詞。

〈雪梅〉

梅雪爭春未肯降，
騷人擱筆費評章。
梅須遜雪三分白，
雪卻輸梅一段香。

關於這段詩詞，不少人發出了各自的感慨，梁希宜讀了幾遍，再次感嘆十三歲的陳諾曦姑娘真是奇才，比自己上輩子強了不知道多少。這個占據她前世身軀的靈魂，莫非是歷史上的某一位人物嗎？

「梁三小姐，不知道妳有何感想？」

梁希宜正自個兒琢磨著，以為幻聽了什麼，不由得看向了秦五。

「希宜，陳諾曦叫妳呢。」

「嗯？」梁希宜猛抬頭，發現大家都回頭看著她。

梁希宜隔著遠遠距離，看向了會場中央始終面帶笑容的陳諾曦，此刻正眨著那雙若寒星的眼眸，笑嘻嘻朝她說：「梁三小姐，不知道有何感想，我以為這件事妳應該最有體會。」

梁希宜微微愣住，不願意自作多情地認為，陳諾曦此詩是專門來敲打她而創作的。

陳諾曦環繞四周，解釋道：「其實在詩會初試時，梁三小姐的詩詞和字著實讓我驚豔了，所以才忍不住想要問她的感想，梁三小姐，妳可願意坐到我的旁邊呢？」

頓時，含有各種情緒的目光向梁希宜投射過來，才女陳諾曦在召喚她一起坐在中間，這該是多麼大殊榮呢！

梁希宜搖著頭，拒絕道：「謝謝，我相信一個人的深度同她坐在哪裡沒有任何關係。」

噗哧，黎孜玉笑出了聲音，略帶同情地看向梁希宜，說：「剛才諾曦問有何感想，都喊了三、四遍了，倒是不知道梁三小姐是跑到哪裡深度去了。」

面對黎孜玉諷刺的言詞，四周一下子變得安靜下來，有同情的目光掃過梁希宜，也不乏鄙夷的視線落在她的身上。彷彿在說真是個不識好歹的人，居然會拒絕陳諾曦。

梁希宜若無其事地放下紙張，挺直了腰板面對眾人目光，她好歹是定國公府的嫡出貴女，怎麼可以輸給一個不知道從哪裡來又搶了她軀體的女人呢？

梁希宜骨子裡的驕傲不允許她妥協，於是她唇角微揚，落落大方地道：「諾曦姑娘的詩詞必然是好詩詞，將雪和梅模擬活靈活現，彷彿就在眼前互相攀比，最後兩句又點出各自缺陷，藉雪梅爭春，告誡大家人各有所長，也各有所短，要學會有自知之明。取人之長，補己之短，才是正理。這首詩很有情趣，也極有理趣，希宜定會好好收下，時刻提點自己。」

黎孜玉一副看好戲的樣子，接話道：「這世上的人能有自知之明總比自以為是要強，難得梁三小姐可以懂得這個道理。」

梁希宜淡笑不語，玩笑道：「也難得三公主誇獎希宜，比起您來，我確實是更有自知之明。」

黎孜玉忽地沈下臉，還想說什麼卻被梁希宜打斷。梁希宜轉過頭望向陳諾曦，落落大方、神采飛揚地爽朗笑道：「不過，在我看來，梅和雪根本沒有攀比的必要。風雨送春歸，飛雪迎春到。喜歡雪的人即便雪融化成水或僵硬如冰，都會依然喜歡那抹純淨，它烙印在人們的心裡、記憶裡，永不消散。而梅花再香，不是自己所愛，又如何去欣賞呢？兩個原本不曾敵對之物，我們何苦偏要將它們湊在一起，爭個你死我活，豈不怪哉？」

梁希宜白淨的臉上始終掛著溫和的笑容，柔和的聲音彷彿帶著某種特定的音律，一下一下敲擊著別人的心，引得一些陌生的女孩也不由得連連點頭，覺得眼前這個面若桃花、極富自信的姑娘說得非常好，這世上事物多姿多彩，千奇百怪，哪裡都能互相比個高低呢，再渺小的事物，也有其存在的意義，歸根結柢，青菜、蘿蔔各有所愛，沒必要爭執什麼。

寬敞明亮的會場，眾多花枝招展的姑娘們，有的臉頰紅撲撲興奮地望著梁希宜，有的皺起眉頭，目光不由得落在了臉蛋彷彿拉長很多的三公主身上，沒有人會為了梁希宜得罪三公主，即使她們認同梁希宜的言語。

梁希宜的眼睛相當明亮，她十分坦然自若地面對眾人。不管是何等目光，都不會對她產生任何影響，她的人生，從來不是需要看別人臉色過活。

黎孜玉攥著拳頭，恨不得一巴掌拍上那張總是帶笑的面容。

陳諾曦倒是沒什麼反應，一直是官家小姐的派頭，柔聲道：「梁三小姐好口舌，就是太不給諾曦面子了，伶俐得讓我都不知道該如何應聲。」

梁希宜聽著她故意挑刺的言論，莞爾一笑。「剛才陳姑娘講述了一個天馬行空，讓人感動的故事，那麼希宜也說個關於雪天的故事吧。」

「好呀、好呀！」白若蘭率先拍掌，她最喜歡聽故事了。

梁希宜的唇角噙著笑容，直爽道：「五年前，我陪祖父在東華山靜養，旁邊有個小村落叫做徐家村。這個徐家村有個大戶人家，連年從善，每到節日便會施粥，做好事。過年前，他們家門口趴了兩隻流浪狗，一隻是母犬，一隻是小狗崽。這戶人家的小少爺見幼犬可憐，就命人偷偷餵牠些吃食，這兩隻狗感恩於他，就當他是自己的主人，始終不願意離開此地。即使大戶人家根本不允許狗進門，牠們也整日在門外趴著，彷彿是守門人似的，一絲不苟。時近寒冬，一場大雪降臨村莊，附近住著的一個酒徒因為晚歸又滿身酒氣，被妻子罵了不肯給開門，便到處蹓躂，行至此處。因為大雪將狗的身體蓋住了，他沒看到就踩到了小狗崽，不但不覺得自己有過錯，還將心中怒火發洩到了小狗崽身上，惡狠狠地踢了好幾腳。妳們猜，後來怎麼了？」

「不會把小狗崽踹死了吧？好狠心的男人。」一個梳著團子頭的小姑娘問道。大多數的姑娘們都目露不忍的神色，手帕抵著下巴，似乎是希望給小狗崽好的結局。

梁希宜搖了搖頭，笑著說：「小狗崽確實受了傷，酒徒把牠一腳踹開，頭部撞到了牆壁上，流了血，但是沒有死。母狗愛子心切，瘋了似地衝上去追咬酒徒，最後被他打死了。」

聽著她的講述，會場一片安靜，白若蘭眼眶紅紅的，不忍心道：「那小狗崽呢？老母狗不在了，大戶人家又不肯收留小狗崽，牠還受了傷……」

「這酒徒太惡毒了，被自家娘子罵了就拿小狗撒氣，真是豬狗不如。」不知道是哪位爽朗的姑娘，不顧形象地罵道。

「但是一條狗命總不能讓人去抵吧。」不同的聲音在耳邊響起。

梁希宜點了下頭，說：「世上萬事便是如此，老母狗和酒徒是兩個完全不搭的事物，本沒有衝突的理由，若不是酒徒為了一己私慾，一時痛快，沒來由地拿小狗崽撒氣，也不至於如此。」

陳諾曦始終溫和地笑著，纖細的手指攥著手帕，也聽出這故事的意有所指，而被這番夾槍帶棍的話語給打得心裡不是滋味，不免刻薄說：「梁三姑娘何苦作踐自己拿個畜牲相比？」

白若羽怕場面會更為難堪，最後讓兩人都下不了臺，為了能緩止兩方的言語交鋒，於是佯裝無事地接了話頭。「常言道：『國以和為貴，家以和為美。』人應當以和為善，沒必要樹敵產生爭執，我想這也是梁三小姐說這故事的用心。」

梁希宜笑著附和，說：「可不是嘛，我們應該心懷善意才可以獲得好結果。剛才說的故事裡，那個酒徒因為被狗咬了，染上一種怪病，三日後突然抽搐而亡。老母狗走了，酒徒死了，大家這是何苦呢？酒徒娘子心裡也後悔不已，怕母狗的怨靈沾染上身，特意去廟裡求神拜佛，還主動去母狗的墓地祭拜。只是早知如此，何必當初呢？」

「這結局倒真是……出人意料。」白若羽沒想到梁希宜這裡還有話等著，尷尬地應聲。

秦五見黎孜玉面色越來越難看，不由得心中一喜，冒險接話，說：「可見不能太仗勢欺人，否則上天有眼，總會遭報應的。」

梁希宜給了她一個接話不錯的眼神，突然端莊坐好，面對眾人大聲地說：「所以說梅雪爭春的創意固然不錯，但是梅和雪本是冬日裡最美好的風景，若是可以和諧共處，豈不是可以將我大黎國瑰麗的土地，妝點得更加氣壯山河，風景如畫？」

眾人沈默了片刻，有陌生的姑娘率先鼓掌。「梁三小姐，妳說得真好。」

梁希宜不好意思地靦覥微笑，輕聲道：「淺薄之見，不過是想著心裡懷著善念的人越多，這世上好人就會越多的，我大黎國的氣運就會越來越強盛的。」

王煜湘見黎孜念和陳諾曦面如死水，誰也不願意接梁希宜的話，只好硬著頭皮轉移話題，道：「這裡還有幾張佳作，邀請大家共賞如何？」

有識趣者接下她的話題，眾人的目光漸漸被轉移開了。

秦五靠近梁希宜，一點一點蹭了過去，小聲說：「希宜妹妹，妳說得真好，故事不像陳諾曦的那麼唯美虛幻，卻更加真實，句子通俗易懂，又著實帶了幾分哲理，真心打了陳諾曦的臉面。」

梁希宜咬住下唇，她何嘗想要同這一世的陳諾曦為敵？起先，她想要同陳諾曦成為朋友，可是……莫名其妙就得罪了三公主，從此成了她們的眼中釘，一步步走來，竟是成了敵人。

陳諾曦臉色如常，聲音卻顯得分外尖銳，淡淡地說：「梁三小姐當眾說的故事豐富多彩，劇情抑揚頓挫，可惜了剛才答卷，實在是平庸普通，怕是沒機會進宮面見太后了。」她的唇色鮮紅嬌豔欲滴，一束如絲緞般柔和的秀髮垂落在耳邊，黛眉如月，高挺的鼻梁，膚如凝脂，纖弱的身姿襯著窗櫺外落入的日光，隱隱帶著一種讓人窒息的美麗。

梁希宜清楚陳諾曦這是在敲打自個兒，同時讓眾人明白，這裡是誰的地盤，誰才可以作主。不管她們做事是對還是錯，能否在太后面前露面不過是陳諾曦一句話的事情。

白若羽皺著眉頭望著略顯陌生的陳諾曦，心裡暗想，表面是她們揚眉吐氣了，但是這種做法未免顯得太小家子氣，著實不像是陳諾曦的作風。

梁希宜無所謂地聳了聳肩，她表面上適當地表現出遺憾的神色，心裡卻樂開了花兒。正愁沒理由不進宮呢，這樣的結果很不錯嘛。

陳諾曦說完後就有些後悔，怎麼可以不讓她入宮呢？後宮才是她們真正的地盤，還怕尋不出梁希宜一個錯處？衝動是魔鬼，她太意氣用事了！

屋頂上，趴著的兩個人對視一眼，輕輕地從後面跳了下去，離開會場。

歐陽穆已經從初見陳諾曦容顏的震驚中緩和過來，胸口空落落地悵然不已。

六皇子不停地在一旁嘮叨道：「這個陳諾曦雖然漂亮，未免有些刻薄了，自以為是、目中無人，我不喜歡她。反觀定國公府三小姐不管別人怎麼說，都表現得十分柔和，不會因此特別動怒，也不會感到自愧不如，始終堅持本心，倒是個不錯的姑娘。」

歐陽穆沈默不語。他認識陳諾曦的時候她已經十六歲，初見時只覺得她很漂亮，為人和善可親，做什麼事總是笑嘻嘻的，做事沈穩大度，便覺得好喜歡她，可是……最初結親的根本理由是她已經失身於他，其實這個事情不是他策劃的，他只是按照家族長輩的意思去做，又哪裡想過會有什麼後果？後來他漸漸發現陳諾曦自骨子裡根本不喜歡他，每次房事後就會用水淨身，且成親沒多久就抬了丫鬟做姨娘，懷孕後更是完全不允許他做出任何親暱的舉動。

當時的李若安貴為鎮國公府世子，姑姑是備受皇帝寵愛的賢妃娘娘，哪裡受得了對方如此忽視？久而久之，他反而故意噁心她，她不讓做什麼，他就偏要做什麼，甚至連在她面前同其他人苟合的事情都屢見不鮮，現在想起來都恨不得一刀捅死自己算了。直到皇帝病重，二皇子、五皇子先後造反，他才曉得一個家族的成敗到底意味著什麼。

往日裡的跟班瞬間變得趾高氣揚，那些說愛他愛到骨子裡的女子躲他如同蛇蠍；親人一個個死去，忠僕一個個離開，偌大的府邸被掏空了，禁衛軍、九門提督軍、都察院……一個個官府衙門不停地派人抄家，堂堂鎮國公府如同那些官兵找錢的後院，不停被踐踏，直到連這座祖宅都被皇家收回。

他很迷茫、失望，一度想要自縊，但是回過頭，入眼的是妻子略顯蒼白卻目光堅定的容顏。她的身影越發忙碌，她的身體也越發不好，但是她身上的溫度，卻帶給他一生都難以忘懷的溫暖。他是因為陳諾曦，才選擇活下去面對一切，這或許連當時的陳諾曦，都無法想到吧。

這一世的陳諾曦，面容依然美麗，只是不知道為什麼，她目光越發清亮，卻少了一分柔和；她的言詞越發犀利，總少了一分寬容；她的舉止，更加優雅端莊，卻不再如過去那般讓人覺得親近。

或許，因為太年輕了吧？那麼，她還可以變成上一世的陳諾曦嗎？是那個經歷過女子最為痛苦事情的陳諾曦，那個歷經滄桑、用生命在疼愛桓姊兒的陳諾曦？

一思及大女兒桓姊兒，她同陳諾曦一般，有一雙愛笑的眸子和從容的氣質，深得他喜愛。妻子去世時是在女兒剛大婚後，他卻追隨她而死。沒有了爹娘庇護的桓姊兒，不知道過得好不好？想到此處，歐陽穆剛毅的容顏染上深沈的悲傷，眼睛頓時酸澀了起來。

「歐陽大哥，你怎麼了？」

六皇子爽朗的叫聲在耳邊響起，歐陽穆深吸口氣，這世上哪裡可能有什麼桓姊兒？他能找到年輕的陳諾曦就已然不錯。

歐陽穆望著黎孜念稚氣未脫的臉龐，胸口彷彿被什麼掏空，失落得不得了。上一世的陳諾曦，那些同他經歷過太多苦難的陳諾曦，難道不復存在了？

重生遇見的人，難道已經不是原來的人了？

明明應該是她，卻似乎不是她的想法開始折磨著歐陽穆。難道蒼天如此殘忍，不管他付出多麼大的努力，窮極一生也無法再見她一眼？當他願意用一生補償陳諾曦，對方卻早已經不再是他愛的陳諾曦，若是如此，這世上還有什麼比愛人的容貌明明就在自己眼前，卻只能在記憶中思念她來得更痛苦嗎？

他用力地眨了下眼睛，淡淡地嗯了一聲，道：「回吧。」

六皇子黎孜念以為歐陽穆生他氣了，必定他叨叨了一路陳諾曦的不是，才故意不願意理他。

無奈之下，他主動敞開手搭在好兄弟的肩上，轉移話題道：「西涼國的使臣快馬加鞭來到京城，說是願意用上百西涼種馬交換宇文靜。父皇似乎對此很動心，畢竟大黎一直想要西涼的種馬研究配種呢！至於那個宇文靜，在沒戰事的時候也無法拿他怎麼樣。他的行為說到頭了，就是身為皇室子弟，有通行證就入了關，折騰半天換些金銀馬匹送回去算了，你不會覺得沒勁吧？

「歐陽大哥，我知道你平時駐守邊關對西涼人沒什麼好感，我若不是入了西山軍，見過那些外族人燒殺搶掠的場面，也會覺得這個無所謂。但是父皇如今只想要安享晚年，削減眾位將軍手中軍權，不願意國內出現混亂局面，見對方使者如此重視宇文靜，他不想引起戰事，所以這件事就打算這麼處理。我提前知會你一聲，到時候在朝堂上可別往槍口上撞，父皇就是問問大家的意思，實則早就決議好了，就等著弄文書呢。」

歐陽穆拉回自己的思緒，淡淡點了下頭，這世上還真沒什麼可以讓他在意的事兒，除了關於陳諾曦的。否則，此次他也不會將進京獻俘的功勞，主動讓給六皇子。但是宇文靜居然在入京後成功脫逃，老皇帝賜給五皇子捉拿逃犯的大功，暗中有訓斥六皇子沒看好人的意思。

實情是這明明是六皇子率先掌握宇文靜的動靜，與九門提督聯手一起捉拿，卻因為九門提督動靜太大，率先抓到人後不只通知歐陽穆，還履行公事報給上級，於是五皇子就適時出現了，可見皇帝同皇后關係多差，連面子功夫都懶得做了。

至於定國公府的三小姐，歐陽穆同六皇子的感覺相同，他不得不承認，這個女孩是難得讓他記住的女人之一。或許是因為她同上一世的妻子一般蕙質蘭心，十分聰慧卻懂得內斂，所以他稍微對她不那麼討厭吧？

梁希宜回到家已經是傍晚，礙於處理夏雲的事情，定國公梁佐決定繼續住在別院，讓梁希宜每隔五日過來陪他說話、練字，休憩一下。

二夫人徐氏對於二老爺同夏雲的事情深信不疑，主要是她太瞭解自個兒那風流夫君，什麼爛事幹不出來？二老爺因為犯了錯，這幾天倒是日日回家。

二夫人越看自家閨女越覺得舒坦，拉著她的手坐在床邊，小聲說：「妳大伯母現在見我比以前客氣多了，還說秦老夫人特別喜歡妳，妳此次去妳祖父那兒，可是得過什麼信兒了？」

梁希宜猶豫片刻，心想娘親是典型聽風是雨的性格，還是知道的少一些比較好吧。更何況這事本身尚無定論，只是兩位老人的意向而已，十分不靠譜，所以沒有同母親說出實情的打算。

「母親，祖父最是講規矩的人，怎麼可能同我一個姑娘家談論這些？不過關於婚事，您就放心吧，大伯母為人和善，又有祖父把關，誰都不敢輕易委屈了我。」

「但願如此。希宜，妳從小沒在我身邊長大，有時候想想真不知道是好事還是壞事，好在什麼都有國公爺替妳撐腰。對了，快讓我看看妳前陣子傷到哪裡了，靖遠侯府送來的藥材都快把倉庫堆滿了，他們家小公子倒是個實在人。」

梁希宜一怔，挽起了袖子讓母親觀看，不過因為有些時日，其實已經看不出什麼，不過是淡淡的紅痕。

二夫人心疼地摸了又摸，柔聲道：「妳大伯母前幾日還旁敲側擊，問我見沒見過歐陽小公子。這話可真是奇怪了，我一個婦道人家，怎麼可能見人家侯府的小公子？她說侯府小公子雖然戲弄妳，但是似乎妳們關係挺好的，尤其是侯府小公子的表妹白若蘭，更是妳的閨中密友？」

梁希宜皺著眉頭，說：「娘親，靖遠侯府的等級雖然低於祖父，但是誰都清楚如今的定國公府就是個虛有其表的空殼子，咱們要有自知之明，莫要想那些事情，下次誰再同妳講這些，妳只管不搭理便好。」

二夫人得意地仰起頭，道：「妳以為妳娘我真傻啊，我當場就把妳大伯母罵了回去，自個兒看上了人家侯府小公子不去詢問，居然存了讓妳去和白若蘭打聽的心思，這要是被人家知道了，還當是我閨女看上那個臭小子了呢。」

梁希宜一時無語，望著母親一臉天真的笑容，鼓勵道：「嗯，不錯，下次也這樣處置。大哥年後就要娶親，您有得忙呢。」

二夫人點了點頭，自豪地說：「放心吧！妳娘我其他本事沒有，做到不添亂還是可以的。這家是妳大伯母管的，又是定國公府嫡長孫的婚事，國公爺不會不管，我就等著妳大伯母讓我幹麼，我就幹麼，絕對不多插手、不多說話！」

「娘，您真是聰慧。」梁希宜極力奉承著母親，大智若愚也是一種生活態度。

接下來的日子，梁希宜的生活回歸平靜，物件活兒在她的強力手腕下走上正軌，不需要她正式出面，光憑夏墨、素悠幾個管事丫頭就可以使喚下面的婆子了。

白若蘭的信都存放在大夫人那裡，梁希宜全要回來一一觀看。她發現信封的封口變得褶縐，暗道是大伯母看過她的信吧！這本沒什麼，但假裝沒看過還重新封上，實屬可笑了。

最近的一封信裡提到，除了金銀以外，西涼國還用百匹上好種馬交換宇文靜歸國。西涼國使臣十分識相，私下多送來了十幾匹小馬駒給歐陽穆，白若蘭邀請她一起去西郊騎馬。

怕是歐陽穆那個冷面閻王私下跟西涼國要的吧？梁希宜暗自腹議著。

不過梁希宜還真是對這件事情動了心，上輩子最大的心願就是擁有一匹可愛的小馬，馳騁在綠色的草地上飛奔，享受自由的感覺。

新婚燕爾之時，李若安曾用小馬駒討好過她，在考慮到事情已經沒有轉圜的地步，日子卻總要過下去，不能讓父母操心，她收了這頭小馬駒，這也是她唯一收下過他給的禮物。雖然有些邁不過心裡那道坎，但她終究是成為了他的妻子。

婚後沒多久她就確診懷孕，在長輩安排下同李若安分開居住。那時的他們沒什麼太多交流，或者說她也不知道該和一個婚前那樣對她的男子如何交流。

李若安年輕氣盛、放蕩不羈，同她吵架的時候言語犀利，行為笨拙可笑，拿她安排的通房丫鬟出氣，甚至流過一個孩子。她覺得這人太過無恥刻薄，骨子裡更是懶得修復彼此之間的感情。

桓姊兒出生時，李若安也沒有陪在自己身邊，她也不在乎他是否陪在身邊。

成親原因始終是彼此心裡的疙瘩，這觸及了她的底線，何嘗不是時刻侮辱著李若安的傲氣，若不是使用如此卑劣的手段，他娶得到她嗎？

他們兩人都很幼稚，日子過得簡單粗暴，恨不得對方遍體鱗傷。

記憶中的小馬駒，早就不知道遺落在哪裡。或許，在彼此摧殘的歲月裡，死掉了吧……

第九章

臘月底，梁希宜挑選了個清閒日子去別院看望祖父，吃過飯食的午後，就從別院出發直奔西郊。

這次小範圍的聚會是白若羽舉辦的，因為靖遠侯世子夫人進京，落腳在西郊別院。白氏姊妹們藉著出遊玩耍的機會，同時拜見姑姑，並且會留在別院小住。

白若蘭主動邀請梁希宜留宿，考慮到白若羽也在，應該不會出什麼問題，梁希宜爽快地答應。而且近來她在家裡得不到清閒，大伯母不知道抽了什麼風，一天到晚招她說話，同她閒聊，三句話準能扯到靖遠侯府小公子的身上，著實令梁希宜煩憂。

靖遠侯是未來的國舅爺，為了奪嫡是要鞏固勢力，怎麼也不會挑上已經遠離朝堂的定國公府，更何況歐陽家目前致力於打擊鎮國公府，首要任務就是想摘掉鎮國公世襲罔替的爵位，因為挑不出鎮國公的錯處，已經有將目光轉移到定國公府上的趨勢，怕是藉著是否先讓定國公府除掉爵位世襲罔替的帽子，從而牽連鎮國公府身上。

在現在這種時間緊迫的時候，祖父巴不得繞著靖遠侯走路，怎麼會貼上去尋求親事。雖然定國公同鎮國公關係極其一般，但是在爵位罔替的立場是一致的，沒必要打彼此臉面。若是歐陽家主動示好，那麼祖父還可以考量小輩之間的事情，至於化被動為主動這種事情，怕是祖父活著一日，都輪不到秦氏作主，如此丟老祖宗臉面的。

梁希宜坐在馬車裡，合上手中的《大黎周遊志》。重生以後，她的視野不再像曾經那般侷限在自個兒的院子裡，生死都已經看透，誰還願意爭取那蠅頭小利？倒是想要有機會真正離開京城，出去走一走，真正去看一看外面的世界，是否如書中所寫，天下之大，絕非自己可以想像。

一路上沿途的風景十分普通，梁希宜卻欣賞得津津有味。賣燒餅鋪子的娘子幫著夫君收帳，額頭上流下汗水，她的夫君不忘記遞過來一條手帕，兩個人相視靦覥微笑。這簡單樸實的相處，卻是梁希宜最為嚮往的日子；平平淡淡，卻不失溫馨恩愛。

大約行走半個時辰，就出城上了官道。京城外休憩消遣場所主要分外西郊和東郊，官家別院大多數集中西郊區域，因為東郊區域是屬於皇室夏天避暑，冬日裡狩獵的專用場所地方。

定國公梁佐聽說是京城四小才女之一的白若羽組織的聚會，十分樂見梁希宜留宿，這孩子什麼都好，就是性格表面和善可親，骨子裡對誰都心懷警惕，略顯孤僻，要是可以同白若羽處好了，對於梁希宜的名聲也會有好的影響。

另一廂，京城陳府裡，三公主黎孜玉氣呼呼地坐在陳諾曦的書臺上，不停寫著大字。只是她的力道太重，以至於字體的墨跡快將紙張印透了。

陳諾曦早就察覺出她的火氣，但是為了讓她恢復理智，只是淡然說：「寫字可以靜心，待妳將理智找回來了，咱們再談論事情吧。」

她為人高傲，即使是面對公主，在穿越女眼裡也不過是什麼都不懂的古人一枚，她沒閒工夫在幫人出謀劃策之餘還要忍受對方的公主脾氣。

黎孜玉曉得陳諾曦不是那種畏懼皇權的女子，平日裡同她交往也將彼此的關係定義在平等的前提下，她起初覺得新鮮，認為陳諾曦果然與眾不同，但是現在，她倒是寧願她怕自己一些，居然還要磨掉她的氣憤。但是此時她有求於她，只好老實平復自個兒的心情。

兩個人誰也不曾言語，足足過了半個時辰，黎孜玉忽地哭了起來，可憐兮兮地說：「諾曦，我是不是很招人討厭，為什麼今天煜湘和若羽都沒來？」

陳諾曦沒好氣地掃了她一眼，任由她的涕淚地往自己身上蹭，輕聲說：「煜湘家祖母歸京，她自然要老實地留在府上，否則傳出去也不太好聽，至於若羽，她的姑姑因為身體緣故在西郊別院小住，尚未進京，他們全家的女孩都去西郊別院了，妳何苦同她們計較。」

黎孜玉悶悶地趴在陳諾曦懷裡，失落道：「煜湘我倒是可以理解，可是若羽去西郊也就算了，幹麼邀請梁希宜？這事兒很多人都知道了，前幾天梁希宜還當眾打了妳的臉面，她這麼做什麼意思。」

其實不只打了陳諾曦臉面，更是很不給黎孜玉面子，她才會耿耿於懷。

陳諾曦沈默了片刻，安撫道：「若羽的姑姑是靖遠侯世子夫人，她的堂妹白若蘭跟世子夫人最親近，怕不是若羽主動邀請梁希宜，而是白若蘭自個兒離不開梁希宜，白若羽身為堂姊，總不好此時拒絕白若蘭吧。」

「那我呢，我還是她姑父的表妹呢，怎麼不把我也叫上，只是說今日過不來了？諾曦，白若羽不只是因為我說了她而不滿，怕是對妳心裡也有些疙瘩吧，她在我們面前坦誠暗戀歐陽穆不是一、兩日了，最後歐陽穆拒絕成親居然是鍾情於妳，不可笑嗎？」

陳諾曦睜著一雙澄亮的眸子，無語地看著三公主黎孜玉。她以為自己看不出她那點小心思嗎？她與白若羽吵架了，白若羽不理她，偏要整成白若羽對自己有成見，所以才不理她的。

在當今時代，世家重文輕武，公侯雖然掌握兵權，但是現代戰爭都傷亡慘重，何況是古代戰爭了？一打仗就要分居好幾年，還生死未卜，若要隨軍赴任，生活環境更是艱鉅，她傻啊？京城的日子她已經過得夠可憐兮兮的了，還要往窮鄉僻壤跑。周圍那麼多皇子奇才不挑，去同閨密爭這樣一個男人，有沒有搞錯！還不如賣個人情送給白若羽，只有三公主這種情商低的人，才會三番兩次拆她臺。

陳諾曦的鎖骨纖細，潔白的瓜子臉映襯在窗外的日光之下，渾身散發著幽蘭般的寧靜自然。她抬起頭，認真看著黎孜玉那吹彈可破的皮膚，櫻桃般水嫩的朱唇和一雙清澈無比的眼眸。

黎孜玉在她安靜的注視下撇開頭，有些心虛地握緊雙手，道：「好吧，撇開王煜湘和白若羽不談，李在熙的事情該如何是好，我已經因為他失去了兩個朋友，總不能再輸了他。」

陳諾曦嘆了口氣，她嘆息的神情彷彿連路邊的花草都會為之失色，幽幽地說：「這事倒也不算難辦，上次秦家二小姐是被歐陽燦從馬棚旁邊的雜物房間裡救出來的，那個別院看似很長時間不曾修葺了吧，妳可以建議二皇子派人將院子收拾一下，不如就找南城王家好了。」

「南城王家？」黎孜玉眉眼微挑，不清楚陳諾曦的用意。

陳諾曦眼睛一眨一眨地看著她，小聲道：「這南城王家是普通的商戶人家，最初靠給官家修葺園林起家，雖然現在主要兜售玉品、裝飾品為生，但手下依然有修葺的隊伍，接一些老客戶的單子。他的嫡長女就是徐縣令的小兒媳——李在熙的小舅母，到時候妳只管看戲就好，這世上最讓人說不清楚的就是明明是真的，卻又實是假的。」

黎孜玉嗯了一聲，說：「我這就去尋皇兄幫忙。就說是上次咱們辦詩會的時候，大家普遍反映這屬於皇家的別院怎麼那般破舊，連妳也這麼覺得，二哥聽後哪怕是為了討妳歡心，肯定也會第一時間派人處理此事，我再尋個理由將事情攬過來，咱們就可以作主啦。」

「王家那頭我已經安排沈蘭若同他們搭上線了。沈家有個剛脫籍的丫鬟嫁給了王家商鋪的管事，就當是我送給沈蘭若人情，沈家再給那個丫鬟人情，如此順其自然地就將差事交到王家手中，不會有人將此事聯想到妳、我身上。至於最後東窗事發，我們更不需要多說什麼，自然有王家藉著女兒的嘴巴透露給李家夫人，本是人家的家事，我們只管關注便是。」

黎孜玉望著陳諾曦一心替她籌劃的目光，心裡感動不已，道：「諾曦，真的很感謝妳，只有妳不認為我是個瘋子，身為一個公主，卻連喜歡的人都沒有勇氣追求，我是何其懦弱。」

「不會的，妳已經很努力啦。」陳諾曦鼓勵地眨了眨眼睛。

在她的觀念裡，婚姻是界定小三、小四的根本原則，李在熙和秦二小姐尚未成親，三公主是有權利追求幸福，李在熙也是有權利改變選擇。

陳諾曦的道德觀，完全被現代人的優越感所占據。更何況，維護好同三公主的友誼，對於穿越女的晉級事關重大。而且她也有些享受這種將所有事情玩弄於手心裡的感覺。

如果黎孜玉身邊都是些保守的古代女子，或許她只會將對於李在熙的感情埋藏在心裡。畢竟對方已經定親，眼看著就要成親，她公主的傲氣還是有的，不屑於在這種時候落井下石。

但是她最好的朋友是擁有現代靈魂的陳諾曦，她對於這世間的規則缺少畏懼，自認高人一等，她擁有的知識足以改變這個社會，也因為她的鼓勵讓三公主心底的愛意萌芽出來，成長成一棵大樹，彷彿看到了開花結果的希望，潛意識想要突破世俗，認為婚姻是可以靠自己爭取。

想她堂堂大黎國嫡出的三公主，若是連追求愛情的勇氣都沒有的話，成什麼了？所以，在成親以前，每個人都有重新選擇的權利！黎孜玉不停地說服自己，降低心裡的愧疚感。

秦家二小姐的人生或許會有所改變，但是等二皇兄登基後，她一定會讓娘親、二皇兄補償她的。對於李在熙，她可是志在必得，不容有失。

快要抵達西郊的梁希宜無故打了個噴嚏，暗道誰又唸叨她呢？

所謂西郊，也不過是京城外的小村落而已，因為幾日前的大雪，藍天彷彿被洗白了一般，朵朵白雲飄在上面，搭配出一幅漂亮的水墨畫。

不遠處矗立在眼前的兩座五進院子，分別屬於靖遠侯府和白家。

靖遠侯府別院因為世子夫人的到來，有一些貴婦上門拜訪，馬車堵在了門口，導致梁希宜的馬車也過不去。她派人去白家門口，通知白家的管事，不一會兒就有人抬著小轎子過來迎她。白若蘭怕梁希宜認生，特意親自出來接她，讓梁希宜非常感動。

白若蘭熱情地同她寒暄幾句，拉著她登上一座大轎子，叨嘮道：「我姑姑在呢，姊姊們都去給姑姑請安，我早晨就湊到姑姑身邊伺候，一直到現在都沒有機會離開，還好妳總算到了，我就出來迎接妳，稍後咱們一起見過姑姑後，就可以隨便玩去啦。」

梁希宜點了點頭，猶豫地說：「妳姑姑……可聽說過我同歐陽燦大丫鬟打架的事情？」

「知道，還問了我好多呢！我都說是小表哥沒事閒得耍人玩。」

梁希宜垂下眼眸，世子夫人可沒白若蘭那麼好騙，定是已然將事情的來龍去脈弄清楚了，不知道她是如何想，會不會因此為難自己呢？

原本她以為這次來是單純騎馬，雖然聽說過世子夫人到了京郊，卻沒想到靖遠侯府的西郊別院居然和白家是挨著的鄰居。

梁希宜沒想到自個兒來白家別院玩耍，卻要先去靖遠侯府別院拜訪，不得不說白家和歐陽家關係之親近。

因為已經吃過飯食，世子夫人白容容要歇個午覺，一些姑娘們都已經離開，唯獨留下白若林和白若羽。

白若林是白家大小姐，秋天剛剛新婚，丈夫是去年的探花郎，外放在京城不遠處做縣令。兩個月前她診斷出懷孕，考慮到生產環境，又聽說小姑姑進京，就搭乘白氏的馬隊，回京待產。她此時已經過了最初折騰的三個月，整個人顯得容光煥發，身材發福不少。

此時兩個人聽著白若林講述夫妻兩人在小縣城過的小日子，不時地發出幸福的笑聲。

梁希宜一進屋子，三個人目光同時投放過來，梁希宜稍微調整了下情緒，大大方方地同世子夫人見禮。

後者仔細打量了她一會兒，笑著說：「難得讓若蘭和若羽都如此推崇的女孩，妳還是第一個呢。」

梁希宜抬起頭，一雙明亮的眼眸若寒星般璀璨，鵝蛋臉紅撲撲的，更加襯得膚白如凝脂，眼底的羞怯一閃而過，變成柔和的凝視，饒是初見她的白容容，都瞬間就喜歡上了這個淡定大氣，又不失小女孩嬌柔的姑娘。

「真是個可人兒。」世子夫人捂著嘴角笑了起來，脫下手中的玉鐲塞給了梁希宜。

梁希宜眼睛瞪得大大的，這見面禮未免過重，便聽到耳邊響起世子夫人調笑的聲音。

「我那個調皮搗蛋的兒子惹了麻煩，妳切莫太過介意便好。」

梁希宜看了一眼手中的玉鐲，點了下頭。世子夫人這是有補償的意思，既然如此，她若是再三推辭倒是顯得小氣了。

白容容見她一點就通，舉止大方得體，越發多了幾分喜愛，問了好些個事情。就連前幾日詩會上講述的那個故事都傳到了世子夫人的耳朵裡，梁希宜在眾人的誇獎下紅了臉。

白容容畢竟是剛剛抵達京郊，整個人的神情有些疲倦，白若林又身懷六甲，眾人聊了一會兒就散開了。

白若蘭如小主人似地帶著梁希宜，說：「走，我們去挑馬吧。」

梁希宜心裡有一點小興奮，也不管自個兒完全不會騎馬，二話不說就點了頭。兩個人來到馬棚，果然遇到一身灰色長袍的歐陽燦。

梁希宜一怔，白若蘭高興地同她說：「小表哥怕下面人伺候不好，特意趕過來幫忙的，我們反正就是騎騎馬，帶著他也無妨，對吧？希宜姊姊。」

梁希宜掃了一眼歐陽燦略顯拘謹、目露渴望的視線，點了下頭。

歐陽燦好像獲得什麼巨大的鼓勵，胸口處溢滿濃濃的幸福感，迫切道：「這小馬駒都是西涼寶馬，我保准挑一頭最好的給妳。嗯？梁、希、宜！」

梁希宜沒好氣地看了他一眼，道：「你喊我名字那麼用力幹什麼？」

歐陽燦不好意思地撓了下頭，他這可是第一次同梁希宜正經說話呢。他也不明白為什麼一見到梁希宜就莫名緊張，連喊她的名字，似乎都用了很大的勇氣，才能發出聲音。

「走吧，讓我看看你所說的好馬是個什麼樣子。」梁希宜揚起頭，目光溫柔，笑容神采飛揚，讓歐陽燦有那麼一瞬間無法移開視線。

梁希宜的眼睛又黑又亮，比前幾日大哥送給他的西涼寶石還耀眼呢。歐陽燦一邊想著，一邊命人將最好的幾匹篩選出來供梁希宜挑選。

梁希宜自從歐陽燦第一時間救出秦家二小姐後，便對他不再像過往那般排斥。再說，未來皇帝的親外甥，她可沒必要徹底得罪他嘛，通過此次機會交好也不錯。

梁希宜一眼便相中一匹小馬駒，笑著說：「這一頭你捨得送嗎？」

歐陽燦看都沒看她選了什麼就點頭稱是，直到梁希宜和白若蘭牽著馬駒離開了馬棚，後面一個管事追了出來，附在歐陽燦的耳邊，小聲道：「歐陽小公子，剛才那奴才不曉得，事先沒問過我就把最好的幾匹牽出來了，您挑選哪一匹帶走都可以，唯獨那頭白色的不成啊。這可是大少爺親自同西涼國使臣要的，您是曉得的，西涼寶馬白色和純黑屬於異種，大多數都是棕色的……」

歐陽燦的目光始終追隨著梁希宜而去，根本沒注意到她選擇了什麼，此時聽到管事如此說，恨不得一巴掌甩過去，道：「你是讓我把這匹馬還回來？」

可笑，梁希宜難得有看得上的東西！

「小公子，此事實不相瞞真是大少爺特意吩咐過的，他要將這匹馬送到陳府上啊。」

「送給陳諾曦？」歐陽燦眉頭緊皺，若是關於陳諾曦的話那倒是有可能了，不過一匹馬而已，他大哥不至於那麼小氣吧？反正陳諾曦又沒看到馬匹什麼樣子，換其他的便是了，於是敷衍道：「我們先玩著，若是大哥尋你什麼事就讓他來找我好了。」

管事還想再說什麼，發現歐陽燦臉色沈了下來，考慮到世子夫人尚在別院住著，他可不敢得罪這兩個主子，只能硬著頭皮應聲。反正小公子說了，讓大少爺直接去尋他便是。

管事思前想後，還是擔心大少爺到時候不問青紅皂白直接問罪，決定率先派人將此事同大少爺稟報。在他們家，但凡關於陳家姑娘的事情，大少爺就做事不比尋常，他可是不容有失呀。

此時，歐陽穆聽說自家大伯母抵達西郊，已帶著幾個親兵騎馬而來。

他娘去世得早，家裡基本是由大伯母白容容管家，父親後來娶的繼室因為沒有嫡子，性格軟弱，倒是同他沒什麼太多的交集，反而是白容容更像是他的母親。

他沒想到剛抵達西郊別院，就看到了歐陽燦的身影，他正牽著一匹小馬，耐心地說著什麼。

小馬上的身影是個女子，此時正不顧形象地趴在馬背上，雙手緊緊地摟著馬脖子，喉嚨不自禁地發出咿咿啊啊的驚叫聲，周圍的奴才們已經是手足無措、混亂異常，不知道該如何解救她。

歐陽穆眉頭微微蹙起，這頭小白馬不是他特意拜託西涼國使臣挑選的嗎？

歐陽燦沒注意到身後的塵土飛揚，此時他正扶著梁希宜僵硬的手臂，嘴角不停抽搐，他可不敢笑話梁希宜，不停地安撫著她，柔聲說：「妳別緊張、別緊張……放輕鬆，否則容易驚馬。」

白若蘭哪裡看見過如此失常的梁希宜，在她的記憶裡，梁希宜應該是永遠面帶微笑，淡定自如的大姊姊模樣！她有些想要笑出聲，又覺得這樣非常不好，於是拚了命忍住笑，最後變成不停咳嗽。原來梁希宜姊姊也是會害怕得失態的正常人。

她從小在北方長大，騎技自然是沒話說了，可是她沒有想到，梁希宜表現得如此爽快，毫不猶豫地上馬，居然是不會騎馬的人……

梁希宜以前常見人騎馬狂奔，從未想過騎馬是這麼恐怖的事情。

她見其他人都從容上馬，又有奴才牽著馬，應該是很安全的，於是毫不猶豫地踩著腳蹬子爬了上去，當小馬駒使勁揚起脖子，前腳踏空，嗷嗷叫了兩聲，她就徹底傻眼了。

哎呀，天啊，她的身體不由自主地顫抖了起來，閉上眼睛趴了下去，摟著馬脖子一動不動。

梁希宜難得顯露出幾分稚氣。騎馬什麼的太可怕了，由於她上輩子被人牽著騎過馬，從未遇到過這種情況，一向溫順可愛的小馬，絲毫不會像現在這般，彷彿被觸怒似的，拚了命要把她摔下去。

出於身體本能，她不由自主地緊緊抱住馬的脖子，於是牠更加不停地揚頭、嘶叫，胡亂跳腳。

「希宜，妳先坐起來，鬆開手。」歐陽燦有些著急。

「我怎麼坐起來？牠不停揚起身子，我坐起來就掉下去啦，啊！」梁希宜快崩潰了。

歐陽穆拉扯著馬背上的繩子，皺著眉頭看著快被梁希宜折磨得不行的小白馬，甩了下馬鞭，迅速跑了過去。

歐陽燦驚訝地回過頭，叫了一聲：「大哥！」

歐陽穆沒搭理他，目光銳利地看向梁希宜，大聲說：「鬆開轠繩，如果妳不想死的話。」

梁希宜當然不想死！但是人面臨恐懼時其實是不知道該如何處理的。現在她也清楚必須讓馬匹冷靜下來，首先就是要坐直了身子，鬆開轠繩。

但是她用盡了全身力氣，雙手就彷彿被灌了鉛似的，怎麼也抬不起來。她的眼眶發紅、咬住下唇，努力挺直身子，但是依然有深深的無力感襲來，她坐不起來。

她的恐懼感覆蓋住她的理智。怎麼辦？

梁希宜瞇著眼睛瞄了下周圍，她覺得現在應該找機會跳下去。

小馬駒發現如何都甩不下梁希宜，奮力跑了起來，這下子梁希宜更是不敢亂動，只能閉上眼睛感受到一陣陣冷風襲來，鑽進了她的身體裡，渾身打著寒顫。

她這輩子不會墜馬而亡吧？這也太慘了。

眼看著小馬駒越跑越快，歐陽穆快速追了上去，他坐在馬上，身子右傾，一隻手鉤住小馬駒的轠繩，用力一拉就跳上了梁希宜的小馬駒，然後不客氣地將轠繩從梁希宜手中拽出來，不停上拉，兩腿緊緊地夾住馬肚子減緩馬的速度。

不一會兒，小馬駒就在歐陽穆的控制下停了下來。

直到馬駒徹底停下來，梁希宜才有勇氣坐直身子，她的髮絲混亂地散了下來，耳朵下面的青絲隨風飄起，露出了蒼白的面容，嘴唇發白，她回過頭看向了歐陽穆，一雙墨黑色的瞳孔正深深地凝望著自己。

只見他朝身後的親兵，吩咐道：「快去喚個馬醫，看看馬有沒有什麼問題。」

頓時，梁希宜所有感激的言詞全部憋了回去，只是淡淡地說了一句：「謝謝！」

「不客氣。」歐陽穆跳下了馬，當眾撣了撣衣衫，彷彿剛才碰到了什麼髒東西似的，令梁希宜略感懊惱，這傢伙能不能稍微給她留點情面呢。

歐陽燦同白若蘭追了過來，關切道：「希宜，妳沒事吧？」

「希宜姊姊。」白若蘭攥住了梁希宜的手，說：「妳踩著這裡，我扶妳下馬。」

歐陽穆將馬匹馴服，就獨自下馬，完全沒有幫助她的意思。梁希宜腿腳已經軟了，但是看到歐陽穆正好望過來的嘲諷目光，拚了命地使出全身力氣堅持自個兒下了馬。

什麼玩意！

馬醫比大夫率先趕到，歐陽燦同白若蘭對視一眼，安慰道：「希宜，妳別太介意。」

「我不介意。」不介意才怪！梁希宜心裡再次詛咒了歐陽穆一百八十次。

她不會上輩子得罪過歐陽穆吧？這人絕對是她的剋星兼冤家，每次遇到歐陽穆，就準沒好事情。

馬醫大概看了下馬匹，確認小馬駒沒有問題，怕是梁希宜上馬時不小心驚了牠。歐陽穆點了下頭，看了一眼梁希宜，那眼神彷彿在說是妳自己不小心似的。

梁希宜心想——我又沒怪別人，我也知道是自己的錯，但你那是什麼眼神啊！

梁希宜的心情稍微有些不舒服，歐陽穆接下來向歐陽燦的言語，更是打擊到她了。

「這匹白馬駒我有用處，你們換一匹吧。」他的兩道劍眉恍若刀刻，黑白分明的眸底，明亮清澈，明明是一張英俊的面容，對待梁希宜卻始終帶著幾分刻薄無情。

白若蘭同情地望向梁希宜，大表哥有時候就是這麼不太講情面。

一般姑娘先是遇到驚馬，此時又當眾被男子打臉怕是早就淚流滿面了。但是梁希宜好歹不是一般姑娘，她的心理承受能力極強，所以她鎮定優雅地用力撣了撣身上的塵土，舒緩內心情緒，她還嫌棄他不乾淨呢。

她的兩隻手攥成拳頭，見歐陽燦皺著眉頭，不認同似地想要再說什麼，怕反而換來一番侮辱，急忙道：「這馬性格粗魯乖張、心胸狹窄、脾氣暴躁、狡猾多變、自以為是、不知好歹，趕緊換掉吧！」

歐陽穆微微一怔，不由得挑眉望向了她，眼底閃過一抹淡淡的笑意。

他穿著珊瑚色汗衫，灰色馬褲，腰上繫著一條鑲淺黃色寶石的橄欖色腰帶，腳上是棕色馬靴，整個人沐浴在明亮的日光下，恍若聚光體，散發著萬丈光芒，讓人仰視。

歐陽穆一直清楚梁希宜是聰慧的姑娘，沒想到她發起脾氣來，口舌這般伶俐，得理不饒人。在他的地盤還敢指桑罵槐、目光凌厲地回瞪著他，不曾見一點害怕恐懼之意。

他轉過頭，一旁的歐陽燦目光熾熱地緊盯著梁希宜。

歐陽穆一怔，難得唇角上揚露出了幾分愉悅的神色。歐陽燦這是春心萌動、心有所屬，一發不可收拾地愛戀上人家姑娘了。如果是梁希宜的話，他倒是樂觀其成，這個女孩子很與眾不同，足以匹配他的弟弟。

他深深看了一眼梁希宜，紅撲撲的鵝蛋臉，墨黑色的髮絲如同瀑布般披在她的肩頭，粉紅色的櫻唇，不施脂粉的臉卻雪白若凝脂。因身形高䠷纖細，最初他以為她至少有十四、五歲，後來才知道不過十三歲。此時，她一雙明亮的目光桀驁不馴，隱隱帶著幾分挑釁。

若他是普通的十五、六歲少年，或許會像歐陽燦被梁希宜這樣一個明媚的少女吸引；但是他的身軀裡住著上一世的靈魂，他始終認為，這輩子的重生就是為了守護陳諾曦，用盡一生補償她，所以他的眼裡、心裡、記憶裡已容不下其他人了。

歐陽穆在梁希宜不友好的目光下坐上了馬，兩腿用力一蹬，立刻飛奔而去，身後跟著一隊長長的親兵，隨著馬蹄揚起的黃土漫天，消失在灰塵的盡頭。

梁希宜說不出的耿耿於懷，於是自我安慰，對於不在乎的人，她不能介意，更不要介意！歐陽穆是路人，愛怎麼想就怎麼想！

「希宜，我讓王伯尋了一匹本土的小馬，平時特溫順，妳要不要再試一下？」白若蘭憐惜地拉了拉她的衣袖，她現在感覺同梁希宜更加親近了，因為平時大表哥也是對她如此冷淡，她忽地覺得原來這世上並不是她一個人，會這樣被對待。

梁希宜猶豫了片刻，在哪裡跌倒就在哪裡站起來，她如果學不會騎馬，日後如何外出遊歷黎國的大好山河？難道還跟上輩子似的，做一個徹頭徹尾的後宅女眷嗎？

想到此處，她堅定地點了點頭，說：「我要再試一次。」

歐陽燦凝望著她，柔聲說：「妳按照我的口令去做，不要害怕，我會一直在旁邊守著妳。」

他回憶著以前家裡管家教他學馬的要領，道：「馬是溫順的，也是很敏感的動物，妳最好從左前方接近牠，這樣可以使馬能看到妳，同時也避開了牠有力的後蹄，然後牽住馬的絡頭蹓躂幾圈，培養培養感情。」

梁希宜咬著嘴唇，努力克服心底對馬匹的恐懼，鼓起莫大的勇氣再次走了過去，按照歐陽燦的口令牽起了馬的絡頭蹓躂起來。

她小心翼翼摸了摸小馬，心裡鼓勵自己——梁希宜，妳一定可以學會騎馬的！好歹妳比這些人多活了一世，總是會多一些勇氣吧！

梁希宜在歐陽燦和白若蘭鼓勵的目光中，再次來到馬的左邊，深吸口氣，一鼓作氣地上馬。

「面微向後揚，左腳認蹬，不能害怕，動作要果斷。」

歐陽燦的聲音平和有力，站在一旁的管家不可置信地望著小公子，這哪裡是在西北不懂事的紈袴子弟，分明已經有幾分世子爺小時候的樣子。不由得多看了定國公府梁三小姐幾眼，或許真是近朱者赤，小公子似乎沒那麼不講理了。

「希宜，妳要保持身體的平衡，別亂搖擺，也不要太用力，把小馬當成是妳的夥伴，雙手拉住韁繩，放鬆身體，手一定要穩，不要時緊時鬆。」

梁希宜感激地回頭望了一眼歐陽燦，若不是他在一旁耐心指點，她必然又會跟剛才一樣傻傻地用力，最終又讓馬覺得不舒服了，拚命反抗。她坐在馬背上，望著眼前還算溫順的馬匹，心裡踏實下來。

還好，騎馬似乎也不是太難的事情。

「如果妳想讓牠走起來，就小腹前頂，韁繩稍鬆，腿腳輕磕下馬肚就成了。」

歐陽燦騎著馬跑了過來，命令馬僕牽著梁希宜的小馬，道：「別害怕，妳對牠友好，不要驚嚇到牠，牠也會對妳溫順的。」

梁希宜望著他墨黑色瞳孔認真的神色，十分感動地點了下頭，道：「歐陽燦，這次真是給你和若蘭添麻煩了，還這麼耐心地教我騎馬，真的很感謝你們。」

歐陽燦頓時愣住，他抬著頭，入眼的梁希宜臉頰紅撲撲，因為維持韁繩的力度，她的氣息不穩，帶著幾分嬌喘，輕輕的嘆氣聲從那張嬌豔欲滴的櫻桃小嘴裡流露出來，一下子就讓他忍不住腦袋轟的一聲，彷彿被什麼電到了似的，開始感到窒息。

歐陽燦一下子退後了許多，彷彿如此才會覺得氧氣多了一些。雙腿下的馬匹忽地揚起前蹄興奮地叫了幾聲，他尷尬得恨不得立刻找個坑鑽進去算了。他這是在幹什麼，他的馬在幹什麼？

白若蘭看了看紅著臉的歐陽燦，又看了看淡定自如、略顯茫然的梁希宜，心中恍然大悟。天啊，歐陽燦的樣子怎麼好像跟她面對大表哥似的，糟糕得一塌糊塗呀。

梁希宜試著用力夾了下馬肚，馬兒立刻跑動了起來，雖然只是慢跑，她卻感覺整個人快被顛得散架啦。急忙拉扯韁繩停了下來。心裡卻因此興奮得不得了，忍不住想要大笑出聲，朝著白若蘭揮了揮手，說：「過來呀，我的馬兒可以小步跑動啦。」

白若蘭甩了下鞭子，馬兒達達地跑了起來，歐陽燦反而像個小媳婦似地大氣不敢喘一聲，沈默地跟在白若蘭身後，心裡想不通這是怎麼了。

他偷偷瞄著梁希宜興奮的臉龐，很少見到她如此孩子氣的模樣，眼睛亮亮的、嘴巴咧開，不停地傻樂，彷彿學會騎馬是這個世上最幸福的事情，連帶著他都會被感染，莫名地開心。

梁希宜膽子不小，剛剛學會讓馬兒慢跑，就忍不住甩起了鞭子讓馬兒加速，一旁的歐陽燦看得膽戰心驚。真是奇怪了，看別人騎馬可沒這麼心跳加速，但是一旦梁希宜做這種危險動作，他就忍不住提心弔膽，恨不得立刻讓她停住。

三個人愉快地玩了一會兒，透明的汗水順著梁希宜臉頰流了下來，映襯在明媚的日光下，那一顆顆汗水彷彿被無限度放大，閃著耀眼的光芒，她甜美的容顏上，似乎到處都泛著光，刺得歐陽燦的眼睛快睜不開，只覺得這一刻梁希宜所有的美好，化成一把尖銳的刺刀穿透了他的胸膛，深刻在心臟某處，有點疼，又癢癢的，帶著一絲苦澀的味道，卻讓他的唇角忍不住噙著笑，微微上揚。

白若蘭受不了歐陽燦的花癡狀，指著遠處一大片空地，嚷嚷道：「晚上我們在這裡燒烤好不好？自從來到京城後，我好久都沒吃到新鮮的野味了！」

「燒烤？」梁希宜抹了下額頭的汗水，饒有興趣地說：「怎麼烤？」

她還是第一次在外面野炊，上輩子做了一世的大家閨秀、世子夫人，完全沒有如此充滿野味的過去。

「我們在西北的時候經常一起出去狩獵，餓了就在山裡解決，找個草堆生火，將野味直接烤熟，再放上佐料，可好吃啦！尤其是在冬天，天氣涼爽不會覺得熱，你說呢，小表哥？」

白若蘭滿臉憧憬，歐陽燦卻是尷尬地皺緊眉頭，他剛才完全沒聽到白若蘭在說什麼。

「哦，我們想在這裡野炊，想要烤點什麼……」梁希宜見他盯著自個兒發呆，索性解釋道。

歐陽燦一怔，立刻明白了她的意思，撓了撓後腦，直爽道：「妳等我回來！」他拉起韁繩往遠處的樹林跑了過去，讓人匪夷所思。

梁希宜回頭看了一眼白若蘭，白若蘭搖了搖頭，尷尬地捂著額頭說：「今天小表哥怪怪的，呆頭呆腦，妳不要介意。」

「我哪裡會介意這些。」梁希宜今兒個心情可是極好的，如果沒有歐陽穆那個意外，肯定會更好。

「梁希宜！」熟悉的聲音從耳邊響起，梁希宜仰頭望過去，看見歐陽燦手裡拽了個東西從遠處騎馬飛速而來，他手上的東西似乎有兩條小腿，不停蠕動。

「這……」梁希宜呆愣地望著他手裡肥碩的兔子。

「一會兒我給妳烤肥兔腿！」歐陽燦滿臉笑容，像個等待長輩誇獎的孩子。他還不忘記揪著兔耳朵甩了兩下，展示出這是一隻多麼胖的兔子。

梁希宜盯著兔子圓圓的眼睛，小巧的鼻尖和肉肉的大腿，忍不住道：「這麼可愛的兔子，你不要烤了牠好不好？」她不是沒吃過兔肉，但是在見到活兔子可愛的模樣後，她可吃不下嘴。

歐陽燦沒有得到預期的肯定，有些悵然，道：「妳喜歡牠嗎？」

他小心翼翼地將兔子遞到剛剛下馬的梁希宜的手心裡。

梁希宜撫摸著兔子軟軟的毛，頭一次朝歐陽燦展開笑顏，道：「很可愛啊。」她嘴裡的熱氣吹到了歐陽燦的臉上，非常溫暖。

歐陽燦垂下眼眸，看著梁希宜盯著兔子逗弄的愉悅目光，一股異樣的感覺充斥心田，如果可以永遠看著她在他的面前發自內心的微笑，他就也覺得沒有什麼煩惱，很開心、很快樂的感覺。

「到底要不要吃燒烤！」白若蘭不耐煩地啟口，難道她平日裡也表現得同歐陽燦一般明顯嗎？

「反正不管吃什麼啦，小表哥快帶人去打點野味！或者看看別院裡有什麼肉嘛，我和希宜姊姊來弄火堆。」白若蘭看起來經驗豐富，分派起活兒來。

梁希宜抬起頭，額頭差點磕到歐陽燦的下巴，他急忙退了兩步，聲音沙啞道：「我現在就去叫人來幫忙，妳們不許弄火堆，以免髒了衣服，別院上可使喚的丫鬟、婆子一大堆呢。」

梁希宜點了下頭，望著歐陽燦突然慌亂逃離的背影。她一邊將馬兒的韁繩拴在樹上，一邊問白若蘭說：「叫妳姊姊一起嗎？她也在莊子上呢。」

白若蘭想了片刻，紅著臉頰小聲說：「把大表哥也一起叫上，他烤的肉外酥內嫩，可好吃了。」

梁希宜一怔，看到白若蘭神情恍惚的模樣不由得搖了搖頭，說：「聽妳的！」

白若蘭眼睛忽地變得特別亮，反正她就是想見大表哥歐陽穆啦，至於烤肉什麼都是藉口，考慮到歐陽穆稍後就會出現，她不由得抓住梁希宜的手腕，緊張兮兮地說：「希宜姊姊，我要回去補個妝，妳先在這裡等我一下。」她說完就立刻消失了，搞得梁希宜不由得失笑出聲。

蔚藍的天空彷彿被水洗過的布幕，延伸到了看不見盡頭。不時有鳥兒從頭頂飛過，耳邊響起屬於鳥兒們獨有的、嘰嘰喳喳的歌聲，梁希宜閉著眼睛，心底是前所未有的平靜，渾身輕鬆愉悅。

重獲的人生，可以更好審視反省自己，她何德何能，上天如此憐愛於她。

梁希宜撿起一枝樹枝在乾枯的草地上寫寫畫畫，一路後退，直到一雙棕色的馬靴映入眼簾，她怔了片刻，猛地抬頭，正對上歐陽穆深邃的墨黑色瞳孔。

第十章

明媚的日光傾灑而下，遠處空曠乾枯的草地恍若是一幅水墨畫的陪襯。主角是站在中間披著狐狸毛裘袍的英俊男子。他換了身衣服，穿上雪白色的裘衣，一對劍眉猶如刀刻，細長的鳳眼上鑲著纖長的睫毛，那上面彷彿沾染著空氣裡的寒氣，凝成明亮的露珠垂在眼底，若瑪瑙般清澈耀眼。

其實歐陽穆若是肯露出笑臉，還是極其瀟灑帥氣的。

梁希宜抬起頭，看了一眼歐陽穆，然後低下頭，若無其事地劃掉了地面上原本的痕跡。歐陽穆饒有興趣地低下頭尋找梁希宜畫畫的痕跡，卻見她毫不客氣地亂戳一片，將原本的圖案弄得不再清晰，然後扔掉了樹枝，轉身離開。

他無語望著梁希宜漸行漸遠的背影，心裡感覺怪怪的，對於定國公府三小姐，他總是有一種說不出來的情緒，原本不應該關注什麼，卻好幾次莫名地就將目光轉了過去。

梁希宜不喜歡歐陽穆，不只是因為幾次倒楣的事情，而是一種說不出來的直覺。見到他第一眼就覺得渾身不舒服，想要迅速地離開。

白若蘭聽下人說歐陽穆已經到了，一顆心早早就飛了出去。她對著鏡子重新抹上胭脂，又怕弄亂了頭飾，居然令人抬著小轎子將她送了過來。

梁希宜走到一半正巧碰到了她的車輦，不由得十分無語。

「希宜，歐陽大哥已經到啦！」白若蘭嘟著一張鮮紅色的櫻唇，迫切道。

梁希宜不好意思打擊她，點了下頭，猶豫地說：「若蘭，妳的胭脂上得太多了吧……」

「有嗎？真的嗎？哎呀，那怎麼辦，怎麼辦……」

梁希宜鬱悶地爬上車輦，幫她重新收拾了一下方能讓人入眼。

她舉著銅鏡在白若蘭的眼前，道：「其實妳不化妝挺可愛的，幹麼把自個兒塗抹成這副樣子？」

白若蘭一副憂傷的樣子，目光望著窗外幽幽道：「我的堂姊也在，她可是大表哥的青梅竹馬，據說小時候同大表哥關係可好了，我不想被她比下去。」

梁希宜一怔，驚訝道：「妳說的是白若羽嗎？」

白若蘭不情願地點了點頭，說：「同若羽姊姊比美，希宜姊姊會不會覺得我太不自量力？」

梁希宜寬慰地拍了下她的肩膀，道：「我相信這世上每個女人都會遇到特別欣賞她的男人，所以總有一天，妳會遇到真正屬於妳的那個人，沒必要同一個不喜歡自己的人糾纏吧？」

梁希宜可不認為歐陽穆會因為被糾纏就變得妥協，否則就不會拒絕歐陽家及駱家的婚事。最蹊蹺的是這件事情被傳得沸沸揚揚，到底是誰在煽風點火，駱家嫡長女名聲不要了嗎？

白若蘭嘆了口氣，認真望著她說：「希宜姊姊，妳就沒有特別喜歡過的人嗎？」

梁希宜愣了一會兒，忽然覺得這兩個字離她好遠，很陌生的感覺。

似乎在上一世，她也曾和自己的表哥玩得極好，想過會嫁給他，但是然後呢，婚姻大事豈能自己作主，更何況她爹位高權重，早已經身不由己。

她不清楚喜歡一個人的感覺是什麼，因為還沒弄清楚感情二字，就嫁為人婦、生兒育女，被小妾外室的糟心事圍繞得團團轉，好不容易都拿捏妥當後又遭遇數次抄家，開始了比糟心事更苦悶的貧困生活，直至最後被姨娘氣得吐血而亡。

所以她重生後，從未想過是否會喜歡未來的夫君，而是想要找個平穩的親家，一輩子小康小富便可以了。對於經歷過困苦日子的她來說，像現在這般衣食富足就幸福不已了，談論喜歡與否這種事情還真未曾費心想過。

「哎，其實我也知道大表哥就算會娶若羽姊姊，也不會看上我的。」

梁希宜摸了摸她的頭，安慰道：「那妳為什麼會喜歡他？」

「因為他很有耐心，曾經待我很好。」白若蘭眨了眨眼睛，輕輕說。

梁希宜不置信地撇了下嘴角，耐心這兩個字和歐陽穆扯不上關係吧？

「小時候我很胖，大家都不愛和我玩，還嘲笑我，大表哥卻不嫌棄我。在他第一眼看見我的時候就不嫌棄我，我感覺到他的善意，他還抱過我呢，那時候我都八歲啦。他好有耐心地抱著我，還幫我把樹上的風箏摘了下來，斥責那些欺負我的人。可是後來不知道誰說姑姑想從白家給他選個媳婦，他就再也不理我了！」

梁希宜一時憶起往事。八歲的白若蘭……

她捏了捏白若蘭嬰兒肥似的臉蛋，不由得想起八歲時候的桓姊兒，也是特別胖，卻又剛剛有愛美之心，整日裡嘮叨著要節食，卻管不住嘴巴吃甜食，所以每日在糾結懊惱中度過。

片刻後，兩個人抵達野炊的地點，此時草堆的火已經被點燃了，歐陽穆脫掉了裘袍，坐在火堆前面往裡面不時放入柴火，右手邊是歐陽燦剛剛宰好的羊肉，血淋淋的模樣，梁希宜一陣反胃。

她捂著胸口，坐在歐陽穆的正對面，火苗隨著柴火的堆高越來越旺，跳動的黃色火焰映著他那張肅穆的臉龐，彷彿帶著幾分屬於冬季裡的悲傷。

白若蘭坐在歐陽穆的右手邊，她托著腮幫子偷偷瞄著他。反正只要大表哥不凶她，任由她老實癡迷地看著他，她就覺得很開心啦。

不知道何時，白若羽也走了過來，她穿了條粉色長裙，腦後梳起了彎彎的月牙髻，明媚端莊、俏皮靚麗。

「歐陽大哥。」她的聲音輕輕柔柔，雙手放在身子前面互相扣著。

歐陽穆連頭都沒有抬起，不過是敷衍道：「嗯。」

白若羽欲言又止，最終坐在了側面——梁希宜同歐陽穆的中間。這樣歐陽燦就可以坐在白若蘭同梁希宜中間的空位了。梁希宜感到氣氛很壓抑，她發現白若蘭同白若羽不愧是堂姊妹，目光都同時凝望著低頭盯著火堆的歐陽穆。

梁希宜無比佩服歐陽穆的定力，可以對兩個女人毫不遮掩的愛慕目光，視若無睹、淡定自如！相較之下，她這個重生女真是差人一大截。

歐陽燦似乎早就習慣了這樣的場景，他洗淨手，坐在梁希宜旁邊，遞過來一個杯子，說：「嚐一嚐，新鮮的羊奶。」

梁希宜道了一聲謝謝，接過杯子，小小抿了一口。「嗯，味道還不錯。」

歐陽燦笑了一下，目光在白若羽、白若蘭還有大哥身上轉來轉去，忽地有些明白了似地又看了一眼梁希宜，道：「妳……」

「嗯？」梁希宜將羊奶一飲而盡，舔了舔唇角還意猶未盡。

歐陽燦微微一震，望著眼前明明彷彿風一吹就會倒，卻總是帶著幾分倔強剛強的梁希宜。他忽地發現了一個嚴重的問題，自己莫非同肥若蘭患上了同樣的病症？

這便是喜歡的感覺嗎?他捂著跳動過快的胸口，鎮定地咳嗽了一聲，好像什麼都沒有發現似的，平靜地給梁希宜再續上一杯鮮奶，似乎當真認清楚這樣一個現實，他卻沒最初那麼緊張了。

氣氛似乎有些尷尬，白若羽豁出去似地率先站了出來，主動道：「歐陽大哥，你還記得咱們小時候玩過的行酒令嗎？」

歐陽穆一怔，墨黑色的瞳孔始終是那麼平靜，搖了搖頭，說：「忘了。」

白若羽神色忽地暗淡下來，自個兒飲盡了一杯酒。梁希宜略帶同情地看了她一眼，同時心裡稍微平衡了一下，原來歐陽穆對所有人都是一個樣子的。

當今世家女子都好酒，梁希宜前世不能免俗，不過她主要喝的是專門向女子兜售的清酒。面對眼前這西北酒，她有些眼饞，就讓歐陽燦幫她倒了一大杯，嘴巴輕輕抿了下，覺得有點辣又有點甜，還特別香，很是誘人。

「都喝了，會感覺好喝。」歐陽穆忽然啟口，目光灼灼地看著梁希宜。

梁希宜一怔，靦覥地笑了下，說：「真的假的？」

白若蘭愣了片刻，看了一眼大表哥，毫不猶豫地點著頭。「嗯！」

歐陽燦的眼底始終帶著濃濃的笑意，忽悠道：「西北酒，喝的時候沒感覺，妳可以試一試。」

梁希宜本身是個爽快人，於是毫不猶豫地一飲而盡，頓時情不自禁地咳嗽起來。一大杯酒下肚，她的嗓子眼都快冒煙了，彷彿被什麼堵住了似的，鼻涕、眼淚不由得就流了出來。

她委屈地瞪了一眼歐陽穆，不敢得罪他，只好朝歐陽燦發怒，吼道：「騙子，一點都不好喝！」

梁希宜的臉頰嬌紅，聲音輕盈柔和，歐陽燦一點都不會覺得懊惱，反而目光落在她的臉上，看得有些癡了。

夕陽西下，溫暖人心的淺紅色將梁希宜背後空曠的地面渲染得宛若仙境。跳動的火苗，忽明忽暗地映著她的臉頰，嬌豔欲滴的嘴唇，當她纖細的手指不經意間擦拭嘴角，溫婉中透著幾分嫵媚動人。

相較之下，一旁同樣美麗的白若羽，就少了幾分梁希宜偶爾透露出孩子氣般的直爽和靈動。

歐陽穆眼底帶笑地望著他們，默不作聲。

酒水似乎順著喉嚨下到了胃裡，最初辣味反而沒有了，口腔裡充斥著一股回味的香甜。

梁希宜的思緒有些飄，她看著歐陽穆心情似乎不錯，想到連日來沒少從他那裡吃虧，存心作弄他，就起頭道：「歐陽穆，我敬你一杯！」

歐陽穆一怔，目光犀利地投射過來，又帶著一抹濃濃的探究。古銅色的肌膚在黃昏的映襯下，越發光澤透亮，性感誘人。白若羽見梁希宜如此，也舉起杯子要敬他一杯。

梁希宜笑著朝她點了下頭，很順手地拉上了白若蘭，說：「我們三個女子敬你一杯，我們一人一杯，你一人三杯可好？」

歐陽穆挑眉，幽深的目光泛著點點亮光，他想了一會兒點了下頭，大家聚在一起玩鬧，喝點酒無傷大雅，他還不至於故意破壞氣氛。

梁希宜見歐陽穆同意了，興奮地站起來召喚人手，尋來了三個小酒桶放在面前，讓丫鬟們斟滿。

歐陽穆愣住，望著她小人得志的得意，不由得失笑出聲。

其實他酒量極好，這樣也未必能灌醉了他，可是梁希宜如此小孩心性倒是讓他有些驚訝，他剛剛從伯母那裡知曉，梁希宜進京沒多久就同歐陽燦鬧上了，還誤打誤撞地打了三公主，獲得了「拚命三娘」的稱號。即便那日他差點結果了她，她也表現得臨危不懼、淡定自如。後來經過調查，他發現定國公府根本沒人知曉梁希宜是被他帶走的，也就是說，那一天梁希宜騙了他，而且還成功騙倒他了。

這樣的女人，應該是心機頗深、睚眥必報的性子，但是他在她的目光裡尋不到真正的怨恨，更多的是一種發自內心的淡然。即使白日裡他故意當眾掃了她的臉面，她也沒有真正發怒，更沒有自哀自憐地流下一滴眼淚，反而愈戰越勇，花了不到兩個時辰，就學會了騎馬。這種毅力和堅持，別說是普通的大家閨秀，就是成年男子都未必做得到吧？

梁希宜目瞪口呆地盯著喝完三桶酒後依然面不改色的歐陽穆，頓時感覺很沒有成就感。

或許是因為喝了酒的關係，大家言語間變得隨意，歐陽穆也不再板著臉，同他們一起玩起了接句子遊戲。梁希宜在這方面是常勝將軍，她認為歐陽穆出自軍隊，文采應該比較次才對，故意藉機調侃他，沒想到歐陽穆是不鳴則已，一鳴驚人，她反而被調侃了。

梁希宜臉紅之餘，喝了不少的酒水，最終大家盡興地一直熬到了落日才在世子夫人的催促下，回到別院。歐陽穆和歐陽燦還可以騎馬，女孩們只能坐轎子了。

梁希宜下轎後走路有些腳下沒跟，她下午本身騎馬就已經弄得腳軟了，這回又喝多了大腦暈暈乎乎，她扶著拱門處的牆壁，右手被夏墨攙扶著，一陣翻江倒胃，彷彿有什麼直接湧了上來，無法顧及形象地彎著腰身吐了起來。

歐陽穆剛要轉身離開，就看到梁希宜哇哇大吐，猶豫了一下，停下了腳步。

白若蘭和白若羽也醉了，本身就需要人手幹活，所以院子裡大多數都是梁希宜自己的丫鬟。因為對別院不熟悉，梁希宜身邊除了夏墨，大多數丫鬟幹起事情有一種無頭蒼蠅的感覺。

白若羽似乎也吐了，別院的丫鬟們忙著去外院叫水，夏墨就派人跟著一起去。丫鬟們跑來跑去，一會兒找搬東西的婆子，一會兒找給主子們沐浴的木桶，她們跑到了外面，小院子反倒安靜下來，梁希宜扶著牆壁，任由夏墨擦著她的臉。

梁希宜長呼口氣，沒想到一轉身居然看到了歐陽穆，微微怔了片刻，淡定地轉回過身，過了一會兒又轉回來，還是可以看到歐陽穆。

她有些尷尬，臉頰微紅。因為把酒水吐了出來，所以大腦就清醒了，夜晚的涼風吹起了梁希宜額頭的髮絲，明亮的眼眸在月光下分外耀眼。

「嗯……」她猶豫著該打了個招呼立刻回到屋子，還是……

「妳上次丟了條手帕。」歐陽穆皺著眉頭，若有所思地說。

梁希宜一怔，努力回想了一會兒，道：「哦，那……你還給我就是了。」她眨了眨眼睛，彷彿並不十分在意，目光清澈。

「妳的手帕……」歐陽穆反倒是不知道該如何問了，頓了片刻，說：「收針手法很特別。」他盯著她，深邃的瞳孔忽明忽暗。

梁希宜瞬間清醒，愣了一下，笑道：「在山裡的時候曾經收留過一個很特別的女人，她說自己是個繡娘，我當時又著實沒有這方面的老師，就同她學了幾年繡法，後來她的親人前來尋她，我便讓她離開。曾以為她教我的這種收針手法很常見，後來才發現似乎不是。歐陽公子不愧是侯府世家，雖然是男子也可以一眼看出來，著實讓人吃驚，若是知道來歷煩請提點一二，她終是我的老師，有機會的話還想再見一面。」

歐陽穆仔細望著她說話的神情，時而幽怨、時而惋惜，看不出半點不妥。

他也奇怪，問她這個幹什麼。定國公府底蘊頗深，家族淵源比歐陽世族要長，難免可以供養可能會這種收針手法的繡娘。他，這是怎麼了？

「姑娘，熱水安排好了。」夏墨在一旁小聲提示。

梁希宜急忙和歐陽穆見禮，匆匆離開。

實際上，那種特殊的收針手法出自上一世她外祖母家，在她成親那年外祖母偷偷告訴她的。可是歐陽穆怎麼會注意到？這收針手法雖然特別，卻不是她外祖母家獨有之物，靖遠侯府那麼大的門面，可能也有供養會這種收針手法的繡娘吧，梁希宜暗自猜測著。

梁希宜舒舒服服地洗了個熱水澡，剛躺在床上就睡著了。一覺睡到自然醒，耳邊傳來的鳥兒鳴叫聲音，若天籟般動聽。她起了身，渾身痠痛，這就是平時缺少活動的後果！

她強迫自己站直身子，活動筋骨、伸手拉腿，還不忘記吃完豐盛的早膳。

白若蘭戀戀不捨地過來送她。雖然梁希宜也想多玩幾日，但是這次只同家裡說了一日，女孩子不好隨意留宿在外面，祖父和娘親也會擔心她的。

梁希宜見白若蘭面容失落，不由得摸了摸她的小腦袋，安撫道：「我會去白府找妳玩的。」

白若蘭點了下頭，朝著門外喚道：「小表哥來啦！」

歐陽燦身著淡藍色衣衫，深黑色馬褲和棕色馬靴，他的右手拎著一個小籠子走了進來，大聲道：「梁希宜，這個我都給妳裝好了，記得帶回去好好養哦。」

梁希宜怔了一會兒，柔軟的手指伸進籠子裡觸摸肥兔子的鼻尖，笑著說：「謝謝你，我會好好照顧牠的，不如取個名字吧！嗯，就叫桓桓吧。」她決定把胖兔兔當閨女養了。

「桓桓，嗯，那就桓桓。」反正只要梁希宜高興便好。

歐陽燦盯著她揚起的笑顏，臉頰微紅，故作鎮定道：「回去後好好休養身體，騎馬後幾日都會很不舒服，何況妳從來沒騎過。沒幾日就是年關了，進宮我罩著妳，不用怕三公主的。」

梁希宜一怔，方想起來這次回去後就是正月，怕是下次見面真沒準兒是在皇宮裡。

因歐陽穆提前回京了，所以梁希宜並沒有遇到他，她也不會認為歐陽穆會熱心順道送她回京，所以跟隨部分靖遠侯進京的車隊一起上路。

抵達定國公府後大夫人又熱心過來問候，間接提及靖遠侯府小公子歐陽燦，被梁希宜敷衍過去。

沒過幾日就是正月，京中官員四品以上的女眷都要進宮覲見太后、皇后和妃嬪等眾位貴人。有親戚在位者的還可以獲得單獨留飯的機會，梁希宜這種只剩下空殼子的定國公府女眷，不出意外，就是去皇宮跟著眾人走馬看花一日遊。

大年初一，天剛剛亮起來。

文武官員已經聚集在皇宮廣仁殿前面的廣場上，給老皇帝拜年賀喜。

這個時候，廣場上遠處有宮廷樂師，敲打樂器演奏，莊嚴肅穆中又不乏熱鬧非凡。

老皇帝登上廣仁殿寶座，眾位官員按照自己的級別一一坐好位置並下跪朝拜。

殿前大學士王大人開始宣讀新年賀詞，以及去年的年終總結。讀完後，眾臣子再度跪拜，然後由皇帝賜茶賞座。喝完茶後，給皇帝拜年也幾乎到了尾聲。這個時候，老皇帝會將自己早已準備好的荷包分發給身邊的宮女和太監，還有官員。

老皇帝今日似乎特別高興，令人在廣仁殿擺下書桌，挑選書法不錯的大家出來寫字。定國公當仁不讓被推選出來，他琢磨片刻，寫了個福字，墨痕濃重，字跡略顯滄桑卻又蒼勁有力，有暗示皇帝寶刀未老的寓意。

老皇帝十分喜歡，高興地給了一個大紅包，一時興起自己也寫了起來，接連寫出幾幅喜慶的對聯，賜給身邊重臣。

與此同時，京中四品以上的官員家眷在後宮參加午宴。皇帝在前面請官員喝茶，太后和妃子們在後面應酬。飯食豐盛，種類繁多。豬、鴨、雞、魚等山珍海味應有盡有。

宮女們先給太后進湯膳，然後再給妃嬪們送湯，最後才是官家女眷們，秩序亂不得，分量也完全不一樣。梁希宜同姊妹們在一個單桌，最小的妹妹梁希然被丫鬟抱在懷裡。

梁希宜聽人說祖父在前面大顯身手，得了皇帝賞賜，一時間不知道是喜是憂。定國公歲數一大把，莫名地就被皇帝揪出來寫大字，總覺得哪裡有點問題。

果然不出片刻，傳來鎮國公被賞賜的消息。

老皇帝還強調讓官員們要向這兩位爵位罔替的老人家學習，世代忠於朝廷，不得有一點私心。同時將五皇子在京中緝拿住西涼國皇室成員宇文靜的事情，再次表彰宣揚一番，把此次從西涼國換來百匹種馬和眾多金銀的功勞歸於五皇子，絲毫未提宇文靜為何會出現在京城。

如此偏心的舉動讓後宮的飯局氣氛微妙起來。歐陽皇后身著一身大紅色宮裝，裙子後面鑲著金色鳳凰的刺繡，其他貴人但凡穿紅色的必須選擇暗紅。

賢妃娘娘則故意躲過紅色，完全走柔和親民路線，淺粉色的牡丹花刺繡長裙映襯著她白若凝脂的皮膚，越發靚麗光澤。

梁希宜離她們很遠，能夠在皇后附近伺候，必然是貴人們想拉攏的重臣之女，比如陳諾曦或者像李家這般皇親國戚，才會獲得特別的臉面可以在這種時刻露臉。

梁希宜樂得清閒，專注地哄著妹妹吃飯。她今日穿著素淨，橄欖色的長裙，湖水般柔和的腰帶，上面鑲著晶瑩剔透的翡翠。

午膳後，眾多家眷可以回家過年。

唯有被貴人點到名字留住的姑娘們，會在眾多名門閨秀的羨慕目光裡，昂頭挺胸地跟著宮女去後宮拜見各位主子。

梁希宜意外地聽到了自己的名字，她仔細地問著宮女，據說是榮陽殿主子下的口諭。那豈不是太后她老人家？不是歐陽皇后，也不是賢妃娘娘嗎？

梁希宜心裡沒底，定國公府只有她被召見了。

二夫人從未得到過太后的親自召見，從來都是遠遠觀望幾眼。此時見女兒被留下，不由得覺得特別自豪，握住梁希宜的柔荑，囑咐道：「莫不是太后娘娘聽說過妳的賢名，所以特意點了妳呢？妳可要好好表現，別忘了說妳還有兩個在魯山學院上學的兄長。」

二老爺不是官身，二夫人身上也沒有什麼品級，她單純覺得既然女兒有機會覲見太后，自然要拉扯哥哥們一把，沒準兒太后娘娘也會召見她另外兩個兒子呢。

梁希宜望著心思單純的母親，安撫她似地點了點頭，心裡卻想，她哪裡有什麼賢名……太后必然是對她的兄長毫無興趣，再說也沒聽說過後宮還有無故召見年輕少年的先例。

白若蘭從遠處跑了過來，拉著她的手說：「希宜姊姊，我稍後也要去拜見太后。」

梁希宜猛地想起，太后李氏的母親也姓白，據說是南寧白氏遠親，後來因為李氏要做皇后，必須有個好出身，就把她的母族入了南寧白氏嫡出六房。所以白家姊妹必然是會被留下的。

有個熟人總比孤單一人好，梁希宜心裡稍微踏實了一點。四小姐梁希宛忽地過來拉住她的手，說：「希宜姊姊、若蘭妹妹，我也好想留下同妳們一起玩。」

梁希宜微微一怔，這事兒她可做不了主。白若蘭見狀，道：「那妳等下，我去同我娘說。」

梁希宜想要攔住她，卻擋不住白若蘭胖胖的身體。白若蘭儼然將皇宮當她們家後院了，一溜煙地就看見她跑過去纏著靖遠侯世子夫人撒嬌。

留在宮裡用晚膳或許對於他們這些皇親國戚來說，不過是一句話的事情，但是……

梁希宜不認同地看著梁希宛，說：「這樣不好。」

梁希宛望著梁希宜略帶斥責的目光，一下子紅了眼眶，道：「我不過也是想陪著妳啊。」

二夫人看著女兒，熱絡道：「四丫頭，願意留下就讓她留下唄，有個家裡人陪妳我也放心一些。」

大夫人不屑地掃了一眼二夫人，她難得明白一回，反駁道：「妳們當這後宮是什麼呀，誰想留下就留下。希宛，妳太不懂事了，怎麼可以當著白家小姐說這麼任性的話。」

二夫人見大夫人和女兒都不認同，便覺得這事兒當真不好，立刻朝梁希宛說：「妳這麼一鬧，會影響到希宜在太后娘娘那裡的印象，要不妳還是跟我們回去吧。」

白若蘭興奮地跑了回來，說：「我跟小姑姑說啦，小姑姑稍後帶著咱們一起走！希宛也留下，沒問題的，希宜姊姊快走吧！」

梁希宛眼睛一亮，立刻不哭了。梁希宜無語地看著她，這個四妹也年近十三了，自己沒有比她大多少，又是隔了房的關係，實在不好多說什麼。

嫡親小妹梁希然忽地拉扯住梁希宜袖子，說：「三姊姊，我也沒見過後宮的樣子呢，我也留下好不好？」

梁希宜佯裝生氣地瞪著眼睛，捏了捏她粉嫩的小臉蛋，說：「後宮是皇帝住的地方，皇帝他老人家地位尊貴，咱們若是去看他住的地方，幹什麼都要跪著。妳想進去磕頭嗎？」

梁希然一怔，小腦袋如同博浪鼓，說：「那還是讓四姊姊陪三姊姊去磕頭吧，我就不去了。」

梁希宜可惜地望著她，遺憾道：「好吧。」親妹妹若是長歪了，她身為長姊，還是會管的。

靖遠侯世子夫人望著眼前如花似玉的姑娘們——分別是白家的白若林、白若羽、白若蘭和定國公府的姑娘們，嘴角快合不攏了。

至於白若蘭央求把梁希宛留下的事情，她只當是小女孩們想要在一起玩耍，不過是舉手之勞，並沒有多想，所以當梁希宛亭亭玉立地站在她的面前時，倒是讓她眼前一亮。

沒想到定國公府上還藏了個這麼標緻的女孩，舉手投足之間帶著一股說不出來的嬌柔味道，很是吸引人，讓人生出憐惜的感覺。

世子夫人朝梁希宛笑了一下，便帶著女孩們隨著宮女拐彎進了一條蜿蜒的長廊。

梁希宜上一世經常入宮，心裡十分平靜，望著四周熟悉的場景，真是事過境遷，恍然如夢。

梁希宛第一次深刻感受後宮的華麗堂皇，就連榮陽殿伺候太后的普通宮女，身上都是近年來新研製出來的粉綢布料，言談舉止比官家小姐還要大氣，不卑不亢地面對靖遠侯府的夫人。

梁希宛有一種深深的失落感覺，她們如此小心翼翼地在宮裡行走，稍後碰到娘娘們，還要繼續卑躬屈膝。那些女子論出身還不如她，就是因為嫁給皇上便一步登天。她垂下眼眸，內心蠢蠢欲動。她自認上無祖父的憐愛，下無父母依靠，若是再尋個普通婚事，那麼誰還會在乎她呢？隨著她的容顏老去，夫妻感情變淡，她的夫君再普通都會收納美妾，然後她又要重複娘親的人生，委曲求全，佯裝大度，誰的主都作不了。

既然如此，她為什麼不在最初就嫁給位高權重的男人，至少可以在部分人面前趾高氣昂、揚眉吐氣。反正男人早晚都是要納妾，那麼她何苦在乎那根本不存在的虛渺愛情。她十三年來的日子本身過得就太憋屈了，相較於未來誰對她好一些，她更在乎的是誰給她帶來的權力更大，讓她哪怕是在父親面前，也可以大聲指責他的不是，而不是低頭認下本不是她的錯誤。

梁希宛的手握成拳，她的父親——定國公府三老爺在外面丟人現眼，迷戀一個賤人的事情人盡皆知，她的母親何罪之有？卻整日裡受祖母埋怨，認為她管不住自己的男人，才會導致如今的局面。

母親明明委屈至極，卻只能痛苦地承擔所有罪責，在外祖父、祖父和父親面前三面不討好，連有些下人都敢在她的面前明目張膽說閒話，這種婚姻，絕對不能是她的未來！

梁希宜感覺到身後粗粗的喘息聲，詫異地回過頭，道：「希宛，妳還好吧？」

梁希宛猛地拉回思緒，急忙將目光瞥向旁邊，平靜道：「沒事，剛才忽地聞了個嗆鼻子的味道，變得有些喘不上氣，現在好啦。」

梁希宜皺著眉頭，拉住了她的手，道：「我們是姊妹，妳要是感覺不舒服千萬和我直言。」

梁希宛笑著點了下頭，說：「三姊姊，妳放心吧，我和妳可是不會客氣的。」

梁希宜拉住了她的手快步追上了白家姊妹們，雖然剛才梁希宛忽然在白若蘭面前說要留下，讓她略感吃驚，有些不太舒服，感覺利用了白若蘭的單純，但是她們畢竟是姊妹，在山裡的那些年梁希宛不停地給她寫信，也算是她在這世上第一個朋友，如果可以，她是很樂意幫助她的。

不一會兒，眾人便抵達榮陽殿，宮女先去殿內稟告，讓她們在殿外等候。白若羽發現她二人的臉頰都是紅撲撲的，以為是太過緊張，寬慰道：「太后她老人家很好的，不用害怕。」

自從上次同梁希宜在西郊一起大醉過以後，白若羽待梁家小姐們十分親切。

太后李氏原是豫南侯府三房繼室白氏的嫡長女，一次偶然遇到了微服出巡的先帝，一見鍾情，從而進宮伴駕，自一名小小的昭儀坐到統領後宮的皇后，其中艱辛可想而知。當時為了讓她有一個體面的出身登上后位，身為南寧白氏遠親的母親毅然決然將母族入了南寧白氏嫡出六房，而這身後也伴隨著豫南侯軍權不斷擴大，直至被封為豫南公。

可是李氏子嗣困難，一個沒有子嗣的皇后在後宮不足畏懼，有人說這或許是先帝當年肯放權給豫南公的原因。但是世事難料，李氏在先皇晚年暗中扶植娶了豫南侯侄女小李氏的現任皇帝，並且助其以非長的身分順利登基。

新皇帝登基最初幾年對李家頗為忌憚，對太后可謂言聽計從，但是在漸漸將朝堂穩定之後，便開始企圖奪取太后手裡的權力，先皇后小李氏的去世是導火索，歐陽雪榮登后位導致奪權之爭正式爆發。

這場爭奪持續了五年之久，雖然大家表面什麼都沒有發生，實際上已經是劍拔弩張、血流成河，最後隨著豫南侯府邸被流寇洗劫，三房一脈死絕才畫上終點。

皇帝為此震怒，接連罷了幾任官員，全國發動對流寇山匪的大規模清理，但是不管如何，太后李氏最親近的一脈斷子絕孫是無法改變的事實。

太后娘娘平靜地接受了這個事實，後來又因為豫南公大房、二房爭爵位一事，主動要求革除豫南公爵位，震驚朝野上下。

在上一世，她曾聽李若安私下提及，原來豫南公三房那次流寇洗劫是皇帝暗中授意，且豫南公大房、二房都參與的一場陰謀。歸根結柢還是覺得太后李氏已老，就算爭奪權力贏了，不也繼續扶植皇帝的親兒子登基嗎？他們不願意失去聖心，又貪圖豫南公爵位，於是演出了自相殘殺的戲碼。

現任皇帝年輕時也是個聰明人，想要拿回權力，勵精圖治地幹出點事業，利用了豫南公家族內部的矛盾，逐漸將太后李氏手中勢力瓦解。在這場暗戰中，雖然皇帝取得了最終勝利，卻捧出了另外一個權力至極的家族，歐陽氏。

皇帝擔心歐陽氏會成為下一個豫南公李家，於是寵幸鎮國公府李家的女兒，抬高鎮國公府的地位，同時格外看重五皇子，種種行徑都在對臣子們授意，他要打壓國舅一家了。

此時的皇帝年近五旬，作為朝堂上向著未來看的官員們，做事情自然會留有餘地。更何況歐陽家和豫南侯府的李家不同，三個嫡親外孫都存活下來，且有兩位皇子都可以被扶植登基，所以皇上此次暗中打壓歐陽家的力度，並未像當初處理李家那般一路無阻。

靖遠侯更是吸取豫南侯的教訓，親自教導家中嫡系男丁，一定要兄弟之間不得相互矛盾，將一切可能爭鬥扼殺在萌芽處。真正能夠毀掉一個家族的人往往不是敵人，而是至親至愛之人。

梁希宜尚在思索之中，殿內的宮女已經再次出來，將她們迎入了榮陽殿。

此時殿內除了太后以外，還有一位打扮極其素淨、溫婉端莊的女子，便是當今長公主，先皇后李氏的女兒，黎孜恆。

她是先皇后和皇帝感情最好時所生的孩子，當時父親不過是不被先皇寵愛的王爺，家中姬妾亦很少，名字中的恆字，或多或少代表著當時皇帝的心境，希望他和夫人的感情如此字一般，永恆下去。但是事過境遷，許多事情都變得模糊了，更何況是人心？

梁希宜望著眼前的兩個人，心底莫名難過，太后再風光也不過是一名老者，在她的風光之下，親人被害、屍骨無存。上一世她作為鎮國公的世子夫人，入宮拜見賢妃娘娘之前，會先抵達榮陽殿拜見太后。

對於皇帝真心疼愛鎮國府李氏一族，太后怕是多看一眼都覺得反感吧，所以她同太后、長公主並無過深的交往。

太后熱情地拉著靖遠侯世子夫人說了好些話，讓梁希宜覺得非常驚訝，隱約想起上一世聽說過的傳言。據說豫南公三房一家並未死絕，有一戶忠僕救走了在鎮上求學的二少爺，潛逃至邊關過活，後來考慮到三房主母是白氏遠親，索性投靠白家。白家偷偷將孩子收下，怕被皇帝發現，擔心事情敗露、斬草除根，就頂替了自個兒家一戶正好生水痘的孩子。

原本這些傳言梁希宜都是當故事來聽的，此時見白容容這個根本不在京城長大的白家女子，同太后還有長公主那般親近熱絡，而且還可以嫁入歐陽家做世子夫人，不由得聯想到一起，莫非白容容就是那個二少爺的後代嗎？

那麼白容容的哥哥，白若蘭的父親呢？白家作為歷史淵源頗深的家族，至今屹立不搖，還同眾多氏族聯姻，可見當家人眼力非凡，真是極少數可以左右逢源又讓人覺得順理成章的氏族。

「高個子的女孩就是定國公府的三小姐吧。」太后蒼老莊重的聲音在耳邊響起，梁希宜渾身顫了一下，急忙主動向前一步，恭敬地給她老人家行了大禮。她的動作極其標準，不快不慢，彷彿宮廷裡教訓嬤嬤般一板一眼，讓眾人眼前一亮，引人注目。

「這孩子不錯，明明拘謹卻顯得從容淡定，給人感覺本分誠懇，不像是能夠惹是生非的主兒，怕是從頭到尾都是孜玉那丫頭太過淘氣，惹到人家了吧。」長公主黎孜恆的聲音很溫柔。她剛剛喪夫，身體變得極差，被太后接入宮裡，整日裡唸佛誦經，氣質超然自得，彷彿世外之人般清幽。

梁希宜心裡緊張極了，長公主說的孜玉應該就是三公主吧。難怪她還納悶太后娘娘怎麼會見她這個小人物，看來果真被三公主扎針了。只是如果用這個梗扎她的話，未免太差了，因為三公主完全不占理。

白若羽聽到此處，忍不住上前一步，道：「稟太后娘娘、公主殿下，三公主同梁三小姐的事情確實不怪梁三小姐，這事兒我還參與了呢，至今覺得有些對不住三小姐的。」她原本就打算藉著這次入宮的機會同梁希宜說清楚，否則心裡難安。畢竟當初騙梁希宜去院子的人是她。

梁希宜感動地看了她一眼，很多人都會對別人說道歉，可是真正做到的又有幾人？何況她們是在皇宮裡、在貴人們面前，若是被三公主和皇后的眼線知道了，白若羽必然受埋怨。

「哈哈，這事兒真是奇了，若羽都幫她說話呢。剛剛也有個小子在我這裡，千說萬說地往自個兒身上攬責任，為此還同孜玉當場吵了起來，搞得阿雪拽著兩個孩子先離開了。」太后調侃的聲音裡帶著濃濃的笑意，似乎並未生氣。

梁希宜微微一怔。因為她這個小人物，還有人和三公主在皇后面前大吵一架，哦，老天……對方是有多恨她才樂意這麼幫倒忙？

黎孜玉是歐陽雪的親閨女，皇后自然可不會像太后和長公主似的那麼客觀，必然認為自家孩子單純良善，別人都是心機頗深、矯揉造作……

梁希宜忽然有一種特別不好的預感。

第十一章

滎陽殿內，窗外明亮的日光透過紗窗射入，映出太后的暗金色長裙是那麼耀眼。

梁希宜聽著她們的調侃，猜測到幫她說話的小子應該就是歐陽燦。

一個是最為疼愛的親閨女，一個是很倚重的娘家親侄孫兒，兩個人在太后和長公主面前，不顧形象地吵了起來，還是因為一個不知道從哪裡冒出來的小姑娘，想想都知道皇后該是多麼尷尬、多麼惱羞。難怪連太后都忍不住特意把梁希宜叫過來，就是想看看到底是何方神聖。

梁希宜對其他言語儼然聽不進去了，完全陷入沈思之中，琢磨如何立刻全身而退。

太后轉過臉，分別問過幾個女孩們在讀什麼書，平日裡都幹些什麼。不過半個時辰，太后就有些困乏起來，長公主見她面露疲倦，象徵性地發了些小玩意給姑娘們把玩，同時命宮女伺候太后休息。

梁希宛的表現中規中矩，但是也算在太后和長公主心裡留下印象，知道定國公府有個四姑娘外表柔美，舉止端莊秀麗。所以梁希宛也算不虛此行，心裡十分滿足。

貴華殿派宮女來接世子夫人，傳令皇后也想見見梁家三小姐。

梁希宜嘴角一陣抽搐，該來的果然躲不過。她始終面帶笑容，樂呵呵地陪同在世子夫人白容容身邊，隨著大家一起前往貴華殿。

白容容這棵大樹她一定要攀附得當。自己的行為舉止再小心一些，大不了就是一陣調侃，總不能莫名被皮肉伺候吧。

這裡是皇宮，皇后又是名門貴女，爭鬥多年榮升正妻之位，應該不會像三公主般小孩心性？梁希宜想到此處，整個人輕鬆許多，決定謙虛低調地拜見皇后，及時承認自身錯誤，不給三公主一點還擊的理由。若是需要，她肯定會不遺餘力地給三公主臺階下的。腦子壞掉的人才會在未來皇帝親娘面前，和人家親閨女爭啥面子和尊嚴。

一路上白若蘭嘰嘰喳喳地講述宮中趣事，梁希宜聽得津津有味，不經意地環繞四周居然看到一張熟悉的面孔——秦家五小姐，秦甯襄。

她曾是五公主的伴讀，怕是被五公主母妃德妃娘娘留下用晚飯的。德妃娘娘在宮裡的地位僅次於賢妃娘娘，但是膝下無子，只有三位公主，雖然備受皇帝寵愛，難免有些底氣不足。

秦五看到梁希宜有些驚訝，眼睛忽地瞪得老大似乎很是興奮的模樣，剛要走過來就被身邊宮女提醒了什麼，面部表情僵硬起來，只朝她們點了下頭，就擦身而過。

梁希宜見她神色不對，小聲地問白若蘭，道：「秦五也留下啦，怎麼覺得她感覺怪怪的。」

白若蘭見梁希宜一臉茫然，驚訝地小聲說：「妳不會不知道吧？」

梁希宜一怔，詫異道：「知道什麼？」

白若蘭愣住，拉著她的袖子慢慢走了下來，與前面的人群留下了兩個人的距離，小聲道：「甯蘭姊姊得了重病。」

「病了？」梁希宜著實有幾分驚訝，仔細回想這幾日，秦家姊妹確實沒人給她寫信，她忙於幫著大伯母理家，也不曾去打聽過什麼。但是看白若蘭小心翼翼的模樣，這病來得有些蹊蹺吧。

「什麼病啊？」

白若蘭小臉蛋糾結在一起，似乎在思索如何組織詞彙，道：「我也不清楚，反正身子不好，據說有些時日了。再加上前陣子匪徒劫持秦二姊姊的事情，不知道被誰嚼舌根，告到了李家老夫人那裡，如今李老夫人逼著李大人同秦家退親呢。」

「退親？這三媒六聘都過了，眼看著年後就要嫁過去，為什麼要退親呀！病養好就是了。」

梁希宜不可理解地望著她，白若蘭撇了撇嘴角，低聲道：「照我說八成是被人氣病的，李夫人不知道為什麼偏說秦家騙了他們，妄圖將損了名節的閨女嫁給李家為婦，所以甯蘭姊才病倒的。」

「損了名節？」梁希宜不可置信地用唇語重複了一遍，道：「李夫人怎麼會這麼想？沒憑沒據地把這種話說出來，又不讓甯蘭姊姊進門，豈不是要逼死人呀。」

「具體怎麼回事我也不清楚，不過是從下人們閒聊那聽來的，似乎起因是李夫人娘家有個親戚，是南城的商戶王氏，咱們上次詩會初試的院子，正巧是這戶商人的施工隊伍負責修葺院子的工事。有人在那間小表哥救出甯蘭姊姊的房子裡撿到一張帕子，原本想同院子裡其他物件一起典當出去，後來發現上面居然不乾淨，就是有血跡啦。」

白若蘭的臉頰通紅，停頓片刻，繼續道：「看院子的人說那房間，自從發生甯蘭姊姊被劫持的事情後，就再也沒人進去過了，而且小表哥救走甯蘭姊姊的時候，丫鬟們都說她一直是昏迷狀態，沒有外傷……她的身體狀況，大夫當著很多人面前說過沒事，後來甯蘭姊姊才被秦府接回去。」

梁希宜皺著眉頭，默不作聲，這真是一個容易讓人揣想出各種情節的故事。想她上一世不也是因此才嫁給李若安的嗎？至於真的出事、假的出事並不重要，重要的是此事已經鬧得滿城皆知，別人眼中的真相是什麼樣子，那麼便是世人認為的實情。

梁希宜垂下眼眸，腦海裡一根根線交織成網狀，籠罩住了她的全部思緒。

她一直想不通白若羽幹麼那麼愧疚，又讓她提醒秦家二小姐小心三公主，現在似乎知道原因了。歸根結柢，把秦家二小姐弄得這麼慘的根本結果，就是為了推遲李家的婚事，甚至是取消掉這門親事。

莫非三公主針對秦五還有她都是因為秦二嗎？那麼大膽假設一番，她是為了秦二的未婚夫君，李在熙嗎？

三公主真是深藏不露，至今她都沒看出來她對李在熙是有感情的，那麼第一次就同三公主一同出現的歐陽燦，知不知曉這件事兒？一直同三公主是閨密的白若羽，是不是也知道這件事呢？

梁希宜渾身有些發冷，三公主這一招真的是會要了秦家二小姐的命啊。

什麼理由不好，事關女子名節，讓秦二如何說得清楚呢？就算李在熙知道她是無辜的，但其他人曖昧的目光，無聊人等眾口鑠金之下，李在熙所承受的壓力、李家需要面對的流言蜚語，遲早會將秦二徹底擊垮，傷得她體無完膚。

不過是爭一個男人的事情，三公主有至於如此打擊無辜的人嗎？

她目光灼灼地望著白若蘭，道：「其實妳我都清楚，那一天並未發生什麼。」

白若蘭點了下頭，心裡卻有些打鼓起來，面露猶疑。她對這些完全不懂，不過是人云亦云，所以她不敢做出任何判斷。

秦家二小姐被救回來時，衣冠整潔，根本不是被人肆意妄為過的樣子。但是他們沒人去關注這一點，或者李家已經不需要去在乎了，他們不過是需要一個合理解除婚姻的理由。若是秦二當真是被玷污，怕是世人都會認為秦家執意將破敗的女兒嫁入李家，本身就是不厚道，太對不起李家了。

白若蘭看著滿臉糾結的梁希宜，寬慰道：「妳也別替甯蘭姊姊擔憂了，這件事情咱們都無能為力。好在李大人堅持婚約，沒有聽從婦人之見。」

梁希宜不屑地冷笑一聲。李大人表面自然會堅持婚約，維持承諾，否則他還有臉做御史嗎？但是他不會阻止李夫人鬧，不會埋怨李老夫人在外面胡說八道，胡亂給秦甯蘭扣大帽子。即使秦家二小姐進了李家門，日後若是想要休掉她，隨時可以拿這事兒作為理由。

梁希宜胸口湧起一股悲涼之情，她能否幫秦甯蘭一把呢？可是事已至此，她又能如何？真沒想到三公主會想出如此道德敗壞、毀人終身的主意，在當今世道之下，一個如花似玉的姑娘就這麼被糟蹋了，這讓秦二怎麼活啊？

梁希宜尚在思索之中，眾人已經進了貴華殿，幾位姑娘跪下同皇后見禮。平身後，梁希宜隨著一聲爽利的叫聲，抬起了頭，映入眼簾的是一張膚若凝脂、白淨嫵媚的笑臉。

皇后歐陽雪明明已經是四十多歲，看起來卻好像不到三十歲的女子，整個人的氣度同長公主並無太大差別。

「妳便是定國公府的三小姐，梁希宜？」鮮紅色的薄唇嬌豔欲滴，明亮地刺人眼睛。

梁希宜恭敬地低下頭，恭敬道：「承皇后娘娘的好眼力，小女子便是梁希宜。」

「哈哈，快走近些讓我看看。」

梁希宜猶豫了一下，在白容容點頭示意下隨著宮女上前，筆直地站在了皇后近身處，文風不動。

「抬起頭來。」皇后的聲音明亮動聽，卻不容人拒絕，她的指甲上畫著粉色鳳凰，手指落在了梁希宜的臉蛋上滑了起來。

她笑著朝白容容道：「仔細一看，倒是個漂亮的可人兒。」

世子夫人早就聽說兒子同三公主還有梁希宜的鬧劇，本能認為都是三公主搗亂，於是為梁希宜解圍道：「這孩子挺老實的，不如阿玉聰慧調皮。」

皇后嬌笑地瞥了她一眼，揚聲道：「孜玉，妳給我出來說話，躲在後面算什麼。」

梁希宜微微一怔，她上一世可不曾見到過皇后如此直爽的一面，因為身處敵對勢力的位置，她記憶裡的皇后冷漠高傲、趾高氣揚，偶爾還會任意妄為，不顧及皇帝臉面。

黎孜玉與歐陽燦都從後面的房間裡走了出來，黎孜玉的眼眶泛紅，看起來是剛哭過的樣子。歐陽燦則是肅穆的神情，目光在落到梁希宜身上時，難掩一抹熾熱。

世子夫人看在眼裡，微微怔住了片刻。她原本以為燦哥兒是和梁希宜、白若蘭很好的玩伴，所以才一味袒護梁希宜，是小夥伴們之間的情誼，但是現在看來，兒子這略顯成熟的表現有些不對勁呢。

「我還以為定國公府三小姐是多麼的三頭六臂，竟是可以把妳打了，人家打妳，妳不知道打回去嗎？更何況還有妳自個兒的親侄子在，居然都不知道拉攏，還推到敵對方去，妳做人未免太失敗了。」

三公主鼓著臉頰，賭氣道：「歐陽燦本身就對她有好感，自然會向著她了。」

梁希宜頓時頭大，這種話怎麼可以隨便說呢！

記憶裡上一世的三公主沒那麼嬌蠻，婚事也還不錯，怎麼這一世先是和陳諾曦成為朋友，又使出那般毒計陷害秦家二小姐，如今還要和她在後宮大吵嗎？

梁希宜見皇后臉色更難看了，急忙主動道：「希宜也有責任，事先並不知道對方是三公主，所以才會發生誤會，一切都是我太莽撞了。」

「妳會不知道嗎？」皇后玩味地打量梁希宜，說：「我還以為妳怕別人誤會，同我侄孫私下見面，故意扯上孜玉呢。」

梁希宜身子一僵，故作鎮定地說：「希宜同歐陽小公子並不熟識，更沒見過三公主的樣子。」

「呵呵，歐陽燦，你怎麼說？」皇后端著茶杯，冷冷地說。

歐陽燦望了一眼自家母親，態度恭敬地說：「都是我的錯，同定國公府三小姐、三公主沒有關係。」

皇后放下杯子，轉臉認真地盯著女兒，道：「妳看到了嗎？歐陽燦和定國公府的三小姐年歲都比妳小，但是他們的回答張弛有度，至少知道會去找自己的錯處，而妳呢，剛剛還在執拗什麼！」

三公主沒想到母后繞了一圈，不但不幫她說一句話還當著大家面前訓斥她，一下子無法接受又紅了眼眶，淚水嘩嘩地落了下來。

皇后深深地嘆了口氣，道：「真是受不了這個孩子，被我慣得沒個樣子。這次暫且罰妳禁足半年，哪裡都不要去了。」

三公主頓時傻眼，剛剛母親明明不是那麼說的，怎麼最後要受罰的人居然是她。

皇后若有所思地看了一眼梁希宜，視線落在了白若羽身上，道：「妳們都是懂事的孩子，孜玉雖然是公主，但是若有不對的地方妳們也要提醒她，而不是任由她錯下去。」

白若羽一驚，總覺得皇后意有所指。秦家二小姐的事情她也有所耳聞，但是上次她不過說了一句，三公主就大發雷霆，揭自己的傷疤，讓她一輩子都不想再理她了。

梁希宜有些不太適應眼前直爽的皇后娘娘，不由得感嘆，莫非皇后娘娘知道了什麼，借此敲打三公主呢？就怕三公主無法理解母親的苦心呀。

「今日折騰了一天我也乏了，剛才已派人知會過長公主，晚上妳們都在貴華殿留飯，我累了，孜玉妳替我招待大家吧。」皇后的聲音慵懶得猶如午後暖暖的日光，卻隱隱帶著不容拒絕的命令。

三公主自然是不樂意應付梁希宜這群女眷，她還想去找陳諾曦玩呢。

剛剛明明是陳諾曦先過來貴華殿見過母后，不知道為什麼，母后卻表現得不太熱心，現在陳諾曦已經被景仁殿的賢妃娘娘接走了。

「稍後我會問若羽和梁三小姐，妳若是招待不周，就加三個月禁足，若是還敢鬧出事情，就無限期禁足，這點事情都應付不好，就只能出去給我丟人現眼！」

黎孜玉目瞪口呆地看著母親眼底冰冷的目光，不敢再度啟口。最後，她們被帶到貴華殿偏廳，獨留下靖遠侯世子夫人。

梁希宛雖然一句話都沒有機會說，卻完全是以仰慕的目光凝望著皇后。這麼通透的美麗女子，這種說一不二、隨意無比卻可以想幹什麼就幹什麼的氣勢，才是她追求的最高境界呀。

梁希宜沒想到皇后會給黎孜玉派了這麼個任務，一時之間不知道該如何同三公主相處。她轉念想到了秦二的事情，為今之計，只有三公主可以幫秦二。

她相信人的心底總有一顆存善之心，再者上一世三公主應該是嫁給了狀元郎，而不是李在熙，說明上一世就算三公主喜歡過李在熙，似乎也沒有那麼執著。

黎孜玉發現梁希宜不時地偷偷打量她，想起母后的吩咐，頓時氣不打一處來，道：「妳看我做什麼？別以為我會相信妳無辜的外表，妳騙得了歐陽燦、騙了我母后，卻不能騙過我。」

梁希宜盯著面露凶相的黎孜玉，有一種啼笑皆非的感覺。三公主殿下，未免想得太多了！

不過這樣一個沒心沒肺的三公主，竟然可以將秦二的事情做得這般隱晦，若不是白若羽曾經提醒過她，她根本聯想不到三公主身上。最終將事情揭發鬧到李家老夫人那裡的，居然是和此事並無關係的李在熙舅母王氏，怕是她也被人利用，當真是發自內心地認為秦家欺騙了李家。

那麼此事難道是出自陳諾曦之手？梁希宜一陣心驚，她什麼時候變得那麼壞了！

梁希宜一把拉住三公主柔萸，道：「我有事找妳談，咱們找個安靜的地方吧。」

三公主對她嗤之以鼻，冷笑道：「妳是什麼身分，想要同我談事情我就要答應嗎？別以為母后讓我招待妳，妳就蹬鼻子上臉了，在我眼裡妳什麼都不是。」

「成了，妳有工夫說狠話，我還沒工夫聽呢。」梁希宜想到皇后本就打算敲打下自家閨女，她在宮裡的安全已然有了保障，還怕得罪她嗎？再說她已經得罪死三公主了！

梁希宜的身形隨了她親娘徐氏，高眺健美，一般閨中秀女在力氣方面都不是她的對手。所以她用盡力氣抓著三公主不允許她掙脫，直接拉到了沒人的地方。

黎孜玉瞪大了眼睛，不可置信地看著梁希宜，道：「妳想幹什麼？妳居然敢如此對我？」

梁希宜不想多費口舌，索性直言道：「妳老實說，妳是不是喜歡李在熙？」

黎孜玉以為自個兒耳朵聽錯了，等她發現梁希宜冷冷地盯著她時，她才意識到她沒有聽錯，一下子慌了神，想要跑掉，卻感覺到梁希宜手腕的力道，於是惱羞地用另外一隻手推了下梁希宜，紅著眼睛說：「妳、妳不想活了是不是？」

梁希宜不解地望著她，說：「我怎麼就不想活了，妳喜歡就是喜歡，又不是什麼見不得人的事，幹麼但凡出點事情就往死裡去整人。」

「妳是什麼意思？」黎孜玉面露羞憤的神情，憤怒道。

梁希宜原本就是想證實一下，如今卻是已然有了決斷，不由得也憤怒起來，說：「所以妳就故意陷害秦家二小姐？先是找人劫走她，如今又傳出她被破了身的流言，妳知不知道這可能要了她的命！或者說在妳眼裡，為了自己的利益就要做事情不擇手段、蔑視王法、罔顧道德、違背良心？」她想起了上一世的委屈，不由得言詞變得犀利起來。

「妳喜歡李在熙就去和他說，若是他也喜歡妳，就讓他去處理婚約的事情。妳是公主，要是當真同李在熙兩情相悅，誰能阻擋住你們的幸福？但是妳身為大黎公主，暗地裡做的齷齪事情讓人噁心，妳毀掉了秦甯蘭一輩子，最後也未必能獲得幸福，早晚有一天李在熙會知道妳所做的一切，妳將會是妳所愛之人心底最看不起的女人。」

黎孜玉從小到大從來未曾被人當面如此指責過，一時間羞憤異常，臉頰通紅，她揚起手，想要抽那張說出戳她心窩言語的嘴巴，卻發現梁希宜的目光比她還要冰冷。

她淡淡地說：「妳敢下手，我絕對不會不還手。皇后娘娘說得沒錯，妳連我都應付不了，出門也是丟人現眼。」

黎孜玉心底的某處堡壘轟的一下子坍塌下來，她最受不了的就是大家一邊說她是被母后寵愛的三公主，一邊又都覺得她與母后完全不一樣。就連母后有時候都會遺憾失望地看著她，說她怎麼永遠是長不大的孩子。想到此處，黎孜玉承受不住地大哭起來。

梁希宜才不管她心裡多麼難受，每個人都要對自己的所作所為負責，繼續道：「妳覺得委屈，那麼秦甯蘭呢？她哪招惹妳了？不過是一個李在熙，哪怕妳光明正大地去搶都不會讓人如此厭惡。堂堂公主使出下三濫的手段，手段低劣、授人以柄，難怪皇后娘娘都懶得說妳什麼了。」

「哇……」黎孜玉不顧形象地崩潰大哭，身子跌坐在了地上。

小院子的拱門側面，一個高大的身影向後收了下腳，退到了房梁的角落處。歐陽穆沒想到，他不過是想繞過白若羽那群姑娘們前往主殿，卻看到了這麼一齣戲碼。

他目光深沈地望了過去。遠處的少女，表情淡然自若，雪白的臉，柳眉倔強地朝兩鬢微挑，目光明亮若璀璨寒星。

她的背脊怎麼可以挺得那麼的直，隱約帶著一點英氣，顯得置身於日光下的身影，一下子變得光芒萬丈、耀眼莫名。

黎孜玉跌坐在地上哭了一會兒，抬頭看到梁希宜完全漠然的目光，賭氣似地站了起來，道：「我不過就是喜歡李在熙而已，妳們都說我身分尊貴，那麼秦家二小姐放手便是了！」

梁希宜皺著眉頭審視她，說：「婚姻是父母之約，結兩姓之好，人家李家、秦家關係好著呢，憑什麼就要放手。皇后娘娘同意嗎？李在熙喜歡妳嗎？妳身為公主本應受萬人瞻仰，讓子民敬愛妳、仰望妳，而不是像現在這般，使出的手段齷齪不堪，讓人心生厭惡。」

黎孜玉倔強地瞪著她，揚聲道：「妳說得好聽，但是除此之外，我又如何才能讓秦家二小姐知難而退呢？梁希宜，妳不是我，妳站著說話不腰疼吧。」

梁希宜冷眼掃過她，唇角上揚，不屑地戳心道：「妳憑什麼讓人家知難而退！身為公主，妳擔負的責任本應該更多。若是李在熙不曾定親，妳可以去追求他，但是李在熙同秦家二小姐兩情相悅，就要喜結連理，妳現在使出這種下三濫手段誣衊他所愛之人，就不怕他知道嗎？就不怕讓皇后娘娘難堪嗎？世上沒有不透風的牆，妳早晚會變得連哭都沒有用。」

「妳……」黎孜玉面色慘白，她說不過梁希宜，心裡又不願意承認自己的錯誤，怎麼梁希宜的觀點正好同陳諾曦相反呢！她喜歡上一個人，難道不應該勇敢去追求幸福嗎？在愛情的世界裡，哪個女人不是刺刀見血、死不甘休。

「妳真正瞭解過李在熙嗎？妳或許連他的模樣都未必記得清楚，不過是一抹執念。妳是受萬人敬仰的公主，所以妳有責任學會隱忍情感。李在熙不屬於妳，他是有婚約的男人，他愛他的未婚妻，妳應該予以祝福，而不是強取豪奪。如今這般拿不起、放不下做沒道德的事情，妳把公主的驕傲放哪裡了？」

「我……」黎孜玉面頰通紅，竟是不知道該如何反駁。她似乎有千萬種理由，最後都在那句丟臉裡終結。

她真的離不開李在熙嗎？畢竟他們從未開始過，不過是花船上的偶遇，男子溫和的笑臉宛若旭日的陽光，照亮了她昏暗的路，讓她就想這麼悶頭地陪他走下去，不管不顧。

最近關於秦甯蘭的流言傳得越來越瘋狂，她沒有得逞的快感，反而有些不安。聽說秦二病了，她怕她大病不起，又害怕那個溫和的男子知道事情真相。不管事情是否如陳諾曦所言的做得多麼隱蔽，現下連梁希宜都能瞧清楚，說不準兒別人也會知道，那麼，她又該何去何從？拆散了李在熙和秦甯蘭，她卻也可能同李在熙無法在一起，這便是她要的結果嗎？

梁希宜見她陷入沈思，心裡踏實下來，只要黎孜玉願意花工夫去思考就成。

她輕輕拍了下黎孜玉的肩膀，輕聲說：「僅僅因為一己私慾，就毀掉了別人一生，妳一點都不會覺得愧疚嗎？我先去偏廳了，自己好好想想吧。」如今事已至此，唯有三公主本人還可以幫助秦甯蘭一把，其他人做什麼都於事無補。

梁希宜回到偏廳，一進門就對上一雙洋溢著笑容的眼眸，詫異道：「歐陽燦，你沒走嗎？」這裡不都是女孩子嘛，他居然也來湊熱鬧。

歐陽燦目光灼灼地盯著她，他總算是再見到梁希宜了！心裡湧動著的渴望暫時被安撫下來。

他認真地看著她，鄭重地說：「梁希宜。」然後唇角噙著情不自禁的笑容。他特別喜歡這般叫著梁希宜的名字，然後看到對方極其不滿的皺眉模樣。

果然，梁希宜見眾人的目光都聚集在他們身上，心裡責怪起歐陽燦，狠狠地瞪了他一眼。

歐陽燦頓時覺得渾身都特別有力量，兩隻手略顯拘謹地置於身側，劍眉如墨，稚氣英俊的臉龐散發著莫名的光彩。

白若蘭隨同他一起迎了出來，一把拉住梁希宜的手腕，甜甜地說：「希宜姊姊，今天表哥表現得很好，對我極其有耐心呢！」

歐陽燦眼底帶笑，急忙挺了挺胸膛，故作鎮定地平聲說：「妳是小孩子，我自然哄著妳玩。」

梁希宜見他正經八百的模樣有些不適應，忍住笑意捂著嘴角，調侃道：「你不也是小孩性子？」

梁希宜的笑容宛若桃花盛開般絢爛，白淨的臉龐上鑲著如同清泉般純淨的眼眸，將周圍的一切深深籠罩其中，讓人陷進去無法自拔。

良久，歐陽燦才猛然意識到，梁希宜居然將他當成小孩子看待，這怎麼可以！

他非常不滿地抬起頭，說：「我哪裡小了，我娘說我已經可以議親了。」

梁希宜垂下眼眸悶笑。她懶得同他爭執，便轉過頭去同白若羽打招呼。

歐陽燦鬱悶了起來，原來在梁希宜眼裡，他居然同白若蘭是一個檔次的人。這哪成！

他見梁希宜根本不願意過多解釋什麼，一時間無法接受，嘴上不饒人道：「梁希宜，妳議親了嗎？」

梁希宜一怔，尷尬地站在眾人面前，紅著臉佯怒道：「歐陽燦，我不過給你幾次好臉色，你就又開始胡說八道是不是？」

「我不是，我就是真好奇。」歐陽燦深感委屈，又特別希望可以得到一個答案，語無倫次地解釋道：「反正妳也老大不小了，家裡應該著手安排親事了吧。」

梁希宜惡狠狠地瞪了他一眼，不管是多少歲的女人，最忌諱被說老了。你才老大不小呢！

白若蘭無奈地嘆了口氣，道：「小表哥你怎麼那麼愛嚼舌根，希宜姊姊的親事哪裡是你可以打聽的，還說我小孩子，你才是任性好不好。」

歐陽燦尷尬地紅著臉在一旁站著，他自然曉得這事同他無關，可是若梁希宜真的回答了呢？自從上次西郊騎馬以後，他總是莫名想起梁希宜，一閉上眼睛，滿腦子就是梁希宜那張明明很刻板，卻有時笑起來像個孩子似的容顏。

她一個姑娘家怎麼可以有如此多面，有時候膽小如鼠、有時候又倔強如牛，反正就是非常與眾不同，吸引住他所有的注目。此次進宮，他都不需要母親多費口舌，就眼巴巴地追了進來，為的不過就是可以見到梁希宜一面。

貴華殿內，皇后靠在雕龍畫鳳的貴妃椅上，半瞇著眼睛，說：「容容，我怎麼覺得歐陽燦那小子似乎對定國公家三小姐有點意思呢！莫非我們歐陽家的人都崇尚自由，骨血裡就帶著放蕩不羈，肆意妄為的潛質？」

世子夫人沈下臉，略顯堅決地否定道：「不會的，他們才認識多久，燦哥兒在男女之事方面比較遲鈍，不過當對方是若蘭似的妹妹，所以才多有維護。」

皇后笑了起來，她揚起唇角，調侃著：「妳怎麼還是老樣子，自欺欺人的本領不錯，自我安慰的本事更高。」

世子夫人撇開頭，深深地嘆了口氣，鬱悶道：「不然還能怎樣，我還要鼓勵他學習穆哥兒不成？穆哥兒如今已經二十了，連個通房丫頭都沒有，別說他的繼母王氏了，就連老夫人都私下讓我去打聽，到底是沒有通房丫頭，還是至今真沒有過……」

皇后不顧形象地笑了起來，歐陽穆是靖遠侯嫡出次子的長孫，加上他勤勉好學、為人正直，備受族裡各房長輩看重，若是二十歲都沒有過房事經歷，未免太弱了吧，難免會讓人誤會他是否有什麼隱疾。難道還真是為陳諾曦守身嗎？

靖遠侯爺歐陽元華共有兩個嫡出兒子，分別是歐陽風和歐陽晨。

歐陽風是世子，與妻子白容容育有兩個嫡子，歐陽月和歐陽燦。二房歐陽晨有三個兒子，全是逝去的隋氏所出，分別是歐陽穆、歐陽岑和歐陽宇，因為三個孩子早年喪母，作為大哥的歐陽穆自然為了照顧弟弟們也要強大起來，從而在家裡擁有了絕對的控制權力。導致後來歐陽晨雖然納了繼室王氏，王氏卻在府裡一點地位都沒有，還不如白容容在幾個兄弟面前有臉面。

皇后自言自語地掰著手指，道：「穆哥兒的婚事定不下來，歐陽岑和歐陽宇的婚事便沒法說。稍後我見穆哥兒的時候再問他一下，看是否有回轉的餘地。對了，我聽說月哥兒的婚事也僵住了，理由是妳不同意嗎？」

皇后同世子夫人私交甚好，在無人的時候說話也沒那麼多的顧忌。

聽到她提及親生的大兒子，世子夫人更是一臉苦悶，道：「他去年出過一次意外，被一個農夫之女所救，然後就不知道怎麼了偏要娶人家。他將來是要襲爵的，他媳婦可要做宗婦呢，挑個小人物出身的女孩以後這日子怎麼過啊。他就整日去纏著老太爺，如今父親已然同意了……」

皇后深感同情地望著她，說：「我以為在管教兒女方面，我已經很慘了，妳真是比我還要頭疼，如今唯有燦哥兒的婚事是妳能管的了吧？」

雖然不願意承認，世子夫人還是不得已點了下頭。「燦哥兒的婚事我已經找了些不錯的人選，稍後妳幫我參謀下，趕緊定下也算了卻心事，否則日後又整出個陳諾曦之流，我會煩死的。」

「提起陳諾曦我比妳還煩，我那個傻閨女跟著了魔似的，特別愛和陳諾曦在一起。我真是想不明白，她到底有什麼魅力，連穆哥兒都說要娶她，可她似乎是看不上咱們歐陽家。她那個古板的父親陳宛，在我面前裝傻充愣，真以為我多稀罕陳家似的。他願意做守忠派，就讓他去做，看看誰能笑到最後。」皇后清冷的目光裡帶著一抹銳利的寒光。

去年世子夫人去陳府拜訪，陳家連陳諾曦的面都沒有露出來，可見對於同靖遠侯府聯姻是個什麼態度！

皇后歐陽雪身為侯府出身的嫡女，對於陳家的婉拒耿耿於懷，陳家算什麼東西，真當以為她求他不成！

「若羽也和陳諾曦關係不錯，想必陳姑娘確實是有優點的，三公主同她交往也無所謂吧。妳別老拘著孩子，又不是什麼大事兒。」世子夫人不以為然，雖然她對陳諾曦沒有出來見她也有些不舒坦，但又覺得女孩間普通交往是無所謂的。

皇后瞇著眼睛，嘲諷道：「無所謂？妳是不知道內情罷了！妳說我這個性子怎麼就養出了孜玉那麼個沒心眼的閨女，妳應該聽說過陳諾曦打著她的名頭舉辦的詩會吧，還像模像樣整出個初試、複試和終試，然後出現了意外，有刺客闖入劫持了秦家二小姐。」

世子夫人歪著頭，道：「哦，有點印象，據說京裡的小姐們對這次詩會評價極高，還說陳諾曦每次出席的穿著打扮都特別與眾不同，已經有人畫了她裙子上的花樣子打算大量仿作呢。」

「那後來秦家和李家的婚事因為此次劫持事件，受到影響了，妳知道吧。」

她仔細想了下，回說：「想起來了！也好像是秦家二小姐的手帕被修葺院子的工人拾到，然後鬧出流言，傳到李老太太那裡，似乎說是秦家二小姐被損了名聲，鬧著退婚？」

皇后點了點頭。「可不是嘛，妳能想像得到，這是我那閨女整出來的嗎？」

世子夫人驚訝地看著她，面容古怪地抿住嘴唇，說：「這麼做三公主能有什麼好處？」

她頓了片刻，瞪大了眼睛。「不會刺客的事也是假的？她膽兒可夠大的呀，詩會可是太后一直關注著呢。」

「瞧瞧，連妳都想不到她的身上，我是不是該很欣慰呢！」

她見皇后自嘲的笑容，瞬間了然，說：「莫非身後有軍師？」

「可不是嘛！有個軍師就忘了娘親。她不過是看上了秦家二小姐的未婚夫婿，要是真喜歡告訴我便是了，未必沒有其他辦法。偏偏自以為是地學人家搞陰謀詭計，想要毀掉秦家二小姐的名聲。」

世子夫人搖了搖頭，道：「李在熙他爹身分很特殊，又是皇帝最信任的人，她可能是怕妳對李在熙沒好感，不同意她喜歡他，所以就不和妳講吧。不過如果這當真是陳諾曦幹的事情，不得不說她做事情還算謹慎，從李家內部尋找突破口，從表面看來就與其他人沒關係。」

「是沒引到她的身上，但是不代表沒人去懷疑什麼。賢妃那個兒子，五皇子藉著詩會除掉了皇帝安插在身邊的細作，現在皇帝還懷疑是我下的黑手，故意整五皇子身邊的人呢。畢竟那次布防除了我給三公主的人手，就是歐陽燦身邊的親兵了。偏偏這丫頭還給我弄出刺客劫持秦家二小姐，最後居然又鬧出破了人家身子。我只是覺得這刺客行徑也太怪了，跑去詩會就為了玷污秦家二小姐，逼著李家退親嗎？所以才令人認真查探此事，才曉得孜玉原來喜歡上了李在熙。」

世子夫人無奈地嘆了口氣，既然皇后可以查得到，皇帝就會查得到，那麼皇帝身邊最重要的親信李大人，早晚有一天就會知道。環環相扣下來，皇帝就拿捏到了皇后一個把柄，關鍵時刻就是一把利刃，可以刺刀見血呀！

「陳諾曦自以為事情很隱蔽，但是單就刺客這事兒就說不通。這刺客莫名出現在詩會上，劫持個女子還破了她的身子，這麼沒意義的事情絕對不可能是我派的人幹的，那麼皇帝就本著必須查清楚的心態去處理，早晚會發現是怎麼回事，然後授人以柄，耽誤我的事。李家那老頭可是皇帝最忠誠的一條狗，他盯著我們的人不是一天、兩天，如今算計到他兒子頭上，若是被他知道了怕是會往死裡抨擊我們，也徹底壞了孜玉的名聲。」

世子夫人坐在她寬大的椅子邊上，道：「三公主畢竟是皇上的親生女兒，他不至於吧。」

「不至於嗎？」皇后眼底閃過一抹寒光，冰冷的聲音裡帶著濃濃的哀傷，道：「容容啊，妳還記得我的四兒是怎麼死的嗎？若他還是最初的那個男人，我怎麼狠心把小六送到西北受苦？四兒去世以後，他表面震怒，實則什麼都沒有做。我們都清楚背後黑手是誰，我恨不得一巴掌拍死那個賤人，可是他做了什麼？一句話就把案子結了，他連兒子的生死都可以罔顧，更何況是個不受他喜歡的女兒。這次抓住宇文靜，並且扣押他回京的功臣明明是小六，卻被他張冠李戴成了五皇子，難道不可笑嗎？」

見她越說越氣憤，世子夫人不由得勸道：「妳冷靜點，他還是皇帝，而妳畢竟是皇后。」

「皇后？」她冷冷地盯著空空的殿堂，道：「怕是他若查出詩會刺客的原因，不會將罪名扣在孜玉頭上，而是往我身上扯吧。一個為了成全女兒愛情而陷害忠良臣女的皇后，是否失德？現在秦家二小姐已然病了，最後若是以死明忠，我罪孽是不是更大了一些，讓他更有理由廢后！」

「阿雪！」白容容忍不住喚她名，小聲道：「妳既然已經知道了這件事情，好好處理便是，幹麼如此氣了自己？這還是大過年呢，妳別亂折騰了。皇帝比妳年長，妳總是要熬過他。」

她又低聲道：「榮陽殿那位都一把年紀，不也活得好好的呢。五皇子非嫡非長，皇帝就算想讓他上位，也要先把妳拉下馬。如今的太后李氏，怕是不比妳多待見景仁殿那位賢妃，妳又有兩位皇子傍身，現在需要做的事情就是安靜地等。等得越久，越對咱們有利，不是嗎？」

皇后攥著拳頭，手中的指甲都快出現裂痕，可見力道之深。她使勁吸了口氣，淡淡說：「也就是和妳抱怨發洩一下，我知道自己該怎麼做。」

世子夫人總算踏實下來，笑著說：「那就是了，大皇子已逝世，二皇子是長男又是嫡出，妳以為單憑皇帝的喜好想否定就否定嗎？父親大人此次讓我來京，還帶給妳一句話，就是四個字『低調隱忍』。為了朝堂穩定，眾位大臣們會做出正確的決策。」

皇后總算露出了幾分笑容，不屑道：「還要繼續忍受下去，真是煩透了。」

世子夫人無語望著皇后，如果她的日子也叫忍的話，那他們其他人豈不是過得太憋屈了。

皇帝之所以和皇后歐陽雪漸行漸遠，跟她囂張的性子也有關係。在皇帝是落魄王爺的時候，她偶爾任性不過是調劑品，在皇帝初登王位的時候，她擋在他身前，面對太后李氏、眾位皇親國戚時，犀利的態度是幫助他的表現。但是在皇帝掌握大權時，已經不需要誰來保護他時，一個女子還自以為是、越俎代庖，連人家新納的妃嬪都敢懲罰，就變成仰仗娘家手握軍權的妒婦，是男人就會厭棄她。

皇帝已經不需要幫他奪取江山的名門貴女，而是可以懂得他上位者的孤獨苦悶、柔軟的暖床女子。她們像空氣裡的微風拂過臉頰，容顏嬌豔欲滴，目光攝人心魂，身姿柔軟徹骨，而賢妃娘娘正是這樣的女子。每次皇帝說了重話，她都能立刻流下委屈的淚水，這種功力歐陽雪完全學不會的，或者說她已經到了懶得去學的心境。

夫妻在一起久了，就變得彼此看得透澈。

皇后做事情雷厲風行，不過三、四天，京中流言就變了方向。原來那手帕早就被看院子的家丁發現，家丁故意往上面抹血跡，然後登秦府去威脅秦家，企圖獲得大量錢財。

秦家確認秦家二小姐並沒失身，完全不相信此事，怎麼可以縱容惡勢力威脅，堅持清者自清，拒絕了他無理的要求。家丁受辱想要報復，就故意同修葺院子的工人說了謊話，導致後面一連串的誤會，釀成大禍。不過最終邪不勝正，有人舉報家丁，官家提審家丁，洗清了秦家二小姐的清白。

考慮到此事最初根源是發生在詩會的初試，太后親自宣李老夫人進宮說話，一番談話下來，說通了李老夫人，秦、李兩家和好如初，婚事定在下個月初十，如期舉行。

梁希宜聽說後，心裡為秦甯蘭感到欣慰，她以為是三公主悔悟了，才有此結果。一轉眼，年就過去了，眼看著就到了梁希宜實歲十三，虛歲十四歲的生辰宴。

第十二章

過年後，定國公梁佐回府居住。府裡上下開始忙碌府裡三小姐同四少爺的生辰宴會。因生辰宴過後，四少爺梁希義就要回祖籍準備縣試，國公爺發下狠話，在那之前，三個兒子都必須回府一聚，否則就有本事一輩子別回定國公府見他。

此時，秦府裡的眾人也如驚弓之鳥。因傳言裡家丁拿著沾血手帕威脅秦府之事，身為秦府後院地位最高的女人，秦老夫人居然完全不清楚！

調查之後，有兩個管事坦誠曾見過那名家丁，以為是假的就擅自回絕，造成此等惡果。於是秦老夫人開始了府內清查奴僕的行動，處置了三個管事，數十個丫鬟、婆子，其中就包括上次在秦老夫人壽宴時，梁希宜覺得古怪的大丫鬟紫紛。

梁希宜不得不佩服皇家的潛伏人脈，這才叫做事情未雨綢繆、滴水不漏。

一個胡編亂造的理由都能有秦家管事認下罪名，可見這些奴才潛伏在秦府上的時日之久。那麼，定國公府上也不排除有皇家的細作吧。

普天之下，莫非王土，全天下的勛貴說白了何嘗不都是皇帝的奴才，想通這一點，梁希宜也不再糾結什麼，只是心裡囑咐自己要萬事小心。

二月初，梁希宜抽空陪著大夫人參加李、秦二家的婚宴，因為前些日子流言的影響，這次婚禮規模不大，甚是低調，太后還賞賜了物品給秦二添妝。

秦二整個人瘦弱好多，原本豐潤的臉頰成了瓜子臉，細長的眉眼四周是深深的黑眼圈，神情看不出一絲喜氣，彷彿變了個人似的沈默寡言。

她見梁希宜進了屋子，一下子拉住了她的手腕，紅著眼眶，小聲說：「希宜，妳告訴我實話，我的事情妳是不是也知道，是不是很多人都在背後議論著我？」

梁希宜微微一怔，轉過頭看向了一直朝她搖著頭的秦五，一時間不知道該如何回覆。她想了一會兒，拍了拍她的手背，安撫道：「過去的事情就讓它過去吧，人總是要向前看，對不對？」

秦二深吸口氣，仰著下巴，流下淚水，喃喃道：「我就知道這種事情傳得最快，以前我也非議過別人家的姑娘，從未想過，有那麼一天我會如此不堪。」

秦五坐在她的身邊，不快道：「二姊姊妳這是幹什麼？今天是妳大喜的日子，稍後李大哥就帶人過來接了，妳現在的模樣讓他看了會難過的。」

「難過？難過就好，索性毀了這樁婚事，大家都得了安生。我尚未入門，婆婆和秦老夫人便已經認定我是如此的女子，以後該如何相處呢？」她擦了下眼角，眼底的神色死氣沈沈。

梁希宜擔心她在婚禮上做出傻事情，急忙打岔，說：「所以妳就讓李大哥傷心難過，然後放棄妳嗎？妳到底是個怎麼樣的狀況，今晚洞房花燭便會水落石出，別人就算不相信，李在熙他本人總是能夠弄清楚的，妳是和他過一輩子，他信任妳、憐惜妳、愛護妳不就夠了！」

秦二哽咽著，道：「那以後呢？我如何討婆婆喜歡，我會讓李大哥丟臉的。」

梁希宜見她自怨自憐，考慮到迎親的隊伍很快就要到了，氣急道：「好吧，那妳想怎麼辦？以死明志嗎？然後在絕大部分的世人憐惜中死去，隨著時間的流逝早晚會被大家忘記。李在熙臉面怕是更加難堪。或許還會有少部分人覺得妳就是失了身，所以才會採用這般偏激的方法結束生命，這就是妳要的結果嗎？」

秦二一愣，這樣確實不是她想要的結局。

「如果這不是妳想要的未來，那麼妳現在在哭什麼呢？李在熙喜歡的是善良自信、溫柔賢慧的明媚女子，而不是妳這副小心翼翼，別人還沒有做什麼就開始胡思亂想，抱怨哭泣的軟弱樣子！同時還妄自猜測人家的母親、祖母心裡對妳有多大的成見，妳這日子真不想過下去了嗎？」

「我……」秦二鼓著嘴巴，一句話都說不出來。

梁希宜見狀立刻吩咐喜娘幫秦甯蘭補妝，自個兒和秦五一起收拾她後面的髮飾，輕聲說：「今天是妳的好日子，妳要做美麗的新娘，晚上好生伺候妳相公，堵住所有人的嘴巴，只要愛妳的人相信妳，妳就可以過得很好，別沒事胡思亂想，反而寒了別人的心。」

秦二還想反駁什麼，聽到梁希宜居然讓她好生伺候李在熙，不由得臉頰通紅，道：「我、我怎麼就伺候他了，希宜妹妹，妳說話好生粗魯。」

梁希宜調侃地揚聲，嘴巴伏在她的耳朵處，說：「籠絡住李大哥的心，然後早日給李在熙生個胖小子，扔給妳婆婆去帶孩子，她到時候忙都忙不過來，哪裡會記得現在這堆不知道真假的破事兒呢！」

秦二脖子都紅了，不由得狠狠掐了梁希宜胳臂一下，道：「妳這個臭丫頭。」

秦五見姊姊表情舒緩不少，急忙讓丫鬟重新打理她臉上的胭脂，感激地看了一眼梁希宜。秦大夫人正為女兒愁眉不展的模樣擔心，沒想到梁三小姐幾句話就把她勸說得心情不錯，看向梁希宜的目光更加溫和柔軟，決定稍後再去老夫人面前誇上她一頓。如果可以，她是很希望讓四哥同梁家做親事，但是老太太說了，四哥太輕浮，還是大哥秦甯桓更合適梁希宜這種女孩。她和夫君的心思不像二房那麼大，如果能有個如同梁希宜般善解人意的兒媳婦，就很知足啦。

吉日良辰，李在熙掐著時間準時趕到，院子外面有秦家的兄長給他出題，一一比試起來。

李在熙好歹是進士出身，沒一會兒就突破重圍來到了內院裡面。考慮到近幾日秦甯蘭受到的委屈，姊妹幾個人難免為難起李在熙，最後還是在秦甯蘭的苦苦哀求之下，她們才把門打開。

木門突然打開，李在熙在人群的簇擁下踉蹌跌了進來，他身形頎長，身穿大紅色衣袍，臉上搽著白色胭脂，因為緊張被額頭的汗水浸濕，變成了一塊白、一塊黃的慘狀。

梁希宜同秦五摟在一起偷偷笑了起來，喜娘問了他幾句話，便有人喊道：「抱著新娘上轎吧！揹著也成。」眾人你一言我一語，最後李在熙一把抱起了秦甯蘭，送她上了外面的轎子。

梁希宜望著李在熙眼底真誠的笑意，相信他對秦二是有感情的。不過這世上哪一對夫妻不是想著要好好過日子，後來因為其他女子的介入，變得隔了心。她上一世同李若安真正冷漠起來的原因，除了最初成婚那不堪的原因，也有他後來不停地尋花問柳，終於讓她徹底對婚姻死了心。

梁希宜站在門外的樹蔭下，明媚的日光透過樹枝縫隙傾灑而下，將她的臉頰映襯明朗柔美。

她忽地感覺有什麼不對勁，一回頭正巧迎上一雙帶著笑意的眼眸。

紅色的梨花木大門旁邊，站著一個身材纖細修長的白衣男子，他面容柔和、唇角微揚，帶笑的眼角微微上調，不正是秦家二房的長子，二少爺秦甯桓？

梁希宜想起祖父說的婚約，臉頰猛地變得通紅，本能地想要轉身就跑，卻聽到後面傳來一道溫暖的聲音，喚道：「三小姐！」

梁希宜站在樹蔭下，回過頭，謹慎地看著遠處的少年，淡定道：「秦公子，叫我何事？」

秦甯桓有一雙細長的笑眼，給人感覺特別親切，道：「我臨摹國公爺年輕時候的詩詞，希望三小姐能幫我看看。」

梁希宜愣了片刻，可是她現在同秦家二少的關係，不是應該避嫌嗎？

秦甯桓早就想到梁希宜不會爽快答應，道：「那麼這樣如何，既然今日遇到了三小姐，妳幫我帶回去給國公爺看看，總是可以的吧？」

梁希宜歪著腦袋想了一會兒，這似乎不是什麼難事，點了下頭。

秦甯桓的眼睛亮亮地看著她，急忙命人將整理好的書卷拿來，包裝好遞給她，客氣地說：「三小姐真是幫了我大忙了，日後必有重謝。」

這就算大忙了嗎？梁希宜躊躇地點了下頭，感覺這人怎麼那麼匪夷所思？她急忙匆匆離開，沒有注意背後凝望的目光，從始至終帶著一抹笑意。

梁希宜回到家後，就把秦甯桓託她帶給祖父的臨摹詩詞，遞交給定國公。

梁佐看後哈哈大笑，玩味地盯著寶貝孫女兒，道：「妳不會沒看內容，就傻愣愣地交給我吧。」

「啊？」梁希宜呆呆地望著祖父，她幹麼要看內容呢？

梁佐捋著鬍鬚，不停地點頭，說：「有趣，太過有趣，秦家老大不錯，不是那種墨守成規的男孩，有自己的想法，還知道付諸實施。」

梁希宜一頭霧水，急忙搶過來剛才遞上去的紙張，頓時變成了大紅臉。這傢伙臨摹哪一幅詩詞不好，居然臨摹的是祖父年輕氣盛，追求當時京城四大才女時的一首即興之作。

詩詞中對於女子頗多讚美辭彙，還含有些春風得意、一見鍾情、誓死相守的意思。她從來沒意識到秦家大少會對她有意思，所以才沒多想為何託她轉交臨摹的紙張。現在只想找個地洞鑽進去，方可以不讓祖父調侃自個兒。

「我早就說過妳不要妄自菲薄，秦家大少看上妳，說明他是個聰明人，我會考慮將妳嫁給他，著實是他的幸運啊。」梁佐一邊感嘆著，一邊執筆在臨摹紙張上不停地批改。

梁希宜坐在一旁望著孩子氣的祖父，不由得莞爾一笑。想到記憶裡溫暖柔和的秦家二少，這便是她此生的良配嗎？她說不上喜歡或者討厭，不過比起前世來說，倒是感覺好了不少。

秦甯桓……既然祖父覺得他不錯，那麼她就考慮一下吧。這一世，她最親近的人便是定國公，所以，她未來的夫婿，必須是祖父喜歡的人。

轉眼間，梁希宜的生辰宴到了，定國公府祖孫三代第一次全部聚齊。

大老爺梁思意身材纖瘦，中等個子，不到五十歲的年紀，看起來彷彿梁希宜記憶裡胡記糕點鋪子的大叔般文弱可親，一點都不像是心機深沈之人。

三老爺梁思治外貌俊美、體型瘦長，就是舉止很造作，大冷天還身穿一襲白色單衣，整個人彷彿置身於塵世之外，三句話裡帶著一句詩詞。他對兒女不聞不問，更是對妻子沒有好臉色，唯獨在面對老夫人的時候，還隱約帶著恭敬。

梁希宜望著祖父愁苦的目光，心裡也挺納悶，就這麼一群看起來毫無心機的廢柴人物，都能使家宅不寧，惹是生非，怕是祖父也覺得驚訝鬧心。

因為是她的生辰宴會，定國公允許梁希宜邀請幾個小夥伴來府上小聚。她琢磨了整個下午，一共發出三個帖子，分別給秦家、白家還有王煜湘。令她高興的是，或許是因為白若羽陪同白若蘭過來玩耍，王煜湘居然接了帖子，回信準時赴約。

梁希宜不耐煩被丫鬟們打扮得如同抹著厚重胭脂的木偶，索性就穿了一條淡粉色的長裙，搭配雪白色的汗衫，梳了當下少女們比較喜愛的彎月髮髻，墨黑色的齊頭髮簾，髮髻插著太后娘娘賞賜的金鳳簪子，將一張恍若凝脂的臉頰映襯在明晃晃的日光下，閃耀著燦爛光華。

夏墨望著眼前好像畫中走出來如仕女般的明媚姑娘，心裡都會不由自主地驕傲起來。自從上次她捨身救助後，梁希宜待她越來越與眾不同，可以說是院子裡的第一心腹。

梁希宜回過頭，看到捧著一疊帳本發呆的夏墨，道：「怎麼了？」

夏墨急忙回神，不好意思說是覺得姑娘太漂亮了，所以一時走了神，結巴道：「姑娘，大夫人把東華山周邊的幾處莊子帳本送回來了，說是老太爺既然讓妳管了，她便不好再插手。」

梁希宜年前回家後，就將曾管過的公中事物帳冊全部交給大伯母，沒想到對方年後給還回來了。

楊嬤嬤在一旁笑著，道：「大夫人是個聰明人，這莊子、鋪子明顯是老太爺貼補給妳的，她又在妳生辰宴當天給送回來，怕是有幾分討好之意，妳暫且當成是禮物收下吧。其實除了老太爺貼補妳以外，老夫人沒少偷著貼補三房，所以小姐妳不用太不好意思。這個家早晚都是傳給大老爺的，老太爺自然想在他還在的時候，多給妳留些東西了。」

梁希宜微微一怔，想到祖父已老，早晚會先於她離開這個世界，胸口便悶得無法呼吸，有什麼東西卡在喉嚨處難過得要死，眼眶有些發脹，僅僅是腦海裡有了這麼一個念頭，渾身便是無法承受的悲傷，好像有什麼東西割著她的心。她對這個世界，投入了太多情感！

「姑娘，我們出去吧，前院已經準備好了，有很多賀禮哦！」

梁希宜愣了下急忙擦乾淨眼角莫名的淚水。討厭死了！她這不是自尋煩惱嗎？

因為梁希宜同梁希義一同過生辰宴，所以賓客裡面除了親戚以外，還有梁希義比較要好的同儕。大哥梁希嚴、二哥梁希謹也從魯山學院趕回來，還帶了幾個朋友，坐在另外一張桌子。

雖然說很多人講究男女應該設防，不過長輩們都在，小輩們分桌而坐，倒也不是不合常理。

梁希宜坐在圓桌的正中央，左邊挨著梁希宛，右手邊是白若蘭，她尷尬地接受大家的祝賀，然後看著一件件包裹得十分精美漂亮的禮物，分別放到丫鬟們手捧著的托盤裡。

她的臉頰有些發紅，不經意抬頭的時候感覺到誰在看她，一回頭就對上了旁邊桌子秦家大少爺淺笑著的目光，急忙回過身，命令自己不許回頭！

秦家大少爺秦甯桓是梁希謹的同學，梁希謹同秦甯桓關係很一般，最近也詫異於對方積極的示好，後來又在祖父的暗示下明白了什麼，此次便邀請他一同參加梁希宜的生辰宴會。

梁希宜無比尷尬地扒著飯菜，總感覺背後有一道目光凝望著她。吃完飯後，她迫不及待地帶領小夥伴們回到了她的閨房裡分享禮物。

梁希宜原本打算晚些時候私下再打開禮物，但是拗不過白若蘭一張興奮莫名的小臉蛋，似乎特別想讓她看看她送的東西，只好無奈地讓丫鬟將所有東西都擺放在桌子上，篩選起來。

有一套看起來十分別致的筆墨盒，盒子上面鑲著金黃色的長龍，梁希宜打開一看，竟是開國皇帝曾經的御用物品，不由得大吃一驚。

秦五朝她眨了眨眼睛，說：「大伯母聽說我給妳準備生辰禮，偏要略表心意，就有了這個。別說妳不好意思收下，早就聽說妳最好筆墨，若是捨不得用就收藏起來吧。」

梁希宜頓時了然，怕是同秦二的事情有關係，大夫人應該是真心感激她，她也不好駁了對方好意，還是回去同祖父商量找個機會還禮吧。

白若羽的禮物是知名畫家紫香蘭的入春圖臨摹版，但是比較珍貴的是這幅臨摹作品經過紫香蘭的手，上面有她的真跡落款。

王煜湘的禮物是當下京城十分出名的裁衣坊春裝特別款。這個裁衣坊全名叫做玉剪道裁衣坊，是陳諾曦母親的嫁妝鋪子。這兩年在陳諾曦奇思妙想的經營下，以款式新穎、花樣別致逐漸打出名頭。有人分析陳諾曦所用的行銷手段，但凡每到新節氣的時候都會推出三種特別款，但是每款只有三件，絕對不允許多做一件，從而引領時下名門閨秀的穿衣潮流。

三公主黎孜玉、王煜湘都是她家的特殊賓客，才有資格購買特別款。特別款的裁衣訂制也是上門服務，王煜湘送給她的是一張卡片，她可以讓丫鬟拿著卡片去玉剪道預約。沒有哪個女孩子不喜歡美麗的衣著，梁希宜也不例外，所以心情還是相當不錯的。

白若蘭見梁希宜先挑小包裹裡的東西，死活不去動那個大包裹，忍不住故意推了推大包裹。梁希宜見狀，忍住心底的笑意，開始拆解大包裹外面的袋子。

她剛打開袋子，忽然從裡面竄出來一個渾身毛茸茸的東西，一溜煙就沒了身影。梁希宜嚇了一跳，情不自禁地大叫出聲，跌坐在地上，兩隻手支撐著身子。

白若蘭見惡作劇得逞，捂著肚子，大笑起來。

梁希宜無語地看向她，自嘲地撇了撇嘴角，她不會跟小孩子生氣的。但還是佯裝發怒的模樣瞪著白若蘭，丫鬟、婆子們追著到處跑的小動物亂轉，惹得周圍姑娘們掩嘴而笑。

「這個是什麼啊？」梁希宜始終沒看出來那個亂鑽的團子是什麼。

白若蘭抬起下巴，自豪的說：「上次見妳那麼喜歡那隻胖兔兔，小表哥就特地進山給妳抓來了一隻小狐狸，我養了兩天可好玩了，若不是送給妳，我是真心想自己留下的。」

梁希宜望著白若蘭純淨的目光，有一種啼笑皆非的感覺，她不忍心打擊她，笑道：「嗯嗯，挺好的，我很喜歡。」

她確實挺喜歡小動物的，就是這種打開方式太惡劣了。

「對了，桓桓呢，牠是不是又肥了？」白若蘭想起小兔子，睜著大眼睛開始顧盼起來。

秦家姊妹彼此對視一眼，望著梁希宜道：「桓桓？」

梁希宜一怔，頓時在對方玩味的目光裡紅了臉頰，天啊，怎麼那麼巧，她給兔子取名字叫桓桓是因為思念她前世的大女兒——桓姊兒，沒想到後來蹦出個秦甯桓，怕是秦家姊妹們誤會她了！

「夏墨，妳去把……桓桓抱過來吧。」

噗哧，秦五還是忍不住笑了出聲。她早就知道梁家要和秦家做親，若是二哥的話也算是同梁希宜匹配。一想到梁希宜可能成為她的嫂嫂，她就特別開心，想要更親近梁希宜一些。

梁希宜發現這事真是越解釋越不通，反正沒人能理解她為什麼給寵物起名桓桓，索性就不多解釋了。梁希宜悲劇地發現，若是以後秦甯桓知道她的胖兔子叫桓桓，會不會自作多情呢？

太丟臉了！

她回過頭收拾禮物，除了剛才打開的東西以外，還有兄弟姊妹以及兄長的朋友送來的小玩意。當然秦甯桓送的應該也包括在內，想到彼此如今的關係，她不會傻了當著眾多女孩面去拆所有禮物，等著被人調侃。

此時，李嬤嬤突然走了進來，面露猶豫地站在梁希宜身旁，小聲道：「妳舅母們來了。」

「啊？」梁希宜微微一怔，因為二夫人徐氏是軍戶出身，定國公府同徐家走動並不多。比如小孩過生辰宴，這種需要對方送禮的事情一般就不知會那邊了，畢竟徐氏生了八個孩子，如果每次都邀請徐家，窮怕了的舅母們怕是會暗地裡把她娘罵死。但是此次，對方怎麼主動過來了呢？

二夫人帶了兩個小丫鬟進了屋子，同幾位姑娘客氣了一番後，拉著梁希宜去院子裡說話，道：「那個，希宜，妳舅母們帶孩子過來了，其中有妳的兩個表姊，待會兒妳稍微應付一下好不好呀？」

梁希宜望著母親一副不好意思，彷彿做錯了什麼事情似的模樣，有些無語，安撫道：「她們是我的表姊，我肯定要好好招待，哪裡能說應付呢。娘，妳放心吧，來了就是客人，妳不用擔心我。」

徐氏頓時覺得女兒太貼心了，探頭附在她的耳朵邊，說：「其實妳舅舅都是好人，對我也特別照顧，舅母們呢，就是不懂規矩，心眼不壞的。妳不知道剛才管事一說妳舅母帶著姑娘、少爺登門，妳大伯母和祖父的臉色都變了，好像妳外祖母家的人都是洪水猛獸似的，妳千萬可不能這麼想。若是稍後妳表姊有什麼話說丟臉了，妳稍微提點下她，沒事，他們都不是心胸狹窄的人。」

二夫人滿臉憤憤不平，雖然她私下抱怨嫂嫂們沒文化，來了就是要這、要那的，但是不意味著她可以接受其他人看不起他們。當然，她也害怕侄女會給閨女丟臉，但是總不能因為面子就不認親戚吧。

徐家過來的兩位姑娘是梁希宜大舅和二舅的女兒，在徐家排行老三和老四，名叫徐如萍和徐如翠。她們兩個身材都很是高壯，年齡同梁希宜差不多，卻高了白若羽和王煜湘一個腦袋。她們送給梁希宜一套弓箭，說是大舅親自製作的。梁希宜非常喜歡，不時地拿在手裡拉拽，最後發現她力氣太小了，沒一會兒小胳膊就瘦了。

徐如萍見梁希宜玩弓箭時笨拙的樣子，好幾次忍不住差點大笑，腦海裡立刻回想起娘親的話，如果在定國公府丟人了，回家就再也不給她吃豬肉大蔥餡的包子。為了吃大蔥包子，她決定奉承梁希宜。

白若羽和王煜湘都屬於書香門第出身的世家小姐，很懂得為人處世之道，絲毫不會讓徐氏姊妹感覺到一點不舒服。白若羽甚至拉開了弓，射了一箭，當場豔冠群芳。

「我也要試試！」白若蘭也搶過弓箭，射了出去，沒有射中靶心，但是也算在靶上。她們起初都在北方長大，那裡的風土人情決定了她們在這方面都比一般的貴族小姐高段。

徐氏姊妹沒想到在這裡見到了兩個京城有名的姑娘，一時間特別自豪，暗道回去可以和周圍的女孩吹噓，她們同京城小才女王煜湘還有白若羽一起吃過飯，還聊天、下棋。而且誰都沒想到，白若羽的弓箭技術了得，真是全才呀。

六小姐梁希然挽著三房庶出的五小姐梁希晴，進了屋子，甜甜地說：「姊姊，娘親說這裡有好吃的果子，我們就過來了。」

在飲食方面，梁希宜一直善於鑽研，孩子都喜歡她小廚房裡做出的糕點，經常找藉口過來玩。她今日特意多準備出了好多點心，桂花糕、南瓜餅、糯米糰、豌豆黃等等應有盡有。

徐家姊妹同大家熟了，看著做成了小動物形狀的桂花糕覺得特別可愛，一口氣就吞下了五、六塊，梁希然見狀生怕自己的沒有了，不甘示弱地也拿起一大把往嘴巴裡塞，片刻間就空了五、六盤。

王煜湘一怔，低頭同白若羽下棋，已經不再碰盤子裡的點心了，梁希宜尷尬地吩咐夏墨儘快讓小廚房多做點送上來。

王煜湘這次會來參加梁希宜生辰宴同白若羽並無關係，雖然她對梁希宜沒什麼感覺，但是梁希宜一而再、再而三地主動示好她還是可以感覺到的。

常言道，寧拆一座廟都不可以拆散一段姻緣，這事兒做得太造孽了。母親說，正因為她是三公主的朋友，才應該在第一時間阻止她，告訴她什麼是對的、什麼是錯的。真正的朋友，本就是應該在關鍵時刻拉朋友一把，而不是一味順著她，明知道對方是錯的，還助紂為虐、授人以柄。好在秦家二小姐的結局還不錯，待下次見到她時，她一定不會逃避，主動地安慰她。

午後，白家和王家的家僕率先過來接人，白若羽同王煜湘一起拜別了國公府梁老夫人後方才離開。梁希宜繡了兩個比較別致的荷包送給她們當禮物，王煜湘原本是客氣地收下，後來發現無論是從手法還是樣式上看，梁希宜的荷包都特別新穎，不易仿造，一下子就喜歡上了，待梁希宜更客氣了幾分。白若蘭從梁希宜處多討了兩個荷包，打算分享給小表哥一個。

梁希宜送走貴客們，整個人輕鬆幾分，剩下的秦家姊妹和徐家姊妹都屬於親戚，不怕什麼招待不周。她擦了擦額角的汗水，沿著小路往香園走去，沒想到和兄長們打了一個照面。

梁希宜本能地往後退了兩步，又怔了下，人家都看到她了，她沒事跑什麼，索性回過身大大方方地福了個身，說：「大哥，二哥。」

大少爺梁希嚴點了下頭，他比二少爺梁希謹看起來更嚴肅一點，不過凝望著梁希宜的目光非常溫暖。因秦甯桓家中有事情，要率先離開，他正要送他去門口坐車。

梁希宜退到側面，把道路讓給他們行走，秦甯桓故意停下腳步，說：「希宜妹妹，妳還沒同我打招呼呢。」

梁希宜尷尬地抬起頭，沒好氣地瞪了他一眼，低聲道：「秦公子慢走。」

秦甯桓故作可憐地搖了搖頭，為引起她注意而刻意說：「在秦家初見的時候，妳好歹稱我一聲大哥，如今地位卻是淪落到秦公子了。」

梁希宜有些惱羞，梁希嚴率先發難，道：「你若是希宜的大哥，那麼我是誰的大哥呢？」

秦甯桓故意拉長聲音，重重地哦了一聲，言語裡帶著一絲調侃，道：「大哥說得極是。」

梁希宜臉上莫名發熱，聲音裡帶著幾分責怪，說：「胡亂認親戚。」

秦甯桓也不惱，目光清澈明亮，始終帶著濃濃的笑意。梁希宜發現大哥、二哥的嘴角居然也噙著笑容，目光溫柔帶笑的都看著她，頓時好不尷尬起來。她孩子氣地跺了下腳，悶聲道：「我先失陪了。」然後迅速轉身離開。

她上一世沒有和誰談情說愛過，一輩子就親近過李若安一個男人，所以此時真不知道該如何處理同秦家大少爺的關係。這個總是溫文儒雅，主動示好還調侃她的男子就是她未來的夫君嗎？梁希宜說不上對他是喜歡還是不喜歡，但不討厭就是了。

不討厭是不是就意味著可以成為很親密的夫妻了呢？上一世她還討厭李若安呢，不也是相敬如賓地過了一輩子？

梁希宜不過離開了一會兒時間，整個香園就在梁希然、梁希晴兩個蘿蔔頭和大剌剌的徐氏姊妹鬧騰下，亂作一團。梁希宛本就反感庶妹梁希晴，拉著秦家三小姐去了自個兒的屋子裡看飾品。

秦五留下來陪徐氏姊妹喝酒，三個人都是爽快的姑娘，玩著玩著就拚起酒來，誰都是當仁不讓。

梁希宜皺著眉頭，琢磨著如何打斷她們，便聽見背後傳來母親的笑聲。三個婦人簇擁著母親走入屋內，其中一位藍衣婦人目光赤裸裸地盯著梁希宜看，道：「哎喲，小姑，妳這丫頭長得可真是水靈呀，瞧這皮膚細膩得跟珍珠粉似的。」

二夫人紅光滿面，一看也喝了不少的酒，自豪道：「我們家希宜可是老太爺親自教養的，不僅模樣可人，性子更是惹人憐呢。」

「希宜，」她走上前拉住女兒的手腕，介紹道：「穿黃衣的是大舅母，藍衣的是二舅母，紫衣的是小舅母。」

梁希宜愣了一下，恭敬同她們問好，就感覺到有雙手開始扒拉她頭上的鳳釵。

「小姑，這鳳釵真好看，是純金的吧，掂掂還挺重的呢。」

梁希宜無語地看著大舅母把她頭上的飾品拿下來，放在手心裡看了又看，然後毫不客氣地揣進自個兒懷裡蹭了蹭，就沒再拿出來。

梁希宜哪裡遇到過這種人，頓時明白為什麼每次提起她外祖母家的親戚，祖母和大伯母都是那般不屑，難怪梁希然動不動就老從她這裡要東西，絕對是耳濡目染呀。

徐氏瞇著眼睛看到長嫂居然敢從她閨女頭上搶東西，一下子抓住了她的手腕，說：「這可是太后御賜之物，妳趕緊給我掏出來，否則我讓家丁過來伺候妳啦！」

大舅母見二夫人態度認真，不情不願地掏了出來，道：「我就是擦擦，又沒說要拿走。真是的，小氣死了，妳不知道這次為了給妳家三丫頭準備禮物，她大舅都沒給我生活費，妳四弟弟的媳婦又生了個雙胞胎兒子，我這管家管的淨倒貼了。家裡唯一賺錢的鋪子，當年還讓老太太貼給妳當嫁妝了。」

二夫人不耐煩地擺了擺手，小聲道：「我不是都答應妳了嗎？一會兒走時我讓嚴哥兒給妳點銀兩，妳現在就低調點好不好！否則走時我一分都不會給妳。」

梁希宜木然地聽著她們沒頭沒尾的對話，打算裝作沒聽到。大舅母得到了徐氏的承諾，不由得放下心來，目光再次回到梁希宜身上，打聽道：「三丫頭婚事怎麼樣了，咱們老徐家就兒子多，妳平時可要心裡想著眾多侄兒，多相看相看。」

二夫人見她目光老瞄著三丫頭，索性直接道：「我會想著他們的，至於三丫的婚事，我們老太爺早就找好人選了，不勞妳們掛心。誰要是敢給我的三丫使壞，我就打得她門牙掉下來。」

梁希宜故作咳嗽了一聲，說：「母親，時辰不早了，還是給舅母們準備晚飯吧。」吃完晚飯，趕緊把這一群人送走。

聽說要吃飯，大舅母眼睛彷彿放出一道光，說：「吃飯吃飯，剛才陪妳們老太太說那些話，我現在真是又渴又餓。」

梁希宜示意夏墨換下菜單，不用那麼精細，主要以肉食為主，果然得到徐家人好評。聽說此次前來的還有幾個表哥、表弟，都發配到國公爺那添亂去了。徐老太太想得倒也簡單，哪怕國公爺能看上一個，稍微調教或者提點一下，說門好親事就夠了。

入夜後，眾人都已經離開，梁希宜和母親聊天時忍不住問道：「娘，徐家有多少孩子呀？」

徐氏琢磨了片刻，為難道：「我都認不全。反正我嫡出的兄弟有六個，老大家嫡出三個兒子，老二家也大概三個，剩下弟弟的我都不是很清楚呢。有的生下來就扔給養娘，長大些妳外祖父就帶去軍營了。俗話說打虎親兄弟，上陣父子兵，軍營裡至少可以保證吃飽，在家裡的那些庶出的孩子都沒人管，妳大舅母又是個農村出來的粗人，難免為了點蠅頭小利都會算計。不過也真不能怪她，我是妳外祖母唯一的女兒，又是嫁入高門，確實把整個徐家家底掏空了。」

梁希宜望著母親不太好意思的表情，道：「沒關係，打斷骨頭連著筋，她們是您的親人，不管別人怎麼看，我都會認下的。」

「哎喲，我的三丫頭，妳真是娘的心頭肉，娘的小棉襖呀。」二夫人開心地摟住女兒，連大兒子在提起外祖母一家時，雖然表面不說什麼，神情卻是有些不認同的。唯獨這三女兒，她能感受到三丫頭骨子裡對親情的重視，這就夠了，真是個讓人憐愛、可人疼的孩子！

靖遠侯府，白若蘭給小姑姑請安後便被歐陽燦拉到了後院練功房。她揚著頭看著一臉迫切的歐陽燦，不解地說：「幹什麼呀，那麼著急，我還沒給姑姑看我新尋來的花樣子呢。」

歐陽燦的面孔快糾結成一團，道：「小狐狸給梁希宜了嗎？」

「給了啊。」

他眉開眼笑，清澈的目光帶著幾分期盼，道：「她可喜歡？」

「喜歡呀。」白若蘭一副看白癡的樣子。「小表哥是大傻瓜，女孩子對於小動物都是很有感覺的，怎麼會不喜歡，傻子才會問的問題！」

「那麼妳說是我送的了嗎？」歐陽燦敲了下她的額頭道。

「說是你抓的了！」白若蘭有點心虛，她本來親手繡了個荷花圖，打算送給希宜姊姊，後來發現繡得實在是太差了，想到有小表哥的禮物，索性就當作大家一起送的了。

「妳只是說我去抓來的？」歐陽燦有點生氣，一看白若蘭恍惚的神色就知道沒按照他的要求去做。

「我說是你特意去山裡抓的，希宜姊姊說謝謝你，很喜歡啦！」白若蘭避重就輕地道，小表哥這次貌似真的生氣了。

「妳……」真是成也白若蘭，敗也白若蘭，他就是腦子秀逗了才會相信白若蘭，下次準備禮物一定要準備雙份，一份給自己準備、一份替白若蘭準備，否則這丫頭絕對把他那一份吃掉！

白若蘭疑惑地盯著歐陽燦，詫異地說：「小表哥，你不會是真的對希宜姊姊有好感吧？我看你現在的狀態很不對呢，好像以前的我，對大表哥的事情特別敏感、關注外加神經兮兮的。」

歐陽燦一下子就紅了臉頰，目光灼灼地看著她，不屑道：「妳倒是挺瞭解自個兒。」

「這代表承認了嗎？」白若蘭皺著眉頭呢喃著，然後表情誇張地張大了嘴巴，道：「壞了！」

「什麼壞了？」歐陽燦揪著她的耳朵，毫不憐惜地問。「快說！」

白若蘭想起了秦甯襄姊姊對梁希宜的調侃，道：「貌似定國公很想把梁希宜姊姊嫁到秦家去，我聽她們聊天的時候，希宜姊姊的臉一下子就跟你現在似的那麼紅。」

梁希宜臉紅？梁希宜為了別人臉紅？

歐陽燦整個人呆若木雞，他從未想過有一天梁希宜會和別人訂親，上次在西郊的時候他還追問過她，她明明說過家裡還沒著手辦這個事情。

「小表哥……」白若蘭一臉同情的望著他，說：「節哀。」

「去妳的節哀。」

歐陽燦不忿地訓斥她，道：「八字還沒有一撇呢，妳不要人云亦云，壞了梁希宜名聲。」

白若蘭一副你沒救了的表情，說：「論自欺欺人我可比你在行，看在你同我一般可憐的分上，我再告訴你一個秘密，同梁希宜姊姊議親的對象是秦家二老爺的長子，秦甯桓！」

歐陽燦不置信地搖著頭，忽地意識到了什麼，說：「秦甯桓？」

「對呀，秦甯桓！」白若蘭肯定地重複。

歐陽燦微微一怔，渾身僵硬起來。他的腦海裡浮現出梁希宜面若桃花的笑容，眼睛明亮亮地盯著肥兔兔，說：「不如取個名字，嗯，就叫桓桓吧。」

桓桓……他當時還覺得挺好聽的，現在想起來只覺得彷彿是一把利刃，不停地切割他的身體。

他喉嚨被什麼卡住，連呼吸都變得困難起來，莫非那時候她就已經心有所屬，看中秦甯桓了嗎？

歐陽燦從來不知道有朝一日，他會變得如此敏感卑微。心裡的某處角落，轟然坍塌，心頭頓時恍若刀割。

「小表哥？」白若蘭有些傻眼，小表哥這是怎麼了？原本柔和的面容瞬間如同雕刻般冷漠，他沈默不語，渾身死氣沈沈。

歐陽燦想了片刻，直奔後院去見母親。

完了！白若蘭忽然有一種自己闖禍了的感覺。

——未完，待續，請看文創風172《重為君婦》2

重為君婦

全套三冊

筆潤情摯，巧織錦繡良緣／花樣年華

前世錯嫁薄倖丈夫，

重生為公府小姐自然得好好挑一門好姻緣！

老天爺真是愛捉弄人，
當她重生為定國公府三小姐後，
自己前世的身軀竟被另一縷靈魂給鳩佔鵲巢，
還陰錯陽差成了對手……
當她想挑一門好親事平穩度過一生，卻接連遭到悔婚告終，
未料，與她一向形同冤家的權貴大少爺歐陽穆莫名轉了性，
不僅一改對她的無禮傲慢，還情真意切地說只對她一人好，
本以為他是犯了怪病或不小心磕壞了腦門，
才會對她這式微的公府嫡女感興趣，
然而，他真立了誓、鐵了心要待她從一而終，
全心全意與她「執子之手，與子偕老」，
她當自個兒這一生覓得了良好姻緣，
誰知，他與她其實是兩世「孽緣」不淺……

詼諧幽默・輕鬆搞笑・字裡行間藏情／莞爾

田園閨事

全套六冊

穿越到這古代窮兮兮的崔家，她叫天不靈叫地不應，
在這兒，女兒身命賤不值錢，她偏要自己賺錢給自己鍍金身。
在這兒，家家戶戶不是打雞罵狗，就是家長裡短的……
她偏要把心思全放在自己身上，她要有房、有錢、有閒、有好日子，
再可以的話，就考慮找個靠譜的好男人嫁了！

文創風 165 1

一覺醒來她竟成了一個名叫崔薇的七歲小女娃兒，
這崔家窮得連吃雞蛋都要省，而且崔薇的娘還重男輕女得很過分！
以前她可是十指不沾陽春水，現在卻得從早到晚幹活。
如果她不想被折騰到死，最好能藉機從這個家分出去……
她打算靠自己掙些錢，經營起她自己古代田園的小日子……

文創風 166 2

有了自己的房子後，接著就是杜絕娘想侵吞她房子的念頭，
她打算出錢向娘把自己買下來，理直氣壯地擁有自己的所有權！
一切似乎都按著她所想要的發生，都在她掌握之中……除了聶秋染！
他是這個村裡的年輕秀才，聰穎、斯文、好看……可她就覺得他很腹黑，
即便他骨子裡詭計一堆，但憑她這個穿越來的，就不信他能將自己算計去！

文創風 167 3

都已經獨立一戶過生活，她還是不得安寧，她打算買隻靈性又凶猛的狗顧家。
她能求的，只有那個聶家的腹黑秀才聶秋染……
明知這樣要欠腹黑又難拿捏的他天大的人情，她也認了！
於是他偷偷帶她出城買狗，回來時卻被大家發現她私自跟男人出城……
聶秋染倒是挺身而出說要娶她。唉，這下她得賠上自己了……

文創風 168 4

原以為聶秋染這腹黑秀才說要娶她是為了幫她解圍，沒想到他是認真的，
唉！她也算是聰穎過人，還是穿越過來的人，
但一面對他，不管她再怎麼說，情況好像全照他的意思走。
而且自從他說要娶她之後，他便大搖大擺地常往她這兒跑，
賴著她、愛吃她做的菜，連她的賺錢大計都插手管起來了……

文創風 169 5

兩人成婚後，她過得挺好，只除了他的怪癖——她懷疑他是白色絨毛控！
每次從城裡給她帶禮物，從耳環、髮飾到披風全都是帶著白色絨毛的，
還硬要親自把這些絨毛玩意裝扮在她身上，當她是他專屬的芭比娃娃，
嫁了他後，他更是名正言順地玩起妝扮她的遊戲……囧！
幸好，除了這項癖好之外，他好得沒話說，不然她可不在意休夫呢！

文創風 170 6 完

兩人本來和和美美地過起有名無實的小夫妻生活，直到——
她癸水來了，不再是娃兒的模樣，眉眼開了，身段婀娜了，
偏又遇上她之前的傾慕者上門，他終於忍不住醋勁大發！
之前她覺得他將自己當妹妹一樣的照顧著，她一直過得很安心，
現在他大吃飛醋，一心想佔有她，圓房這事兒看來是逃不掉了！

重為君婦 1

國家圖書館出版品預行編目資料

重為君婦 / 花樣年華著. --
初版. -- 臺北市 : 狗屋, 民103.04
冊 ; 公分. --（文創風）
ISBN 978-986-328-270-9（第1冊：平裝）. --

857.7　　103004185

著作者　花樣年華
編輯　黃鈺菁
校對　曾慧柔　周貝桂
發行所　狗屋出版社有限公司
地址　台北市104中山區龍江路71巷15號1樓
電話　02-2776-5889～0
發行字號　局版台業字845號
法律顧問　蕭雄淋律師
總經銷　知遠文化事業有限公司
電話　02-2664-8800
初版　103年4月
國際書碼　ISBN-13　978-986-328-270-9
原著書名　**《重生之公府嫡女》**，由北京晉江原創網絡科技有限公司授權出版

定價240元
狗屋劃撥帳號：19001626
網址：love.doghouse.com.tw　E-mail：love@doghouse.com.tw